LA MANGEUSE DE GUÊPES

ANITA NAIR

LA MANGEUSE DE GUÊPES

roman

Traduit de l'anglais (Inde)
par Patricia Barbe-Girault

ALBIN MICHEL

Ouvrage publié sous la direction
de Vaiju Naravane

Ce livre est un ouvrage de fiction. Les personnages et événements décrits sont le fruit de l'imagination de l'auteur et toute ressemblance à des personnes réelles, vivantes ou décédées, serait purement fortuite.

Édition originale parue sous le titre :
EATING WASPS
chez Context, an imprint of Westland Publications Private Limited

À Leela Kalyanaraman,
dont le courage et l'audace ne cessent de m'émerveiller

« Approchez votre fauteuil tout au bord du précipice et je vous raconterai une histoire. »

Scott Fitzgerald

Prologue

Le jour où je me suis donné la mort, il faisait un temps radieux. C'était un lundi. Un début de semaine.

Le 25 octobre 1965. Un jour ordinaire, à ceci près que je n'étais plus et que le monde cessa brutalement de tourner lorsque la nouvelle se répandit.

Partout les gens, chez eux et dans la rue, dans les échoppes de thé et à la gare, au tribunal et à la résidence universitaire, à l'imprimerie Swami et au marché King George, ceux qui me connaissaient et les autres, tous se dévisagèrent, puis détournèrent le regard. Elle est morte, murmurèrent-ils. Elle s'est suicidée. C'est vrai ? Il n'y a pas de lettre d'adieu. Vous croyez que c'est un meurtre maquillé en suicide ?

Ils cherchèrent une explication à mon geste : elle était atteinte d'une maladie incurable. Elle était amoureuse d'un homme marié. Elle était amoureuse et il l'avait plaquée. Elle était enceinte. Elle était déprimée. Elle s'était fait humilier à la faculté et n'avait pas supporté.

Les conjectures comme le chagrin étaient à leur comble.

Une femme ordinaire était devenue une légende, une héroïne de tragédie, et c'était la nature même de ma mort qui m'avait rendue extraordinaire. J'étais la Virginia Woolf du Kerala. Un célèbre artiste alla jusqu'à dire que nous avions le même regard, sombre et courroucé. Tous, y compris ceux qui ne me connaissaient pas, alimentèrent la légende de Sreelakshmi. Sauf lui. Markose ne parla pas de moi, pas une fois.

À défaut, il se rendit sur le lieu de crémation en pleine nuit. Les morts n'ont pas d'horaires. Il vint à pas légers, le visage dévasté. Il fureta dans les braises avec une brindille. « S'il te plaît, non, voulais-je crier. Ne fais pas ce que je crois. Mon amour pour toi m'a dévorée presque entièrement. Le peu qu'il reste, laisse la mort s'en repaître. »

Markose détacha une phalange de l'index de ma main droite. Il emporta mon âme. Il m'enveloppa dans un tissu en soie rouge, puis, avec tout le désespoir et le secret qui entouraient notre relation, il me plaça contre ses lèvres.

Il aimait me regarder écrire. Un jour il m'a dit qu'il n'avait jamais vu personne tenir son stylo à plume comme moi. « Tu es au courant que ton index n'a aucun rôle à jouer là-dedans ?

– C'est lui qui me guide », ai-je expliqué, souriante. Il a emprisonné mon doigt dans les siens comme s'il ne voulait plus jamais le laisser partir. « Le rédacteur en chef du *Weekly* m'a commandé un roman-feuilleton. Sur quoi devrais-je écrire, à ton avis ? »

Son étreinte s'est faite plus forte. Du moment que c'est sur moi, semblait-elle dire.

Il a caressé mon index. J'ai imaginé lui toucher la barbe, y enfoncer mes doigts, trouver les nœuds et les démêler un à un. *Sur qui d'autre pourrais-je écrire ?* avais-je envie de répondre. *Je suis toute à toi.*

Comme il l'avait fait de mon vivant, Markose me cacha. Il me mit dans la boîte à stylo tapissée de velours jaune moutarde que je lui avais offerte la dernière fois qu'on s'était vus. Il s'en servirait tous les jours, m'avait-il promis. Là où il rangeait son stylo à plume, la phalange de mon doigt guide trouva sa dernière demeure. Je ne m'étais pas seulement suicidée, j'avais creusé ma propre tombe, j'en pris conscience en le voyant recourir à ce subterfuge élaboré.

Il y avait une très belle *almirah* dans sa chambre, une armoire en bois ornée de deux panneaux supérieurs en verre dépoli et d'un bouton de porte en porcelaine. C'était là qu'il conservait ses actes notariés et certificats, ses dossiers et papiers importants. Il demanda à un menuisier de retirer les étagères et de fixer une barre sous le tiroir du milieu. Il avait décidé d'y pendre ses vêtements sacerdotaux, expliqua-t-il à sa femme. Un lieu sacré pour des habits sacrés.

Le menuisier fabriqua un double fond pour l'*almirah*. On lui en réclamait tout le temps. Les gens importants devaient être prudents avec les aspects de leur vie qu'ils tenaient à garder secrets. Lorsqu'il eut terminé, Markose l'éloigna sous un prétexte quelconque et me sortit une dernière fois. Il caressa l'ossement de la même manière qu'il m'avait caressée autrefois, puis me remit dans la boîte tapissée de velours. Au retour du menuisier, il lui ordonna de clouer la boîte au panneau arrière de l'armoire. Le double fond fut fixé par-dessus et je me retrouvai bel et bien crucifiée vivante. Tant qu'une part de moi resterait piégée dans le monde physique, je n'aurais aucun moyen de m'échapper.

L'athée et la scientifique en moi s'insurgeaient contre l'idée d'une vie après la mort, mais l'écrivaine avait envie de savoir. Seulement, je ne pouvais rien faire hormis attendre qu'on me délivre de cette tombe oubliée.

Les années passèrent. Pas une fois il ne me sortit du compartiment secret de son armoire, ni de son cœur. Bientôt, il cessa de contempler l'*almirah* comme il avait l'habitude de le faire le matin au réveil. Les premiers temps, il touchait le bois lustré comme si son doigt effleurait ma cuisse. Il ouvrait les portes et déposait un baiser sur le double fond en murmurant mon prénom.

Sa femme n'aimait pas ce meuble démodé, entre la porte qui se bloquait, les gonds qui grinçaient et l'odeur de renfermé. « Achetons une armoire métallique, l'entendis-je dire. Le métal, c'est propre et efficace. Le métal, c'est l'avenir. »

Quand l'armoire métallique fit son apparition, l'*almirah* fut remisée dans une pièce du rez-de-chaussée où s'entassait un bric-à-brac de chaises cassées et de plats en bronze tachés de vert-de-gris.

Le temps passa. L'*almirah* fut encore déplacée, cette fois loin de chez lui. Je demeurai dans la boîte derrière le double fond, sans aucun moyen de savoir où je me trouvais. Je passais des heures à ressasser les derniers jours de mon existence. M'y serais-je prise autrement si j'avais pu les revivre ?

L'amour s'étiole. Il s'étiole, peu importe ce que l'on croit. Tout ce qu'il reste, ce sont les conjectures.

Avant, j'avais un prénom : Sreelakshmi. Avant, j'étais une femme. Avant, j'étais une écrivaine dont les histoires inspiraient l'amour autant que le dégoût, suscitaient la colère aussi souvent qu'elles apportaient du réconfort, une écrivaine dont les mots sciaient sans pitié la branche des conventions. Avant, j'étais une enfant qui avait supporté la piqûre cuisante des guêpes.

Mais en mourant, je fus réduite à l'état d'ossements délaissés, de fantôme de moi-même, et j'aurais pu demeurer ainsi pour l'éternité, enfermée dans cette boîte à stylo et enterrée dans ce compartiment secret, sans une certaine petite fille.

1

Urvashi

Avant même d'ouvrir les yeux, Urvashi ressentit une pointe d'appréhension, une peur au goût âcre à l'idée de ce qui l'attendait.

Elle prit son portable.

Où tu es chérie ?

Tu me manques bébé…

Saluuuuut

Salut salut salut

Qu'est-ce que j'ai fait ?

Pourquoi tu me fais ça à moi ?

Ça avait déjà commencé.

Fut un temps où elle se réveillait chaque matin avec la même excitation fébrile : comment allait se passer la journée ? Dans cet infime espace entre sommeil et état de veille, tout semblait possible.

À présent elle restait au lit, ensevelie sous un amas de pensées qui grossissait sans cesse, jusqu'à ce que les appels de sa vessie l'obligent à repousser la couette légère. Elle allait aux toilettes d'un pas traînant, se sentant aussi épuisée que lorsqu'elle s'était couchée.

Elle tourna légèrement la tête pour regarder l'homme

allongé à ses côtés. Un bras lui barrait le front. Toutes les quelques secondes, un ronflement s'échappait de ses lèvres. Le plus souvent, elle avait envie de déplier le bras et de lui bourrer la bouche de mouchoirs en papier. Le plus souvent, elle se demandait si elle aurait la force d'aborder le sujet des lits séparés ou, mieux, des chambres à part. Ce matin-là, elle rabattit la couette jusqu'au menton de son mari et se leva.

Elle jeta un coup d'œil à la pendule sur le secrétaire : 6 heures et quart. Elle fredonna un air en se brossant les dents, puis passa sous la douche et laissa les jets picoter tous les pores de son corps, déclenchant un léger frisson qui descendit dans ses pieds. Sous cette débauche de sensations régnait un calme étrange. Un calme abrutissant, qui s'attarda jusqu'à ce qu'elle applique de la crème, ses doigts s'aventurant vers ces lointaines contrées entre les orteils, sur la bosse des coudes et à l'arrière des genoux. Quand elle n'eut plus un seul carré de peau où se perdre, elle s'habilla et descendit au rez-de-chaussée pour endosser le rôle de l'épouse parfaite.

Elle alluma la chaîne dans le salon. Les enceintes crachotèrent. La veille, Mahesh avait mis un CD d'Édith Piaf pour accompagner le vin qu'ils buvaient, installés sur le balcon d'où ils avaient une vue imprenable sur l'église voisine. Tous les amis d'Urvashi et Mahesh leur enviaient cette vue, de la même manière que tout le monde enviait le mariage en apparence idyllique qui les unissait depuis dix-huit ans.

Ils avaient fait semblant d'écouter la musique. C'était plus facile que de s'avouer qu'ils n'avaient rien à se dire. Elle s'était demandé si elle devait expliquer ce qui la tracassait. Mais Mahesh s'était déjà laissé entraîner dans la myriade de joies que son smartphone lui procurait, et elle ne savait pas par où commencer. Elle avait laissé passer le moment, et l'idée.

Elle mit la radio, puis la station qu'elle aimait écouter le matin. La présentatrice, qui donnait l'impression d'avoir avalé un jus d'orange aux stéroïdes, beugla : *Bon-jour, Bangaloreeee !*

La plupart du temps, Urvashi s'imaginait prendre une poêle en fonte et lui fracasser le crâne avec. Redis bonjour, pour voir ! Ce jour-là, la fausse bonne humeur de la présentatrice lui tapa simplement sur les nerfs. Sur son téléphone, elle ouvrit l'appli pour commander un taxi. Il était trop tôt. Mais elle était rassurée de voir qu'il y en avait un à sept minutes de la maison. Bizarrement, la récente démonétisation de la roupie avait changé sa vie. Depuis, elle se sentait moins bête et invisible. Qui aurait cru que Narendra Modi aiderait à l'émancipation de l'Indienne urbaine entre deux âges ?

Quelques jours après l'annonce du Premier ministre, alors qu'il n'y avait déjà plus de billets dans les distributeurs, Mahesh lui avait suggéré d'utiliser le portable. À présent, la vie entière d'Urvashi semblait tenir dans ce petit appareil. Le porte-monnaie électronique lui permettait de faire tous ses achats ou presque sans argent liquide. Taxis, déjeuners, verres au bar, le *kurta* dont elle n'avait pas besoin, les livres et les babioles, rien de tout cela n'apparaissait sur le relevé bancaire que son mari vérifiait sur l'ordinateur, chaussé de lunettes. Plus de questions. Plus de faux-fuyants. Mon argent. Ma vie.

Quand la sonnette retentit, Urvashi soupira de soulagement.

La femme de ménage ne lui avait pas fait faux bond. La majorité du temps, elles se saluaient par un grognement et une torsion de la bouche censée représenter un sourire. Mais à voir sa tête ce matin-là, on aurait dit que Lakshmi s'était lavé le visage avec du lait caillé coupé à l'urine de chat.

« Qu'est-ce qui se passe ? » demanda Urvashi, les yeux plissés.

Lakshmi fit la grimace. « Vous ne pouvez pas comprendre. » Elle accompagna sa réponse d'un geste du bras signifiant : « Vous qui avez tout, qu'est-ce que vous y connaissez à la souffrance et à la condition humaine ? »

Urvashi fit mine de ne pas voir. Elle n'allait pas se lancer dans un concours avec sa bonne pour savoir qui avait la vie la plus stressante. Elle lui dit gentiment : « Fais-toi un thé. Tu as l'air d'en avoir besoin. »

Lakshmi ronchonna et se rendit à la cuisine.

Mahesh descendit les marches deux à deux. Il était en tenue de sport, serviette autour du cou et bouteille d'eau en main. Sa tignasse argentée lui donnait un côté homme mûr sexy contrastant avec son visage juvénile – cadeau d'un Dieu bienveillant – qu'il mettait parfois en valeur grâce à des lentilles de couleur. Si l'on ajoutait à cela un corps ferme et musclé, pas étonnant qu'au boulot on le surnomme « Mahesh Clooney ».

Urvashi voyait bien que les femmes mouillaient pour lui, corps et âme. Qu'un léger écoulement de désir grisant imbibait leur culotte quand il s'asseyait en tailleur par terre tandis que les autres invités squattaient fauteuils, canapés et appuis de fenêtres. Quand il sirotait son verre posément. Quand il se rationnait en cigarettes. Quand les lentilles noisette faisaient pétiller son regard, soulignant un trait d'humour caustique. Elle observait la scène comme l'aurait fait une reine étudiant un de ses sujets avec curiosité, mais guère plus. Remarquant l'effleurement involontaire des coudes lorsqu'il discutait avec une femme. Impossible de mal l'interpréter. Vous accuseriez une plume de tension sexuelle, vous ? Allez dire ça au marquis de Sade. Une plume reste une plume, jusqu'à ce que débarque la bonne personne, celle qui va en faire un instrument à chatouiller, un accès direct aux désirs enfouis – ou une décoration prenant la poussière dans un vase.

Urvashi observa Mahesh, sa plume d'ornement, son mari depuis tant d'années, et sourit.

« À quelle heure est ton vol ? demanda-t-il.

– Onze heures dix.

– Tu ne devrais pas filer ?

– Si. Dans dix minutes.

– Et ton petit-déjeuner ?

– J'achèterai un truc à l'aéroport, dit-elle, tout en connaissant la suite.

– Ces cochonneries hors de prix… Tu devrais plutôt emporter un sandwich, non ? » Il tendit la joue pour qu'elle y dépose un baiser. « Allez, bon voyage et bonne retraite. Même si je n'ai toujours pas compris pourquoi tu ne peux pas rester à la maison et garder le silence pendant une semaine. »

Urvashi se pencha pour l'embrasser. Il sentait comme à l'intérieur d'un Thermos. À une époque pas si lointaine, elle aimait cet homme si passionnément que c'en était effrayant. Il était ses points cardinaux, son nord et son est, son sud et son ouest.

« Au revoir, prends soin de toi », fit-elle en guise de réponse.

Avant de partir, elle paya son salaire à Lakshmi et lui dit de prendre quelques jours de congé.

« Et Monsieur ? » La bonne ne prenait pas la peine de dissimuler son air désapprobateur. Mais quelle idée de laisser Monsieur tout seul ? Vous n'allez pas voir vos parents, ni une tante malade, ni en voyage d'affaires, ni à un mariage. Vous vous contentez de partir. Quel genre de femme fait ça ? Les hommes, comme chacun sait, sont des créatures sans défense qui ne savent pas se servir même quand on leur met du riz au curry sous le nez. Ils sont incapables de laver leurs caleçons ou de frotter un plat jusqu'à ce qu'il brille. Demandez à un homme d'aiguiser un couteau, il le fera. Mais demandez-lui d'émincer finement un oignon et il le coupera en gros morceaux informes tout en chialant.

« Il sera absent aussi », mentit Urvashi, et elle claqua la porte derrière elle.

Plus tard dans la journée, elle appellerait Mahesh pour lui dire que Lakshmi ne viendrait pas de la semaine. Il irait dormir chez sa sœur, Urvashi le savait. Jamais Clooney ne ferait la cuisine et le ménage lui-même. À l'idée que la maison soit déserte, elle se sentit soulagée. Personne ne serait là pour ouvrir s'il décidait de lui faire une visite-surprise.

Avec qui tu es ?
Pourquoi tu m'évites ?
Avec qui tu couches salope ?
Dis-le-moi
Dis-le-moi Dis-le-moi

Le chauffeur de l'hôtel l'attendait au niveau des arrivées, un grand sourire aux lèvres. « Ça fait longtemps que tu es là ? » s'enquit Urvashi tandis qu'il s'avançait. Elle lui donna sa petite valise sans protester. La chaleur et l'humidité étaient accablantes. Impression d'étouffer sous une lourde couverture mouillée par un jour de canicule. Elle n'avait qu'une idée en tête, monter dans la voiture climatisée qu'il allait garer devant elle – plus vite, si elle lui laissait ses bagages.

« Pas trop, répondit Jaimon en la guidant vers le point de rendez-vous. Vous avez fait bon voyage ?

– Ça va. » Urvashi se détendit. Le chauffeur ne parlait pas bien anglais. Ils communiquaient à moitié en malayalam (lui), à moitié en tamoul (elle), le tout saupoudré de quelques mots d'anglais.

« Deux minutes, pas plus », lança Jaimon en se dirigeant vers le parking.

Urvashi mit ses lunettes de soleil. Elle souleva les cheveux qui reposaient dans sa nuque et les enroula en chignon.

Jaimon freina le long du trottoir. Vite, elle se glissa sur la banquette arrière. La clim était à fond mais la voiture avait eu le temps de bien chauffer sous le soleil de midi. « Deux minutes, pas plus », répéta-t-il en voyant des gouttes de sueur perler sur le front d'Urvashi.

« Il a plu ici ?

– Toutes les nuits. Il y a même de l'eau dans le fleuve, ce n'est pas arrivé depuis des années. Si ça continue, il va entrer dans l'hôtel. »

Urvashi fit un signe de tête aimable et se retrancha dans le silence.

« Un peu de musique ? proposa Jaimon en tripotant les boutons.

– D'accord, mais si tu mets ça, dit Urvashi en lui tendant une clé USB dénichée dans son sac. Tu dois pouvoir, non ? »

Elle vit les traits du chauffeur se figer sous l'effet de la surprise – et de l'agacement. Soit le passager lui demandait d'éteindre, soit il endurait ses choix musicaux. Le contraire n'était pas censé arriver.

Urvashi fit comme si elle n'avait rien remarqué.

Cependant, Jaimon sembla apprécier sa playlist. « Je peux faire une copie et vous rendre la clé après ? demanda-t-il au moment de s'arrêter pour payer le parking.

– Bien sûr. » Urvashi ferma les yeux et se laissa aller en arrière. Elle ne voulait pas parler, juste s'imprégner de la musique. En entendant les paroles de la chanson, elle sentit ses yeux la piquer. Un sentiment de perte immense la submergea. De quoi, de qui faisait-elle le deuil ?

Jaimon soupira. Elle n'était pas comme ça, la dernière fois. Moins affirmée. Plus intéressée. Et disposée à bavarder. Il se demanda s'il avait fait quelque chose pour la vexer. Il avait droit au même genre de silence quand il contrariait sa mère et sa sœur. *Bah*, pensa-t-il, *elle ne pourra pas m'en vouloir indéfiniment.* Il croisait toutes sortes de gens dans son taxi et n'allait pas se laisser démonter pour si peu.

Urvashi rouvrit les yeux pour admirer le paysage. Vu de l'habitacle climatisé, le Kerala était réellement « un pays aimé de Dieu », comme disait le slogan touristique. La pluie avait tout teinté en vert : les champs et les bords de route ; les marches en béton et les arbres.

« On s'arrête pour un café, un thé ? » Une légère bruine s'était mise à tomber.

Urvashi haussa les épaules. « Tu veux, toi ? »

Jaimon fit non de la tête.

« Alors on continue. Je suis pressée d'arriver », trancha Urvashi. Elle avait demandé une chambre avec vue sur le fleuve.

En tournant dans le chemin qui menait à l'hôtel, ils croisèrent deux femmes blotties sous un parapluie. Jaimon freina à leur hauteur. « Tout va bien ? » leur dit-il en malayalam.

La plus jeune sourit. « Oui, tout va bien. »

Jaimon lui rendit son sourire et repartit.

« C'est les voisines de ma sœur. Elles sont venues voir un docteur à l'Université ayurvédique, je leur ai prêté ma chambre pour la nuit. La plus âgée est aveugle. Une histoire très triste ! »

Urvashi savait ce qu'il attendait : qu'elle lui demande de raconter. Mais ça, c'était l'Urvashi qu'elle avait laissée derrière elle dans l'avion, en même temps que son magazine. La nouvelle ne s'intéressait pas du tout aux histoires des autres, seulement à ses problèmes et au meilleur moyen de les régler.

Elle ralluma le portable pour prévenir Mahesh qu'elle avait atterri et arrivait à destination. Les messages virulents déferlèrent en silence :

Pardon bébé. Je pensais pas ce que j'ai dit

Salut ça va ?

Comment se passe ta journée ?

Devine quoi… je viens de t'acheter un cadeau… tu vas adorer

Parle-moi
Salut
Salut
Garce... salope... pute

Lorsqu'ils franchirent l'entrée flanquée de lions dorés en haut des piliers, elle se sentit en sécurité. L'allée était longue, bordée des deux côtés par un rideau d'arbres. Elle vit des buissons d'hibiscus, de sophoras, d'œillets d'Inde, d'ixoras, agrémentés ici et là de massifs de lis et de cannas. Comme si cette nature n'était pas assez exubérante, il y avait des pots d'anthuriums et de roses du désert. Tout était en fleurs, même le vert de l'herbe était luxuriant. Aussitôt, Urvashi se sentit soulagée. « Magnifique ! J'ai l'impression d'avoir trouvé refuge dans un jardin secret. »

Jaimon lui jeta un coup d'œil dans le rétroviseur, satisfait. Comme par enchantement, un paon traversa devant eux en se pavanant, avant de disparaître derrière les arbres. Il ralentit.

« Ça, c'est nouveau », remarqua Urvashi.

Le chauffeur prit un air dépité. « Ils viennent des collines. À cause du réchauffement climatique, vous comprenez. Dans les villages autour de Shoranur, les gens ont même vu des léopards. Et près de Palakkad, les éléphants sauvages débarquent carrément en ville.

– Où est Padmanabhan ? » s'enquit Urvashi en s'efforçant de repérer l'animal qui d'habitude était attaché au teck géant.

Jaimon envisagea de lui répondre que Padmanabhan était parti en promenade. Mais cette femme n'était pas une touriste qu'il pouvait baratiner. « Je ne sais pas. On a dû l'emmener à une fête religieuse.

– Alors, comme ça, même les éléphants doivent gagner leur vie ? » plaisanta-t-elle.

Jaimon tortilla l'extrémité de sa moustache pour en redessiner la boucle. Les héros de films en malayalam semblaient toujours faire ce geste machinal avant une déclaration importante. « Au Kerala, si tu ne travailles pas, tu ne manges pas. C'est notre… (Il chercha ses mots.) Notre devise. »

Le portier, impressionnant par sa taille et sa moustache en guidon, se pressa d'ouvrir la portière. Dans le souvenir d'Urvashi il s'appelait Sebastian. Elle lui sourit. C'était comme si elle réapprenait à sourire. Et maintenant qu'elle savait comment faire, elle ne pouvait plus s'arrêter.

Unni était censé l'accueillir. C'est ce que Radha avait dit quand elles s'étaient parlé au téléphone. « Contente-toi de venir, et Unni s'occupera de tout.

– Tu ne seras pas là ? s'était inquiétée Urvashi.

– Je vais à Chennai avec Shyam pour une affaire urgente. On sera de retour dans les quarante-huit heures. »

Urvashi aurait préféré passer du temps avec son amie. Mais c'était sans doute mieux comme ça.

La réception était vide et silencieuse, hormis le ronronnement des quatre ventilateurs de plafond en bois. Soudain, elle entendit des éclats de voix provenant de la terrasse couverte.

« Vous êtes sûr d'avoir regardé partout ? » L'homme qui parlait semblait tendu. « Et dans le cottage où il y a le perroquet ?

– Elle y est allée hier soir. Elle était fascinée par l'oiseau. Il y a un homme, là-bas. Un autiste. Et s'il avait… » La voix de la femme se brisa.

« Madame, s'il vous plaît… Naveen est quelqu'un de gentil. C'est un cousin de la propriétaire de l'hôtel, précisa calmement une autre voix masculine pour rassurer le couple.
– Monsieur Unni, ce n'est pas parce que c'est un cousin qu'il n'est pas dangereux ! »
Unni souffla lentement. « Et si on y allait ensemble, comme ça vous pourrez vérifier par vous-mêmes ? »
Unni, le manager de Near the Nila, était un prince sans royaume ni rente, ni même un travail. Shyam l'avait sauvé de la misère en lui donnant l'hôtel à gérer. Autrefois, le bâtiment principal et le parc étaient le palais d'été de la famille royale. « Shyam s'est payé le palais *et* le prince », avait expliqué Radha à Urvashi quinze ans auparavant, alors qu'elles venaient de se retrouver à une soirée pour anciens de l'université.
Urvashi se demandait souvent ce qui s'était passé pour que Radha change autant. Elle ne s'était pas simplement adoucie avec l'âge. L'ancienne colère et le ton cassant avaient disparu, remplacés par la sérénité de la guerrière rentrée saine et sauve à la maison. Tout à coup, Urvashi sut que si elle survivait à ce qui lui arrivait, elle ne serait plus jamais la même non plus.
Elle se laissa tomber dans un siège. Le plafond de la réception était haut et les ventilateurs à cinq pales brassaient l'air, gardant la fraîcheur. Sur un mur jaune moutarde, des photos en noir et blanc avaient été accrochées en un bloc serré. Aux quatre coins de la pièce, des palmiers jaillissaient de grands pots en cuivre. Des nénuphars flottaient dans un *uruli*, immense récipient traditionnel en bronze patiné. Une vieille lampe à huile ouvragée avait été

décorée de fleurs. Dans la soirée, elles seraient remplacées par des mèches qui, une fois allumées, apporteraient une teinte chaude à ce recoin sombre. À côté, il y avait un fauteuil de planteur avec accoudoirs dépliables pour reposer les jambes.

Un couple élégant entra. Pendant que la femme s'asseyait, l'homme alla au comptoir et se mit à tapoter dessus impatiemment. La femme fit un sourire à Urvashi. Qui le lui rendit, tout en notant la coiffure impeccable, les ongles manucurés, la tenue en lin haut de gamme, la montre Rolex, les diamants aux oreilles, le sac Vuitton. *Si j'étais un troll sur les réseaux sociaux, je dirais que tu as tout misé sur le physique*, ironisa-t-elle en son for intérieur.

« Et si tu retournais au cottage, Rupa ? lui proposa l'homme. Je laisserai les instructions pour la voiture avant de partir.

– Tu t'en vas déjà, Keshav ? » Elle était incapable de dissimuler sa mauvaise humeur.

« C'est que j'ai dit à Mini que je serais là à seize heures. On a de la famille qui vient… » La phrase resta en suspens. L'homme se passa une main dans les cheveux. « Je t'en ai parlé, non ? »

Urvashi vit la femme pincer les lèvres de mécontentement. S'ils devaient se disputer, elle n'avait pas envie de les entendre. Elle se leva et alla regarder les photos au mur. Il s'agissait de portraits d'hommes en turban et de femmes en sari et broches ornées de pierres précieuses. Au centre, dans un cadre plus grand que les autres, un homme à l'air impérieux posait, assis dans un fauteuil droit, un chien à ses pieds. Urvashi savait que Shyam avait acheté tous ces clichés dans un vieux studio de photographe à Bombay.

Derrière, une entrée en forme de voûte était fermée par une porte vitrée. Urvashi la poussa et vit qu'elle menait dans un long couloir sombre qui semblait aboutir sur la terrasse et le fleuve.

Elle avança de quelques pas et appela, « Ouhouh ! Ouhouh, il y a quelqu'un ? »

Sreelakshmi

La petite fille était venue se cacher peu après l'aube. Elle ouvrit grand les portes de l'*almirah* et sauta d'un bond à l'intérieur, se cognant contre le double fond. Le bois céda, se désagrégea. La boîte à stylo tomba du compartiment secret et s'ouvrit. Je fus éjectée. L'enfant me prit dans ses mains et s'agrippa à moi comme à un roseau la sauvant des courants du fleuve qui voulaient l'emporter.

Je me cramponnai à elle tout autant. Moi qui n'avais connu que les ombres en forme de tulipes effrayantes et la respiration superficielle, voilà qu'après une seule et unique poussée, je renaissais.

Un souvenir d'une autre vie me revint.

J'avais quatre ans. Je vivais à Karakkad, dans la *tharavad*, la maison maternelle, qui possédait un immense garde-manger. Dans un de ses placards, il y avait un certain bocal en verre. La pièce regorgeait de pots en terre cuite de tamarin séché au soleil. Au plafond étaient accrochés des régimes de bananes en train de mûrir, des concombres géants, des ignames. Le placard renfermait du gingembre et du poivre, et chaque fois qu'on l'ouvrait, une bouffée d'épices sucrées me prenait aux narines. Mais c'était le bocal en verre qui me fascinait. Il était rempli aux trois quarts de miel.

Ma grand-mère s'en servait comme baume pour les brûlures et comme édulcorant pour les divers remèdes nauséabonds qu'elle semblait prendre plusieurs fois par jour. Elle en mélangeait dans une tasse d'eau chaude qu'elle nous donnait à boire en cas de toux, et en ajoutait aux bananes et aux flocons de riz qu'elle emportait au temple pour le *prasadam*, l'offrande. Mais elle ne nous laissait jamais manger le miel tel quel.

Je la suivais dans le garde-manger chaque fois qu'elle y allait remplir le petit bol qui l'aiderait à ingurgiter sa dose journalière de médicaments. Quand il était plein, elle m'autorisait à lécher la cuillère. J'espérais qu'un jour elle me tendrait le bol et dirait : « Tiens, c'est pour toi. »

« Il vient d'où, le miel ? la questionnai-je un jour.

– De la ruche, expliqua-t-elle, et elle referma bien le bocal.

– Qui c'est qui fait le miel ? insistai-je, tout en me demandant si la personne en charge le remuait dans une grande marmite.

– Des milliers d'abeilles travaillent dans la ruche pour le fabriquer.

– Est-ce que les abeilles elles mangent du miel ?

– J'imagine, répondit-elle en remplissant un plat de tamarin.

– Alors, les abeilles à miel, elles sont pleines de miel ?

– On peut dire ça, oui ! » s'esclaffa-t-elle.

Plus tard ce jour-là, alors que je me promenais dans

le jardin, je vis une ruche. C'était donc de là que venait le miel de ma grand-mère. Je repensai à toutes ces fois où j'en avais léché à peine une goutte sur la cuillère, une goutte plus douce et sucrée que la douceur elle-même. Ma grand-mère avait une ruche entière pour remplir son bocal, mais elle refusait de m'en donner davantage. Et j'étais trop fière pour le lui demander, même si je voyais qu'elle en donnait à mes sœurs et à mes cousins qui osaient le faire.

Quand on vit dans une famille élargie, l'une des premières choses qu'on apprend, c'est à crier très fort et à retenir sa respiration jusqu'à devenir violet. Ce stratagème vous garantit d'obtenir l'attention et tout ce qui vous fait envie. J'étais une drôle d'enfant, disait-on. Je ne demandais pas. Je n'exigeais pas. J'attendais plutôt que cela vienne à moi. Ou bien je trouvais le moyen de satisfaire mes désirs par moi-même. Il en alla ainsi avec le miel.

J'observai la ruche. Je remarquai que les abeilles y étaient bien plus grosses que toutes celles que j'avais pu voir jusque-là. Je n'étais pas surprise. Ma grand-mère était aussi imposante qu'un éléphant : elle avait deux pommes jaques qui lui poussaient sur le torse, et une taille grasse et molle comme le matelas que nous devions enrouler le matin au réveil. En toute logique, ses abeilles lui ressemblaient.

Ces insectes dodus travaillaient sans relâche pour ma grand-mère, fabriquant le miel comme nos ouvriers Nayadi, Janu, Karuppan et Cheeru travaillaient aux champs pour fabriquer le riz et ainsi remplir le grenier de la *tharavad*.

Cela dit, les abeilles à riz ressemblaient à des phasmes et ne bourdonnaient pas. Surtout, elles semblaient n'avoir jamais le temps de se reposer. Ma grand-mère devait préférer ses abeilles à miel. De la même manière qu'elle préférait mes grandes sœurs à moi.

« Ne va pas trop près de la ruche », m'avait ordonné ma mère.

J'avais fait mine de ne pas l'entendre. Elle me parlait toujours pour m'interdire des choses. Elle m'intimait de ne pas approcher du bassin de baignade ou du fleuve, du manguier ou de l'autel consacré aux serpents. Dans le bassin il y avait un crocodile, dans le fleuve un tourbillon et une pieuvre, le manguier abritait des fourmis rouges et une goule, et l'autel – qu'elle appelait *pambum kavu* – était la maison des serpents. Hormis les fourmis rouges, je n'avais croisé aucun autre danger.

Un matin, j'étais aux abords de la ruche quand une abeille fonça sur moi en bourdonnant de colère. Lorsqu'elle fut tout près, j'ouvris grand la bouche. L'abeille y entra et je mordis dedans, mon corps tout entier prêt à recevoir le miel dont, j'en étais persuadée, elle était pleine.

Je n'avais jamais rien goûté d'aussi infect. J'en avalai un peu mais recrachai l'essentiel. Ma sœur aînée, qui était dans le jardin et m'avait vue faire, n'en croyait pas ses yeux. Elle appela ma mère en poussant les hauts cris. « *Amma*, vite ! Sreelakshmi a mangé une bête… ! »

Ma mère et mes sœurs firent cercle autour des restes de l'insecte. « Tu es folle ou quoi ? Pourquoi essayais-tu de manger une guêpe ?

– Je croyais que c'était une abeille à miel », expliquai-je

entre deux gorgées d'eau. Elle me fit rincer la bouche au moins vingt fois.

« Eh bien, tu te trompais, rétorqua ma sœur aînée. C'était une guêpe, et sa piqûre fait très mal.

– Tu n'as pas eu peur ? demanda mon autre sœur, qui me scrutait tout à coup comme si j'avais des cornes et une queue.

– Non. J'ai cru qu'elle aurait un goût de miel. »

Sur ces entrefaites, ma grand-mère arriva et me ramena à l'intérieur pour me donner un purgatif qui m'aiderait à vomir tout ce que j'avais pu ingérer.

Seul mon père, qui était à la maison ce jour-là, éclata de rire en apprenant la nouvelle. « Kadugu-mani a de l'imagination, et beaucoup de cran ! » s'amusa-t-il. J'étais sa *kadugumani* : petite et piquante comme une graine de moutarde, disait-il toujours. Je ne savais pas ce qu'était l'imagination, ni le cran d'ailleurs, mais je devinai que c'étaient de bonnes choses car il me pinça les joues et s'esclaffa de plus belle.

Ma grand-mère, qui se préparait des feuilles de bétel, lui jeta un regard déconcerté. « Mais qui aurait l'idée de manger une guêpe ?

– Voyons, les Chinois, par exemple. Ils les font frire, et ils trouvent ça bon et croustillant.

– Tout ce qui est frit est bon et croustillant, se moqua ma mère.

– C'est vrai, répliqua mon père. Comment on réussirait à avaler tes *payar kondatam*, sinon ? »

Mon père et moi détestions ces longs haricots verts au goût bizarre, les « haricots kilomètre », denrée de base chez nous. Quand la récolte était particulièrement bonne, ma mère les coupait en morceaux de cinq centimètres, qu'elle faisait sécher au soleil avec du sel. Une fois frits, c'étaient des petits bâtonnets marron que tout le monde croquait avec plaisir, sauf mon père et moi. Je préférais en caler un au coin des lèvres et parader dans la maison en disant, « Regardez, je fume un *beedi.* »

Le lendemain de cet incident, ma grand-mère m'emmena dans le garde-manger et sortit le bocal en verre. « Tiens, prends-en. Prends-en autant que tu veux, même. Et la prochaine fois, demande-moi. Ne va pas encore nous manger une guêpe », dit-elle en s'efforçant de garder son sérieux.

Je plongeai la cuillère qu'elle m'avait donnée et lorsque je la retirai du pot, elle débordait de miel. J'approchai le liquide luisant et gluant de mes lèvres et le gobai en une seule bouchée gourmande. Il était épais et sucré, et je sentis le goût de la guêpe sur ma langue. Je crus bien que j'allais avoir un haut-le-cœur, mais je me forçai à avaler.

Je n'ai plus jamais touché au miel.

L'histoire de la guêpe que j'avais mangée devint autant une blague qu'une légende dans la famille. Si je faisais une bêtise, on ironisait en disant : « Je n'en attendais pas moins de la part d'une mangeuse de guêpe. »

Cette même guêpe me fut très utile lorsque je m'orientai vers des études scientifiques, et plus spécialement la zoologie. « Pourquoi pas le malayalam ? L'histoire ? Ou les mathématiques ? » s'interrogèrent mes beaux-frères.

Le premier travaillait dans le domaine ferroviaire, comme mon père auparavant. Le second était riche. Personne ne savait ce qu'il faisait exactement mais sa famille possédait de l'argent, un certain nombre de cars aux itinéraires lucratifs, de vastes rizières et même une école privée. C'est lui qui ajouta : « On pourra toujours t'embaucher à l'école quand tu seras diplômée. »

Mais, dans son fauteuil, mon père marmonna : « Elle sait ce qu'elle fait. »

Il avait été un père absent, accaparé par sa carrière, d'abord pour les Britanniques puis pour le gouvernement indien. « Je suis dans les chemins de fer », voilà comment il entamait la plupart des discussions. On aurait presque dit une condamnation à perpétuité. Il avait voyagé dans toute l'Inde et parlait de villes lointaines avec familiarité. Sans lui, on m'aurait mariée à seize ans, comme mes sœurs et mes cousines. Mais il avait su reconnaître ma soif d'apprendre et voulu que j'étudie dans un bon établissement, qui saurait façonner mon esprit et me préparer à l'Inde moderne. Il avait réussi à m'inscrire en licence à Madras et, si je sortais major de ma promotion, il promettait de me laisser poursuivre en master à l'université hindoue de Varanasi.

Le beau-frère riche en remit une couche. « La zoologie, ce n'est pas facile. Il faut se salir les mains. Disséquer des animaux, et tout. »

Mon père le fusilla du regard. « La zoologie est parfaitement dans ses cordes. Ne mets pas en doute ses capacités. N'oublie pas qu'elle a mangé une guêpe. Il en faut du courage pour faire ça ! »

Ah, mon courage. Où s'est-il enfui par la suite ?

Seuls ceux qui ont réellement connu la peur sont à même de comprendre à quel point elle tétanise. Les jours précédant mon suicide, mon univers se réduisit à une terre désolée, aride et sèche. Je respirais la peur ; elle courait sur ma peau comme une araignée. Elle jaillissait à la périphérie de ma vision, tels des corps noirs flottants. Même l'eau que je buvais avait le goût de la peur.

Par conséquent, je sus tout de suite qu'il ne s'agissait pas d'un simple jeu de cache-cache. Le cœur de la petite fille battait à se rompre, comme si elle venait de fuir un démon à la langue rouge sang et aux crocs jaune brillant. Cette enfant n'aurait pas dû se trouver là, seule. Quelqu'un aurait dû la prendre dans ses bras, la réconforter, lui faire sentir que la vie pouvait redevenir normale.

Il y eut un gémissement. Un minuscule cri d'angoisse aussitôt étouffé. Le visage de la petite fille se décomposa et elle se mit à pleurer à chaudes larmes. Son buste se soulevait mais elle pleurait sans bruit, s'essuyant les yeux avec les poings. Dans cet espace sombre et confiné, nous demeurâmes ainsi. Je sentais la chaleur de ses doigts, la terreur et le désespoir silencieux qui exsudaient par tous ses pores.

Fantômes et écrivains se ressemblent davantage que vous le croyez. Nous pouvons être tout ce que vous voulez. Nous pouvons entendre vos pensées même si vous ne les confiez pas. Nous pouvons lire les silences et retranscrire vos histoires comme si elles nous étaient arrivées. Et moi, j'étais les deux : un fantôme et une écrivaine.

Le Temps de la peur

Pendant tout l'été, les reproches de sa mère lui pesèrent. C'était une ombre qui changeait constamment de taille, courait devant elle, rôdait dans son dos. Megha avait l'impression de ne rien faire de bien. Sa vie n'était qu'une suite d'erreurs : il y avait toujours un décalage entre ce qu'elle imaginait dans sa tête et la réalité. Elle cassait un plat en verre qui valait cher ; elle ramenait un chaton abandonné à la maison ; elle mangeait trop de mangues vertes ; elle grimpait dans un arbre... Les critiques cessaient uniquement lorsque son frère Suraj apparaissait.

Dès lors, le soleil brillait et Maman était si pleine d'amour qu'elle ravalait ses remontrances et se lançait dans un concert de louanges, susurrant des paroles tendres tandis qu'elle caressait le bras, touchait la joue ou tapotait les cheveux de son fils aîné. Son petit boy-scout. Il savait faire des nœuds et pulvériser un cafard. Il accomplissait une bonne action par jour et offrait un visage rayonnant au monde. Pas comme Megha, qui se rongeait les ongles et avait un mal fou à se débarrasser de sa mauvaise humeur.

À la seconde où les projecteurs étaient braqués sur

son grand frère, Megha, du haut de ses six ans, s'illuminait de l'intérieur. Le silence béni, la fin de la surveillance constante, le centre d'attention déplacé, tout l'aidait à marcher d'un pas léger. Megha était libre. Megha n'avait pas peur. Megha était Megha. Et comme l'école allait bientôt reprendre, Megha n'aurait plus grand-chose à craindre.

Le matin de la rentrée, elle se leva dès qu'elle entendit sa mère l'appeler. À partir de là, elle s'employa à être une fille modèle. Hélas, le petit-déjeuner eut raison d'elle. C'était le même tous les jours. D'habitude, elle avait le temps de camoufler sa peur. Mais ce matin-là, tout le monde la regardait et elle vit la nourriture prendre vie, les aliments guettant dans l'assiette, menaçant d'anéantir ses débuts parfaits d'élève de CP.

L'œuf au plat la fixait d'un œil globuleux, la mettant au défi de le piquer d'un coup de fourchette pour le faire pleurer ; le toast, marron et sec sur les bords, attendait de se faire broyer comme des os dans sa bouche ; la banane plantain semblait dormir dans sa peau verte, tel un bébé dans le berceau. Seul le lait dans son grand verre restait obstinément liquide. Megha en prit une gorgée hésitante.

« Maman, Megha mange pas, marmonna Suraj en enfournant une bouchée de toast qui fit tomber une pluie de miettes.

– Pourquoi tu ne manges pas ? la réprimanda Maman.

– Et si l'œuf criait de douleur ? » dit Megha.

Suraj transperça le jaune d'œuf de sa petite sœur en beuglant, « Hiiiiii… C'est comme ça qu'il crie ? »

Quand Megha vit la substance baveuse se répandre dans son assiette, elle eut envie de vomir. Vite, elle courut à la salle de bains. Pour une fois, Maman était furieuse contre son frère. Papa aussi. Lorsqu'elle revint à table, elle l'entendit ordonner d'une voix qui lui retourna les entrailles : « Ne me pousse pas à bout, Suraj. Je ne tolérerai pas un petit tyran sous mon toit. »

Les parents de Megha tenaient à l'accompagner jusqu'à l'arrêt où le camion l'attendrait. Mais elle avait insisté pour y aller seule. Ce n'était pas loin, juste au bout de la route. La fillette se mit en chemin, son nouveau cartable aux épaules et le ventre barbouillé dans la zone juste en dessous du nombril.

Le camion vert olive de l'armée était garé devant l'arbre à *jamun*. Il y avait une petite échelle fixée à l'arrière et un homme se tenait à côté pour aider les enfants à monter. Le cœur de Megha battit plus vite en voyant la queue avancer.

À mesure qu'elle approchait de cette échelle fourbe qui la hisserait dans l'étrange véhicule à l'ossature métallique, Megha ferma les yeux et visualisa le dessin du chariot de pionniers dans son livre préféré. Sa cousine Nisha l'avait dans ses bagages quand elle était venue les voir d'A-mérique.

C'est l'histoire d'une famille qui fait un long voyage à travers le Far West, lui avait expliqué Nisha. Megha avait bien regardé le chariot à la bâche arrondie, et elle avait pensé au camion de l'armée qui l'emmènerait à l'école à compter de la rentrée. Pendant que sa cousine regardait ailleurs, elle avait déchiré l'image et l'avait fourrée dans la poche de sa robe.

Elle s'était creusé les méninges pour savoir quoi faire de

la page volée. Si elle la glissait sous son oreiller ou dans le tiroir à sous-vêtements et que Maman la trouvait, ça barderait pour elle. Maman saurait qu'elle était coupable.

Tata Priya, la mère de Nisha, avait accusé le fils de la cuisinière d'avoir abîmé le livre de sa fille. « Celui qu'on a apporté des States, en plus ! »

Maman avait tenté de la calmer. « J'ai dit à Kamala que son fils devra rester dans leurs quartiers, il ne pourra plus se promener comme ça dans la maison. Nous avons trop d'objets précieux pour prendre des risques. Surtout avec les domestiques. »

Au début de leur séjour, Tata Priya avait tenu à ce que le petit Krishna joue avec Nisha et Megha. Maman n'approuvait pas, mais elle avait accepté.

Maman disait souvent que les profs de Priya à JNU lui avaient bourré la tête avec ces idioties d'égalité. Megha se demandait bien où se trouvait ce « JNU », et aussi ce qu'était l'« égalité ». Est-ce que ça se buvait comme de l'alcool ? Ou était-ce quelque chose qu'on sniffait par le nez, une sorte de vapeur ?

L'Amérique avait aggravé la bêtise de Priya. Elle laissait la bonne et le chauffeur régner sur sa maison comme s'ils étaient des invités et non des domestiques – Megha avait entendu Maman le dire à Papa. Puis elle avait imité le ton précieux de Tata Priya : « Pas des domestiques, *Akka*. On les appelle le personnel ! » Maman avait éclaté de rire et conclu qu'avec l'acte de vandalisme du fils de la cuisinière, cette phase-là était terminée.

Megha avait senti sa bouche se dessécher en entendant que Krishna était banni. Elle aimait bien jouer avec lui. Ça ne le dérangeait jamais qu'elle le déguise. Dans la boîte de maquillage qui était rien qu'à elle, Maman avait mis les rouges à lèvres dont elle ne voulait plus, un bout de crayon à paupières et un fard à joues tellement usé qu'on voyait le fond argenté de la boîte. Krishna et elle s'amusaient à fabriquer des colliers à partir d'emballages de bonbons froissés à grand bruit, qu'elle lui enroulait autour des poignets ou lui posait sur la tête comme une couronne.

Megha n'avait pas osé avouer que c'était elle qui avait déchiré la page. Maman aurait été en colère. Papa aurait été déçu. C'était sa phrase préférée. « Tu me déçois », disait-il en secouant la tête, et ses yeux qui jetaient des éclairs transperçaient la peau. Le plus souvent, cela se terminait par une fessée. Le plus souvent, c'était Suraj qui le décevait. Pas elle.

Quant à Suraj, justement, impossible de prédire sa réaction. Il pouvait très bien se moquer, ou la pincer méchamment. Ou l'ignorer. Parfois, quand elle se faisait gronder, Suraj lui offrait une plume bleue de martin-pêcheur ou un beau galet blanc pour la réconforter. À d'autres moments, il jouait au grand frère et répétait les remontrances de Maman, sauf qu'il ajoutait en préambule : « Tu me déçois. »

Alors, ce matin-là, Megha avait calé la page volée entre son ventre et sa chemise d'uniforme. L'élastique de sa jupe bleu marine l'empêcherait de tomber.

« Et qui avons-nous là ? demanda l'homme près de l'échelle, lorsque ce fut à son tour de monter.

– Megha Naidu », répondit-elle par-dessus les battements de son cœur. Il ressemblait bizarrement à l'homme sur l'image qui posait près du chariot de pionniers. Il avait le même visage rond, avec un petit nez et un grand sourire, du ventre, et aussi le crâne comme une boule de billard. Lisse et brillant.

« La fille du lieutenant-colonel Naidu, précisa le chauffeur. C'est la dernière qu'on prend. Les autres devront attendre qu'on revienne. »

« Tonton Prem. Tu peux m'appeler comme ça », dit l'homme en refermant la barrière de sécurité derrière lui. Les places étaient toutes prises et quelques enfants plus grands se tenaient debout, cramponnés aux barres en fer. Comme des singes dans une cage, ironisait Suraj avec un dédain suprême, maintenant qu'il allait à l'école à vélo.

« Viens près de moi », proposa Tonton Prem en lui faisant une place au bord du banc, tandis qu'il restait debout. Megha ressentit une bouffée de joie en s'asseyant. La surface était dure sous ses fesses et l'odeur pas franchement agréable. Un mélange de talc et d'huile capillaire, de savon et de cirage, de métal chaud et de vieille bâche puante. Mais la petite fille était trop surexcitée pour s'en inquiéter.

Lorsque la dernière sonnerie de la journée retentit, Megha fonça vers le point de rencontre devant l'école. Dans son cartable, elle avait un nouveau cahier de textes. Chaque jour sa maîtresse y inscrirait les devoirs et elle le montrerait à Maman. Elle ne ferait plus jamais d'erreurs ; elle n'oublierait plus jamais ce qu'elle était censée faire. Megha ne marchait pas, elle gambadait. Elle aperçut le camion vert de l'armée et son gentil gardien, Tonton Prem.

« Et qui voilà ! s'écria-t-il joyeusement. Qu'est-ce que tu faisais ? Je t'attendais, moi. » Il lui pinça gentiment les joues. « Ah, ce visage joufflu, ces beaux cheveux frisés... Mais que tu es jolie ! » Megha lui fit un sourire radieux.

Elle le sentit même s'étirer au-dessus des oreilles, comme l'élastique de la fausse barbe que Suraj avait portée à un concours de déguisements. Jusqu'à maintenant personne ne lui avait dit qu'elle était jolie.

« Reste avec moi », décréta-t-il tandis que les autres enfants se rangeaient en file indienne. Megha se tint sagement sur le côté, baignant dans l'aura de l'élue. Cet air crâneur et satisfait que Suraj prenait lorsque Papa lui donnait une clé anglaise à tenir pendant qu'il bricolait sa moto. Ou quand Maman le laissait faire le thé pour tout le monde le dimanche après-midi. Sauf que maintenant, c'était enfin son tour. Au même moment, elle vit son grand frère passer à vélo. Il freina brutalement. « Ma sœur a fait une bêtise, mon oncle ? cria-t-il.

– Une bêtise ? Oh, non, c'est une vraie *bommakutty* ! lança Tonton Prem. Elle pourrait se faire bousculer dans la montée, et je ne voudrais pas que votre père dise que je ne m'occupe pas de sa princesse. C'est tout ! »

Suraj repartit à vélo. Et Megha prit la main de Tonton Prem. On ne lui avait jamais dit qu'elle était une petite poupée, jamais. *Je suis une* bommakutty, chantonna-t-elle tout bas. *Megha est une* bommakutty*, la la la…*

Cette fois, Tonton Prem la fit asseoir sur ses genoux, et lorsque le vent ramena des mèches dans le visage de Megha, il les remit délicatement derrière ses oreilles.

Quand ils se garèrent devant l'arbre à *jamun*, il tendit le bras et cueillit quelques fruits charnus. Megha vit les regards envieux qu'on lui jetait lorsqu'elle en mit un dans sa bouche. La chair à la fois acide et sucrée avait un goût de cendres et lui fit la langue violette. « Regarde, Tonton Prem, je suis un monstre ! » Elle tira la langue, loucha, poussa un grognement. Il feignit d'avoir peur, ce qui la fit glousser.

Tonton Prem lui pinça de nouveau les joues, gentiment. « Tu ne peux pas être un monstre. Tu es une princesse. Princesse Megha. »

Ce soir-là, elle demanda à sa mère de lui montrer comment on écrivait le mot « princesse ». Puis, à la première page de son cahier de textes, elle recopia soigneusement son nom : Princesse Megha.

Le règne de Megha en tant que princesse du camion vert de l'armée dura toute une semaine. Elle tomba en disgrâce le jour où sa mère vint chercher les enfants à l'école. Croisant la maîtresse de sa fille, elle lui dit : « J'espère que Megha ne vous donne pas trop de fil à retordre.

– Au contraire, c'est une élève adorable. Si j'arrivais à réfréner son imagination, elle pourrait même être la première de la classe. »

Maman poussa un soupir en voyant la première page du cahier de textes que Mme George lui montra.

« Qu'est-ce que c'est que cette histoire ? s'emporta-t-elle quand ils furent sur le chemin du retour.

– Tu devrais la voir, cafta Suraj. Elle s'assoit sur les genoux de l'officier de service et donne des ordres à tout le monde, comme si c'était une vraie princesse. » Il se tourna pour regarder sa sœur, qui boudait à l'arrière. Elle était vexée de rentrer en voiture.

Maman fronça les sourcils. Le soir même, Megha la surprit à comploter avec Papa. « C'est trop loin pour qu'elle y aille à pied et elle est trop jeune pour faire la route à vélo. Je vais devoir l'emmener tous les jours », conclut-elle.

Le cœur de Megha se serra. Pourquoi voulait-on l'empêcher d'aller à l'école dans le camion vert de l'armée ?

Mais Papa secoua la tête. « Ce ne sera pas nécessaire. Je t'ai dit que j'allais m'en occuper. » Il prit la télécommande et changea de chaîne. Fin de la discussion.

Ce soir-là, Megha pria avec ferveur. Tout de même, Dieu pouvait bien faire en sorte qu'elle prenne le camion et pas la voiture ? Mais à quels dieux de l'armoire à *puja* s'adresser ? Venkatachalapathi, avec son visage noir et son torse couvert d'or ? Shiva, qui porte la lune dans ses cheveux et un serpent autour du cou ? Le dodu Ganesha, au visage d'éléphant ? Ou la souriante Lakshmi sur sa feuille de lotus ? Au final, elle les pria tous, en espérant que l'un d'eux explique à son père pourquoi c'était mieux qu'elle aille à l'école avec le camion de l'armée.

Le lendemain matin, Papa l'accompagna à l'arrêt.

Bharat Naidu y avait pensé jusque tard dans la nuit. Il trouvait que Chaya dramatisait. Dès le départ, elle avait été contre l'idée du camion. « À un moment donné, Megha va devoir apprendre qu'il y a un monde en dehors du cocon qu'on a créé pour elle. Elle va devoir se confronter à des gens moins privilégiés. Laisse-la monter dans le camion de l'armée, jouer des coudes pour avoir une place, se faire bousculer un peu. Ça lui forgera le caractère », avait-il opposé à sa femme.

Il ne voulait pas que sa fille grandisse dans la peur. Mais il ne voulait pas non plus lui inoculer le doute sur les mauvaises intentions de certaines grandes personnes. Sans compter qu'il ne pouvait pas accuser un homme comme ça, sans preuve. Encore moins par les temps qui couraient. Il ne fallait pas avoir peur, certes, mais il fallait être prudent.

« Bonjour, *Saabji.* » Prem se redressa vivement en les voyant pénétrer dans son champ de vision. « Bonjour, *beta* », ajouta-t-il en souriant à Megha. Le cœur de la petite fille fit un bond dans sa poitrine. Personne ne lui souriait comme Tonton Prem.

Papa dit, de façon tout à fait inutile : « Bonjour. C'est ma fille.

– Je sais, *Saabji.*

– Bien. Je compte sur vous pour prendre soin d'elle », commença-t-il. Puis, d'un ton que Megha ne put déchiffrer, il déclara : « Je ne veux pas qu'elle s'assoie près de la sortie. Trouvez-lui une place au fond du camion. Elle est asthmatique… Allergique à la poussière. »

Voilà. Problème réglé. Chaya se sentirait sécurisée, et il n'avait pas pu vexer cet homme. Comme le brigadier Menon disait toujours : « Celui qui sait s'y prendre sépare la feuille de l'épine sans se piquer. C'est la marque d'un bon stratège. »

« Monte », ordonna Tonton Prem en montrant l'échelle.

Megha s'exécuta et se dirigea vers le banc du fond. Maman avait dit que c'était là où elle devait se mettre. Pas près de la sortie, et encore moins sur les genoux de Tonton Prem. « On ne s'assoit pas sur les genoux des inconnus. Et on n'accepte pas non plus de bonbons ou de cadeaux. Tu m'entends ? avait-elle insisté d'un ton sévère, tout en lui brossant les cheveux.

– Pourquoi ? » s'était rebellée la petite fille.

Maman avait marqué une pause. Fixé la brosse d'un regard lourd de sens. Sans doute brûlait-elle de crier : *Ne me pousse pas à bout, sinon tu vas avoir une fessée !* Mais elle avait répondu : « Parce que je suis ta mère et que tu vas m'écouter. »

Megha sentit que tout le monde la dévisageait et se moquait de sa détresse. Si seulement Tonton Prem pouvait lui sourire. Mais il évitait son regard et, lorsqu'elle tenta d'attirer son attention, il l'ignora. Megha avait envie de se mettre en boule et de brailler : « Qu'est-ce que j'ai fait ? Qu'est-ce que j'ai fait de mal, Tonton Prem ? »

La journée en classe passa dans une sorte de brouillard. Quand ils jouèrent à son jeu de lettres préféré, Megha se retrouva debout, bouche bée comme celle d'un poisson rouge, incapable d'émettre un son, de trouver le mot à former ou au moins de participer, alors que d'habitude elle était si impatiente de donner la réponse en premier. Elle se trompa dans toutes ses additions, et la fleur qu'elle dessina ressemblait à une crotte. « C'est celle de Scooby-Doo ? » gloussa Benjamin, qui était assis à côté d'elle. Dans sa grande bonté, il ajouta qu'il lui montrerait ses fesses si elle en faisait autant.

« Qu'est-ce qui ne va pas ? » demanda Mme George en voyant que Megha restait seule dans son coin au lieu de jouer à cache-cache avec les autres.

« J'ai mal. Ici. » La petite fille montra du doigt sa poitrine, puis son ventre. Elle avait mal dans sa tête, aussi. Mme George fronça les sourcils : sans doute une gastro. « Tu veux rentrer chez toi ?

– Non, non », supplia Megha. La maîtresse la rassura.

Quelle curieuse enfant, quand même. En général, ils étaient ravis de partir au milieu d'une journée. C'était tout un cinéma, et ils adoraient ça – le parent qui débarquait, la classe qui s'interrompait le temps que l'élève range manuels, boîte à repas et gourde dans son cartable, les regards envieux des camarades. Visiblement, la petite Naidu ne voulait rien de tout cela.

Depuis sa place dans la queue, Megha ne quittait pas Tonton Prem des yeux. Mais il parut ne pas la voir, alors qu'il avait une blague, un commentaire ou un rire pour tous les autres. Elle se mordit la lèvre et pria fort pour que les larmes ne viennent pas.

Les jours suivants, elle fut de plus en plus triste. Elle n'avait même jamais été aussi malheureuse. « Qu'est-ce que tu as ? questionna Maman en lui touchant le front, le troisième matin.

– Rien.

– Elle est pâle, s'inquiéta Papa.

– Elle mange à peine. Regarde son assiette », montra Maman. Tout le monde constata qu'elle n'avait pas touché à son petit-déjeuner.

« Tu dois manger, mon cœur », dit Papa gentiment.

Megha secoua catégoriquement la tête. « J'ai pas faim. »

Lorsqu'elle arriva à l'arrêt, seuls quelques enfants attendaient. *Il y a un microbe qui traîne en ce moment*, avait signalé Maman. Megha savait par Papa que les microbes sont un peu comme des petites bêtes. Pendant un instant, elle regretta de ne pas s'être fait mordre par le microbe du rhume, elle aussi. À quoi ressemblait-il ? Une petite bête qu'elle aimait bien, la coccinelle, était rouge avec des points noirs. Peut-être que le microbe du rhume était couleur morve avec des points verts. Comme ça, elle n'aurait pas à voir Tonton Prem, et ne sentirait pas la morsure de son indifférence.

Quand le camion se mit en route, elle s'approcha de lui sans bruit. « Va t'asseoir au fond », ordonna-t-il sèchement.

Megha obéit mais le soir, quand le camion arriva à son arrêt, elle resta obstinément collée au banc. Le chauffeur coupa le moteur et annonça : « Au fait, Prem, je débauche plus tôt aujourd'hui. Aziz me remplace, il sera là dans un quart d'heure. »

Les enfants descendirent un par un. Bientôt, le camion fut vide. Un lourd silence s'installa. Megha était toujours à sa place, les talons enfoncés dans le sol, le regard rivé sur Tonton Prem, devant le camion. « Tu ne veux pas rentrer chez toi ? finit-il par demander.

– Désolée, Tonton », dit-elle d'une petite voix.

Elle vit ses yeux qui la sondaient. Elle vit ses lèvres qu'il pinçait. Puis il grimpa à l'intérieur et vint s'asseoir à côté d'elle.

« Vraiment ?

– Vraiment. Promis-juré sur la tête de Dieu. » Megha ne savait pas de quoi elle était désolée. Elle ne savait pas ce qu'elle avait fait de mal, ni pourquoi il la rejetait. En revanche, elle savait que « désolé » marche presque toujours. « Désolée ! » répéta-t-elle. Et elle posa une main sur le bras de Tonton Prem pour l'implorer de la ramener dans le cercle de lumière qu'il avait dessiné autour d'elle.

« Si c'est ça, embrasse-moi », fit-il à voix basse.

Elle se pencha pour déposer un baiser sur sa joue.

« Non, non. Là. » Il montra sa bouche.

Elle s'avança et pressa brièvement ses lèvres sur les

siennes. Elles étaient sèches et parcheminées. Rugueuses comme le nez d'un chien malade. Elle l'avait remarqué chez Mac, le labrador des voisins, qui avait eu une infection quelques jours plus tôt.

« Hmm… Tu ne m'as pas l'air d'être sincèrement désolée, protesta Tonton Prem, et il la mit sur ses genoux sans ménagement. Écarte les lèvres », grogna-t-il.

Elle obéit docilement. La langue de Tonton Prem lui fit l'effet d'un serpent. Un gros serpent humide qui explorait sa bouche et s'enroulait autour de sa langue à elle. Megha ferma les yeux. Elle ne savait pas ce qu'elle ressentait. Tonton Prem avait un goût de cigarette et de biscuits rassis, et sa salive faisait penser à de la morve. Un profond sentiment de honte commença à lui monter dans la gorge. Juste au moment où elle pensait vomir, il arrêta.

« Ouvre les yeux, princesse », dit-il en la rasseyant à côté de lui.

Il sourit. C'était le sourire soleil qu'elle avait tant désiré. Seulement maintenant, quelque chose clochait, comme une jupe trop froncée.

« Tu comprends, c'est notre secret. » Il la guida vers la sortie. « Personne ne doit savoir. Juste toi et moi. Promis ? »

Elle lui jeta un regard désespéré.

« Qu'est-ce que j'ai dit ? gronda-t-il.

– Oui, mon oncle. » Elle avait l'impression d'avoir été poussée d'une balançoire très haute et en pleine descente.

« Demain, ma princesse, Tonton te montrera d'autres façons de lui faire plaisir. »

Megha se tut. Lorsqu'elle s'engagea sur l'échelle, le goût corrosif du métal lui remplit la bouche. Un goût sale. Elle allait se rincer avec de la Listerine. Papa en avait un énorme flacon dans la salle de bains, il s'en servait pour chasser l'odeur de cigarette. « Sens-moi cette fraîcheur », disait-il en soufflant à la figure de Maman quand elle se plaignait de sa mauvaise haleine.

Le lendemain, Megha sentit une rage impuissante bouillonner en elle. Ce matin-là, elle transperça le jaune de son œuf avec une agressivité qui laissa Suraj pantois. Elle réduisit son toast en miettes, hacha menu sa banane plantain, et en chemin elle jeta un caillou à Mac, couché dans le jardin des voisins.

Devant elle se dressaient le camion vert de l'armée et Tonton Prem avec son sourire soleil. Mais tout ce qu'elle ressentait, c'était la colère au goût âcre qui l'accompagnait depuis le réveil.

« Je te ferai monter à l'avant, un de ces jours, promit-il.

– Juste moi ?! » Peut-être que tout redeviendrait comme avant. Peut-être que le statut de princesse n'était pas si horrible, finalement.

« Juste toi, princesse ! C'est une place très spéciale. Mais il faudra me faire beaucoup, beaucoup de bisous.

– Oh, murmura-t-elle, désemparée.

– Ne t'inquiète pas de ça maintenant. Je te préviendrai quand ce sera le bon moment. » Et il refit son sourire soleil.

Toute la journée à l'école, Megha sentit un trou à la place de son ventre. Toute la journée, elle ne pensa à rien hormis la grosse langue humide de serpent dans sa bouche. Elle en avait la nausée. À la sortie des classes, elle traîna les pieds pour laisser les autres la rattraper. Peut-être que Tonton Prem ne la verrait pas si elle se cachait derrière eux. Si elle réussissait à se frayer un chemin jusqu'à un banc de côté, elle savait qu'elle pourrait lui échapper.

Ceux qui s'asseyaient sur le côté montèrent en premier.

Soudain, un bras jaillit et lui saisit le poignet. « Où tu te sauves comme ça, princesse ? »

Elle pensa à la flaque d'essence que Suraj lui avait montrée sur la route le week-end précédent. « C'est joli, cet arc-en-ciel de couleurs, mais si tu marches dedans, tu peux glisser et tomber », lui expliquait-il quand, justement, une moto avait dérapé sous leurs yeux. Le motard s'en était tiré avec quelques bleus, mais Megha n'avait pas oublié sa sensation de peur abjecte quand elle avait entendu freiner et vu le casque voler dans les airs. Elle ressentait la même peur à présent, ça et une atroce impuissance, aussi.

Tonton Prem la fixa droit dans les yeux et elle sut qu'il savait. « Et pourquoi ma princesse m'évite, hein ? » Il fit son sourire arc-en-ciel teinté d'essence.

Megha chercha à libérer son poignet des doigts qui l'encerclaient comme un bracelet. Mais il ne fit que serrer encore plus fort, tout en s'adressant aux enfants qui montaient, sourire aux lèvres.

Il la fit asseoir sur ses genoux. Elle se tortilla pour descendre. « Papa a dit que je ne devais pas me mettre au bord.

– Dans ce cas, on va au fond, souffla-t-il, et c'est ce qu'il fit, en la tenant tout contre lui.

– Maman a dit que je ne devais pas m'asseoir sur les genoux d'un inconnu, insista-t-elle.

– Sauf que je ne suis plus un inconnu maintenant, n'est-ce pas ? »

Megha se tortilla de plus belle, mais la main posée sur sa taille la plaqua contre le gros ventre mou de Tonton Prem.

« Ben alors, t'es une gamine ou un poisson ? » Se tournant vers les autres, il demanda : « Qu'est-ce que vous en pensez, vous ? »

Tout le monde gloussa. Une fille répondit, « C'est un chaton !

– Tu as raison. Ce n'est pas un poisson, c'est un chaton. Miaou ! »

Le camion prit de la vitesse.

Megha baissa la tête vers son ventre. Quelque chose la poussait par-derrière. Elle se retourna. Il lui rendit son regard, sans parler. Elle ne rêvait pas, on aurait dit un poing qui poussait contre ses fesses. Mais les bras de Tonton Prem enlaçaient les deux enfants à côté d'eux. Même que ses doigts jouaient avec le ruban dans les cheveux de la fille. Megha se sentait bête et en colère, comme la fois où Suraj était entré dans les toilettes sans frapper et l'avait trouvée sur le trône, pantalon aux chevilles.

Quand le camion s'arrêta enfin, elle avait mal à la poitrine à force de ne pas respirer, de rester immobile. Elle avait compris que plus elle gigotait, plus le poing poussait contre ses fesses.

Il la fit asseoir et ordonna : « Reste là. » Leur voisin s'adressait au gentil Mac sur le même ton. Reste là. Pas bouger.

Il ouvrit la barrière en métal, baissa l'échelle et sauta du camion. « On ne se bouscule pas », lança-t-il aux enfants qui se pressaient pour descendre.

Megha se leva. Elle mit la bretelle de son cartable à l'épaule et se dirigea vers l'échelle d'un pas déterminé. Elle avait mis un pied dessus quand il l'attrapa par le bras. « Où tu vas comme ça, princesse ? » susurra-t-il avec un sourire qui lui fendait le visage en deux.

Alors, Megha planta les dents dans la main de Tonton Prem. Elle mordit comme elle avait vu Mac le faire. Elle se suspendit à cette main et ne la lâcha plus. Il hurla, chercha à se dégager. Il y eut un moment de silence horrifié, et puis soudain une explosion de bruits, comme si quelqu'un avait jeté une pierre dans un arbre où nichaient des corbeaux. Des cris rauques, des ailes qui battaient furieusement.

Megha prit la fuite. Elle avait un goût de sang dans la bouche, mais continua de courir. Arrivée dans sa rue, elle sortit sa gourde et se rinça. Encore et encore et encore. Mais l'odeur du sang, de ce qu'elle avait fait, ne voulait pas s'en aller. Elle eut un haut-le-cœur. Un liquide clair lui remplit la bouche. Elle le cracha. Elle préférait encore le vomi au sang.

Maman lui lança un regard inquiet en voyant qu'elle calait sur son goûter, un *aloo pakora*. « Mais enfin, je croyais que tu adorais ça », s'indigna-t-elle.

Megha cacha le beignet de pomme de terre dans sa robe. Mac n'en ferait qu'une bouchée. Le chien serait content, et Maman satisfaite de voir qu'elle avait mangé.

Elle alla chez les voisins pour faire son offrande. « Je suis désolée, Mac. Pardon de t'avoir jeté un caillou », dit-elle en regardant l'animal se régaler. Puis elle s'exila dans la chambre qu'elle partageait avec son frère et se coucha sur le lit du bas. Elle remonta le drap jusqu'au menton, se tourna vers le mur et se pelotonna, malheureuse comme les pierres. Qu'est-ce que les parents allaient dire quand ils l'apprendraient ? Il y aurait des remontrances, des punitions. Peut-être qu'ils n'en sauraient rien. Elle pria : « S'il Te plaît, Dieu, fais que tout s'arrête ! »

La nuit tomba, les lumières furent allumées. Elle entendit qu'on mettait la télé. Il y eut des voix dans le salon. Maman, Papa et Suraj. Elle expira longuement. Personne n'était venu se plaindre d'elle. Elle resta allongée, les yeux fermés et le pouce enfoncé résolument dans sa bouche. S'il Te plaît, Dieu, fais que tout s'arrête !

Un peu plus tard, elle entendit qu'on ouvrait la porte. Puis les pas s'éloignèrent. Mais ils revinrent, et à deux. Tout à coup, Maman tira sur le drap et cria : « Alors c'est là que tu te cachais, vilaine ! » Curieusement, elle paraissait soulagée. À ses côtés, Suraj souriait jusqu'aux oreilles.

Megha se redressa dans le lit, le cœur battant fort.

« Viens, c'est l'heure du dîner », expliqua Maman.

Megha scruta les visages autour de la table, en quête de signes d'hostilité. Personne ne dit grand-chose – au début. Puis Maman se lança : « Qu'est-ce qui s'est passé dans le camion ? »

Papa cala le menton dans la paume de sa main. « À ce qu'il paraît, tu t'es bagarrée.

– Et quand l'officier de service a tenté de vous séparer, tu l'as mordu », termina Suraj, triomphant.

Megha laissa tomber sa tête lourdement. « Je suis désolée. » Une larme atterrit dans son assiette.

« Ta mère et moi, on a décidé que tu ne prendrais plus le camion pour aller à l'école », annonça Papa. Il marqua une pause, puis ajouta : « Tu me déçois. »

Peu importe, Megha sentit le corbeau qui lui oppressait la poitrine déployer ses ailes et s'envoler.

« Mais demain, tu iras en camion une dernière fois.

– Non…, dit Megha d'une petite voix. S'il te plaît.

– Stop. » Papa avait pris son ton sévère. « Maman t'emmènera en voiture quand on sera rentrés de nos petites vacances dans le Kerala. Mais demain, tu prends le camion. Et tu vas faire des excuses à la fille avec qui tu t'es bagarrée, ainsi qu'à Prem. Il a eu besoin de trois points de suture, apparemment. Quand je l'ai appelé, il a eu la courtoisie de répondre : “C'est une petite fille. Ne soyez pas trop dur avec elle. Et dites-lui bien qu'elle reste la *bommakutty* de Tonton Prem.”

– Tu savais que la morsure d'un humain est plus dangereuse que celle d'un chien ? renchérit Suraj. Je crois bien que je vais t'appeler Megha-Mac, maintenant.

– Suraj », intervint Papa, signe qu'il avait intérêt à se taire.

Megha sourit faiblement à son père.

Le lendemain, son frère l'accompagna au camion. « Et ne mords personne aujourd'hui, Megha-Mac », ironisa-t-il en partant à vélo.

Tonton Prem l'ignora. Elle en fit autant et alla s'asseoir au fond. Peut-être qu'il l'ignorerait aussi au retour, et après ce serait fini. Mais il y avait le problème des excuses. Elle allait les baragouiner et vite décamper.

Le soir, Suraj l'attendait au point de rencontre. « Alors, tu lui as présenté tes excuses ? » Elle fit non de la tête.

« Tu as peur ? »

Elle fit oui.

« Souviens-toi du conseil de Papa. Tu le regardes dans

les yeux et tu dis “Désolée”. C’est pas dur, quand même. Tu veux que je reste avec toi ? »

Elle secoua la tête. Puis en le voyant partir elle regretta de ne pas avoir accepté.

Elle essaya d’attirer l’attention de Tonton Prem. Mais il s’obstina à regarder ailleurs, et fit mine de ne pas la voir quand elle passa près de lui. Elle s’assit sur le banc du fond. Elle allait attendre que tout le monde descende, dire pardon et se mettre à courir. Elle n’aurait plus jamais à le revoir.

Le camion arriva à destination. Les enfants bondirent, encore plus excités que d’habitude : c’était le début d’un long week-end.

Megha s’avança à pas de loup vers l’échelle. En la voyant faire, Tonton Prem remonta dans le camion d’un bond. « Tu es encore là.

– Je suis désolée, mon oncle.

– Qu’est-ce que tu as dit ?

– Je suis désolée, mon oncle, répéta-t-elle en le regardant dans les yeux.

– Sauf que tu ne l’es pas vraiment, hein », dit-il doucement, comme pour lui-même.

Elle ne répondit pas. La plupart des enfants s’étaient dispersés. Le chauffeur avait coupé le moteur. Elle se demanda où il était. Elle vit les derniers retardataires s’éloigner.

« Tu es vraiment désolée ? » insista-t-il.

Elle se mordit la lèvre. « Oui, mentit-elle.

– Alors montre-moi à quel point », ordonna-t-il en la poussant d’une main vers le fond. De l’autre, il tira sur le fil qui maintenait la bâche au niveau du toit. En la regardant se dérouler dans un bruit mat, Megha entendit les ailes de cent corbeaux battre autour d'elle. Des becs, des griffes, des croassements affamés, et tous les oiseaux lui tombèrent dessus en même temps. Elle resta immobile. Elle savait qu'il n'y avait pas d'issue.

2

Urvashi

Le couloir était étroit, avec un plafond bas en bois, et il baignait dans la pénombre. Tout au bout, une porte voûtée menait au fleuve. Il pleuvait sans interruption. Urvashi avança lentement, jusqu'à ce qu'un craquement la fasse sursauter. La longue plainte d'une porte en bois, raidie par le temps et le manque d'utilisation, qui s'entrouvrait. Urvashi sentit sa nuque la picoter. Au bout se trouvait une alcôve dans laquelle on avait remisé une vieille *almirah*. Elle en oublia de respirer. Qu'y avait-il dedans ?

Sans le vouloir, elle mit la main à la bouche. Elle prit une grande inspiration et ferma les poings, pour se calmer. La porte qu'elle avait refermée derrière elle avait dû entrebâiller celle de l'armoire. Ou le courant d'air, peut-être.

Elle se posta devant, l'ouvrit franchement – et resta bouche bée. Une petite fille était blottie à l'intérieur, le regard transi de peur, le pouce dans la bouche. Elle était blême et avait ramené ses genoux sous le menton. En voyant Urvashi, elle se recroquevilla encore. « Non… Non… Tonton… », geignit-elle.

Urvashi la prit dans ses bras le plus délicatement possible. « Oh, ma petite puce, qu'est-ce qui t'est arrivé ? »

Soudain, l'enfant se cramponna à elle de toutes ses forces. Quelque chose s'enfonça dans la chair d'Urvashi. C'était une sorte de brindille que la fillette tenait dans son poing fermé. Urvashi la lui prit en douceur et la fourra dans la poche de son *kurta*.

« Pourquoi tu te caches ici, ma chérie ? » chuchota Urvashi. Pas de réponse. « N'aie pas peur, tout ira bien », murmura-t-elle encore à son oreille, et l'enfant la serra plus fort.

Elle retourna à la réception, où elle tomba sur un Unni tendu, en pleine discussion avec un couple. Un préadolescent était avec eux.

Le couple se rua vers Urvashi en criant « Megha ! » d'un ton où se mêlaient crainte et soulagement.

Unni s'exclama : « Dieu merci, madame, vous l'avez trouvée ! On la cherche depuis ce matin.

– Mon bébé », souffla la mère en étreignant sa fille, toujours pâle et tremblante, qui enfouit la tête dans son cou.

Le père était l'incarnation du désespoir et de l'impuissance. Il mit un bras protecteur autour de son enfant. Le garçon restait figé sur place, n'y comprenant rien hormis que sa sœur était transie de peur.

« Où était-elle ?

– Oui, où l'avez-vous trouvée ? On a fouillé partout. J'ai même vérifié au fond de la piscine. On était fous d'inquiétude.

– Elle se cachait dans l'armoire du couloir, expliqua Urvashi en caressant les cheveux de la petite, qui s'agrippait toujours plus à sa mère. Quelque chose lui a fait très peur, ajouta-t-elle à mi-voix. Elle n'arrêtait pas de dire, "Non, non, Tonton." Qui est ce Tonton ? »

La mère croisa le regard du père. Urvashi vit la consternation se peindre sur leurs visages. Et sur celui du garçon…

Urvashi s'installa confortablement dans le fauteuil en rotin et sirota son verre d'eau de coco. La famille l'avait remerciée avec effusion et Unni s'était empressé de s'occuper d'elle, tout en s'excusant tant et plus de la faire attendre.

La jeune femme qui s'occupait de sa réservation, en sari blanc et doré typique du Kerala, lui jetait des regards stressés. Urvashi sentait la fatigue la coloniser comme des fourmis un morceau de canne à sucre, la ronger et la vider de ses sucs vitaux. Elle souhaitait juste avoir accès à sa chambre pour s'allonger.

Sur ces entrefaites, un groupe d'Européens débarqua avec leurs valises à roulettes. Rougis par les coups de soleil, volubiles et pleins de cette énergie fiévreuse qui semble infecter la plupart des étrangers à leur arrivée en Inde. Une soif insatiable de tout voir, tout connaître, tout absorber.

Unni fermait le cortège, l'air nerveux et content en même temps. Il prit une clé des mains de la jeune réceptionniste et vint voir Urvashi. « Encore désolé, madame, mais la journée est mouvementée. D'abord la fille qui avait disparu, et maintenant ce grand groupe qu'on attendait demain. Il y a eu confusion dans les dates.

– J'espère qu'il n'y a pas de problème avec ma chambre. Radha m'en avait promis une que vous soyez complets ou non.

– Oui, oui, enfin, non, non…, bafouilla Unni, avant de

lui apporter la fiche à remplir. Vous allez loger dans le cottage personnel de Madame Radha. C'est elle qui voulait. Il n'était pas encore prêt, c'est pour ça que vous avez dû attendre. »

Il l'observa, inquiet. « Ça ne vous va pas ? »

Urvashi se leva. « Si, au contraire. Je suis honorée. »

Radha avait fait construire le cottage près du fleuve après la mort de son oncle Koman. Il était encore en vie lorsque Urvashi était venue la première fois à Near the Nila. Ils avaient passé toute une matinée à bavarder ensemble. Elle était intriguée par ce danseur de *kathakali* qui avait tourné le dos au monde entier, mais pas à son art. Elle avait interviewé des tas d'artistes dans sa carrière – des musiciens, des peintres, des danseurs, des acteurs, et ils déviaient rarement de cette platitude : l'art est mon dieu. Je me prosterne à ses pieds. L'art définit le monde, et ainsi de suite. Koman, lui, affirmait : « L'art ne fait rien, sauf pour l'artiste. Il n'influe pas sur la vraie vie. Pour la plupart des gens, c'est une manière de combler le vide, de faire diversion. C'est pour subvenir à ce besoin trivial que nous, artistes, nous trimons. »

Plus tard ce jour-là, elle avait dit à Radha : « Tu as de la chance de l'avoir dans ta vie.

– Je sais. Il a toujours été là pour moi. »

Unni l'accompagna et tira même sa valise. Il s'était arrêté de pleuvoir et un soleil faiblard pointait, transformant les gouttes d'eau en diamants.

« Najma est là ? s'enquit Urvashi.

– Elle est au cottage en ce moment, c'est elle qui le prépare pour vous. Elle a dû aller à l'hôpital tôt ce matin. Elle avait un rendez-vous et n'a pas pu le déplacer. Sans ça, tout aurait été prêt à votre arrivée, assurément. »

Urvashi avait oublié que le manager de l'hôtel était un homme bavard. « Najma est tellement intelligente et efficace. Quelle tragédie qu'elle ait été brûlée dans ce fichu incendie. Elle aurait pu faire un métier fabuleux, je parie », enchaîna-t-il.

L'intéressée les attendait à l'entrée. « Bonjour, madame, très heureuse de vous revoir. »

Urvashi fit un effort conscient pour ne pas reculer en la voyant.

« Comment vas-tu, Najma ? » Elle prit la main de la jeune femme dans la sienne.

« Je vais bien, madame. Grâce à vous. » Najma la regarda dans les yeux. Urvashi y lut uniquement de la gratitude, et eut une soudaine envie de la serrer dans ses bras. Mais elle se contenta de lui tapoter la main et la suivit dans le cottage.

« Ils ont fait quelques changements », l'informa Najma en relevant les stores pour révéler une fenêtre panoramique à l'endroit où il y avait un mur, avant.

Jaimon avait dit vrai. La mousson était en avance et le fleuve, qui se réduisait à quelques flaques éparses pendant l'été, avait repris des couleurs : c'était même une large bande d'eau. Un martin-pêcheur s'éleva, laissant une trace d'un bleu irisé dans le ciel clair. Le bonheur fugace dans l'instant présent ; la libération totale de la peur. Urvashi mit la main sur le dossier de la bergère que Radha avait disposée devant la fenêtre, pour s'empêcher de tomber. *Doucement, vas-y doucement.* Elle respira un grand coup.

« Tout va bien, madame ? »

Urvashi prit un air contrit. « Oui, oui, t'inquiète. Ça va !

– Vous me direz si vous avez besoin de quoi que ce soit ? insista Najma, lui touchant le coude.

– Oui, Najma. Je vais bien. Je me sens un peu étourdie, mais c'est la joie d'être ici. »

La jeune femme sourit. Sa bouche s'étira bizarrement, comme du plastique. « Je connais ce sentiment », dit-elle.

Elles s'observèrent longuement.

Par la porte ouverte, elles entendirent le chant reconnaissable entre tous du grand coucal.

Najma alla vérifier qu'il y avait bien de l'eau et des jus dans le minifrigo. « Des projets pour ce soir ?

– Aucun », répondit Urvashi en se laissant tomber sur la bergère. Elle voulait juste se coucher et dormir aussi longtemps qu'elle pourrait.

« Il est déjà dix-sept heures. Vous pourriez aller à la piscine. Elle vient d'être refaite, elle est très belle.

– Peut-être, oui.

– Vous avez du linge sale, madame ?

– Les habits que je porte seulement.

– Mettez-les dans la panière. Je passerai les chercher pour qu'ils soient lavés ce soir. »

Sur ce, Najma la laissa.

Urvashi se releva pour admirer le fleuve. Des oiseaux étaient rassemblés près des marches menant à l'eau. Sur l'autre rive, deux hommes se baignaient. Une journée parfaite. Une vue parfaite. Une chambre parfaite.

?
??
????
Comment tu peux me faire ça ?
Je t'aime... je t'aime... je t'aime...
Je vais me flinguer... je te jure je vais le faire

Les messages l'agressèrent dès qu'elle alluma le portable. Vite, elle l'éteignit.

Elle ne s'expliquait toujours pas comment elle avait réussi à se convaincre que télécharger une application de rencontres allait réveiller ses sens.

Tout commença à la veille de ses cinquante et un ans. « Qui je suis, en fait, Mahesh ? demanda-t-elle à son mari alors qu'ils étaient sur le balcon pour boire un verre, comme toujours, et discuter de leur journée.

– Quelle étrange question, répliqua-t-il, sourcils froncés, en sirotant un whisky. Tu es toi. Qui d'autre tu serais ? »

Urvashi chercha des réponses dans son vin rouge. « Oui, mais qu'est-ce que tu vois quand tu me vois ? »

Mahesh mit une main sur son épaule et serra. « Eh bien, Urvashi, je vois une belle femme – mon épouse et la femme qui a élevé mes enfants. Je vois une journaliste brillante. Je vois une nana capable de faire un marathon et de tenir l'alcool mieux que certains hommes. »

Urvashi se demanda si c'était ce qu'on ressent quand on est enterré vivant et que les mottes de terre tombent sur le couvercle du cercueil. Sauf qu'elle, elle était piégée à vie.

« Pourquoi ? Comment tu te vois ? » ajouta Mahesh, qui

tentait de déchiffrer son expression à la lueur des réverbères de la rue.

J'aimerais le savoir, pensa Urvashi. *J'aimerais être capable de me définir. J'aimerais pouvoir dire que mes actes font une différence sur cette terre.*

Elle savait comment son mari réagirait si elle lui faisait part de ses réflexions : « Avec qui tu traînes en ce moment ? Des féministes fans de spiritualité ? »

Au moins, il ne lui balancerait plus : « Ça y est, tes potes sont là ? »

Seul un homme pouvait donner un surnom pareil aux crampes menstruelles. À l'époque où elle devait encore s'acheter des serviettes hygiéniques, elle fusillait les paquets du regard au supermarché et se disait : « Avec des potes pareils, pas besoin d'ennemis. »

Elle prit une longue gorgée de vin et, avec toute l'honnêteté d'un coucou de pendule, s'exclama gaiement : « Oh, Mahesh, faut que je te raconte ce qui m'est arrivé cet après-midi... »

C'est ainsi qu'un moment passa. Ou bien fut-il enterré ?

Quelques semaines plus tard, il y eut une soirée entre filles – le genre qu'elle évitait, normalement. Elle but plus que de raison. Une gorgée par syllabe ou presque. Les guirlandes électriques qui décoraient le pub commencèrent à s'assombrir.

Urvashi se fit la remarque que les bars ressemblaient de plus en plus à des parcs d'attractions pour enfants. Éclats de rire sonores, cris perçants, voix fortes, et une bonhomie digne d'un premier jour de vacances. Elle sentait le regard de Surya sur elle. Elle tenta de s'intéresser à la conversation mais son amie, qui n'était pas dupe, lui lança : « Tu es aussi vivante qu'une vieille godasse. »

Urvashi fut piquée au vif par le commentaire de Surya, la grande et svelte Surya, qui donnait toujours l'impression de manger des fleurs de jasmin et de recracher des clous. La courbe et la finesse de son cou, les ongles manucurés, les cheveux courts, les piercings. Surya lui toucha la main pour s'excuser. « Je n'aime pas ce que tu es devenue, avoua-t-elle à mi-voix.

– À savoir ? » grommela Urvashi, soulagée que les autres n'écoutent pas.

Au même moment, il y eut une pause dans la discussion. La musique s'arrêta aussi et, dans le silence relatif, les paroles de Surya résonnèrent deux fois plus. Comme un couteau qu'on aurait cogné contre un verre en cristal.

« Un putain de coussin. Voilà, c'est dit ! Tu te fringues comme un foutu coussin en brocart, t'as même les pompons qui vont avec. Réveille-toi, Urvashi. Fais quelque chose.

– Comme quoi ? » intervint Leela.

C'est Usha qui eut l'idée de l'appli de rencontres. « On va te créer un profil. S'amuser un peu.

– Tu es dessus, toi ? demanda Urvashi en sentant venir un rire nerveux.

– À ton avis ? » rétorqua Usha, sourcils levés.

Et c'est ainsi qu'elle eut un profil. Un profil de femme mûre et plutôt hardie. Une cougar en chasse, susurra Leela.

En réalité, Urvashi se sentait comme une chatte stérilisée à qui on aurait enlevé les griffes avant de l'abandonner dans une ruelle.

Il était près de minuit quand elle ramena Surya. « Tu prendrais un amant, toi ? » la questionna-t-elle.

« J'ai des aventures. Tu crois vraiment que je suis célibataire ? »

Arrivées devant la résidence de Primrose Road, Surya l'embrassa et ajouta : « Tu n'as pas besoin de ma permission, tu sais. C'est ta vie, Urvashi. »

Une fois couchée, elle ouvrit l'appli et regarda l'écran fixement.

Elle n'était pas malheureuse en mariage. Ce serait injuste envers Mahesh. Il avait toujours fait ce qu'un mari était censé faire, et bien. Le bisou de rigueur quand il partait au travail, ou si elle partait avant lui. Un bouquet de fleurs de temps en temps et les gros cadeaux pour les anniversaires, celui d'Urvashi comme celui de leur mariage. Les vacances deux fois par an, une en Inde, l'autre à l'étranger. Le selfie d'eux sur Facebook, lui avec son bras sur l'épaule d'Urvashi. Sa façon de surveiller qu'elle ne buvait pas trop en soirée. Le compliment d'usage – « Oh, tu es ravissante, chérie ! » La vaisselle qu'il se chargeait de faire après leur dîner entre amis à la maison, une fois par mois. Les petits-déjeuners du dimanche matin. Le rapport sexuel du samedi soir, ses mouvements réguliers en elle après qu'elle avait joui en premier, le grognement satisfait qui accompagnait la cigarette post-coïtale parce que bizarrement, dans les films, ça allait si bien avec les corps transpirants et le teint radieux que donne une bonne baise. Certains jours, Urvashi trouvait sa vie si parfaite qu'elle avait envie de crier.

Brusquement, elle ne supportait plus d'être enfermée dans le cottage. Elle ouvrit la valise et sortit fébrilement ses affaires.

« C'est tout ? avait demandé Mahesh en voyant le mini-bagage posé sur le pouf de leur chambre.

– Oui.

– Pour une semaine ? » Il lui avait jeté un regard pénétrant. « Tu pars vraiment en voyage, ou tu prends une chambre d'hôtel dans le quartier ? » avait-il ajouté sur le ton de la blague. Mais il était sérieux, et elle le savait.

« J'ai tout ce qu'il me faut. » Elle avait compensé le ton cassant par un sourire. Elle ne lui en voulait pas d'avoir ce genre de pensée. C'était étrangement libérateur de muer, et de si peu s'en soucier.

Elle se mit en maillot de bain. Un une-pièce qui révélait les bras et les jambes. Les hommes allaient la reluquer. C'était ce que les Indiens faisaient, où qu'ils soient.

Dans une chambre d'hôtel à Oslo, Mahesh n'en était pas revenu en la voyant sortir de la salle de bains en bikini. Elle avait vu son regard s'éclairer et sa bouche s'entrouvrir pour dire : « Wouah ! » Urvashi avait compris que, pour lui, elle était soudain devenue une autre femme.

Disparus les bourrelets, la peau relâchée et la cellulite, elle était une déesse. Une déesse qui, en pénétrant dans la piscine chauffée sur le toit de l'hôtel, avait senti un regard torride sur elle. Était-ce Mahesh qui la lorgnait du transat, par-dessus ses lunettes-loupe ?

Non, c'était un serveur. Urvashi l'avait vu scruter son corps comme si elle était une pêche appétissante sous cloche. Mahesh avait fusillé l'homme des yeux jusqu'à ce qu'il s'éloigne discrètement, le fantôme d'un pénis entre les jambes. « Foutus Indiens ! » avait-il marmonné assez fort pour être entendu. Urvashi lui était reconnaissante de son intervention. Mais de retour dans la chambre, elle l'avait accusé d'être plein de préjugés. « Quoi, tu vas défendre ce sale voyeur ? avait-il aboyé avec un rire moralisateur, signe de son incrédulité.

– Mais comment tu sais qu'il est indien ? avait-elle insisté.

– D'accord, foutus Asiatiques, si tu préfères. »

Urvashi s'était interrogée sur sa réaction. Était-elle vraiment en colère, ou juste d'humeur à le contredire ? Car quelle femme n'a pas envie d'être une déesse ? Et quelle déesse se contenterait d'être une simple femme ?

C'était quand, déjà ? se demanda-t-elle en nouant un paréo autour de sa taille. Il faisait encore jour mais le soleil se coucherait bientôt, et elle allait nager paresseusement jusqu'à ne plus sentir ses membres. Jusqu'à être trop épuisée pour s'empêtrer dans ses pensées.

En sortant du cottage, elle vit Najma parler à un employé de l'hôtel. Urvashi retourna chercher son sac de linge sale et le lui donna.

« Tiens, un voyage de moins pour toi.

– Bonne baignade, madame ! »

C'était son jour de congé, mais Najma n'avait pas grand-chose de mieux à faire. Elle emporta le sac à la blanchisserie, où les vêtements étaient triés et répertoriés. En sortant le *kurta*, elle sentit quelque chose dans la poche. Elle glissa la main dedans et trouva un fin objet blanc qui ressemblait à un bout de plastique. Elle le mit dans la poche de son tablier. Elle passerait le déposer au cottage, pour qu'Urvashi le trouve à son retour. Qui sait s'il n'avait pas une valeur sentimentale ?

Sreelakshmi

Dès l'instant où la femme sauva la petite fille cachée dans l'*almirah*, et moi avec elle, je sus que les choses allaient changer. Que nos destins devaient entrer en collision.

Un fantôme et une écrivaine – l'un comme l'autre ne peuvent guère influer sur le cours des choses. Et j'étais les deux. Mais je voulais aussi aider la petite Megha.

Alors, en entendant les pas approcher, j'avais poussé un soupir. Un soupir spectral. Facile, quand on a de profonds regrets et qu'on retient sa respiration depuis cinquante-deux ans. Les lourdes portes en bois avaient protesté, mais s'étaient ouvertes. L'enfant et moi, nous avions retenu notre souffle. Quand les pas s'étaient arrêtés devant l'armoire, Megha avait gémi, « Non, non… Tonton… »

La femme ne m'avait prise qu'un bref moment avant de me ranger dans sa poche, mais j'étais déjà intriguée. Urvashi. La nymphe céleste qui fait ce qu'elle veut des hommes, et transforme dieux et démons en admirateurs gâteux. Cette Urvashi lui ressemblait-elle ?

Dans mon ancienne vie, je ne savais pas ce que c'était de tergiverser. Chaque fois qu'un doute s'insinuait dans mon esprit, je me rappelais les paroles de mon père : « N'oublie pas qu'elle a mangé une guêpe. Rien ne lui fait peur, elle peut tout affronter. »

Et donc, lorsque l'université me donna une médaille en or pour avoir obtenu les meilleures notes de toute la licence, je lui annonçai mon intention de continuer, et à Varanasi, ainsi qu'il me l'avait promis.

C'était le soir, tard. Mon père était dans son fauteuil préféré sur la terrasse couverte, occupé à étudier les feuilles d'un manguier comme si elles détenaient les secrets de l'univers. Il me demanda : « Tu n'as pas envie de te marier ?

– Non, dis-je en souriant. Le mariage peut attendre. »

Il se tut un instant, puis déclara : « Je vais faire le nécessaire. »

Je lui touchai la main en signe de gratitude. Il mit la sienne par-dessus. « Je risque ma réputation en t'envoyant si loin. Tu as déjà dix-neuf ans, et tes sœurs étaient mariées à seize. Personne ne va approuver. Tu le sais, n'est-ce pas ? Alors rends-moi fier, Kadugu-mani. » Il ne m'avait pas appelée par ce surnom depuis bien longtemps.

Ma grand-mère pleura en apprenant que je verrais Bénarès avant elle. Dans son monde, les gens allaient à Varanasi pour mourir. Ma mère et mes sœurs boudèrent car mon père ruinait mes perspectives de mariage. Mes beaux-frères grommelèrent que je devenais trop têtue et que j'aurais bien besoin qu'on me serre la bride. Mais je vaquai à mes préparatifs, en refusant de laisser leurs reproches entamer ma détermination.

Pendant mes années à Varanasi, j'eus un ami qui faisait un master en sanskrit. Narendran venait de Thrissur. Nous aurions pu ne jamais devenir proches. Mais étant tous deux kéralais et presque voisins, un lien se tissa entre nous. Dans cette ville étrangère, la nostalgie des bruits, des paysages et des plats de chez nous, ainsi que la langue, alimenta notre complicité et par extension notre mépris pour tous ceux qui nous entouraient. Notre relation finit par ressembler à de l'amitié.

Narendran était amoureux de Subhasini, une Bengalie, et ils n'avaient aucun espoir que leurs familles approuvent leur union. Lui était issu d'une ancienne lignée de prêtres tantriques et elle avait des parents marxistes progressistes. J'étais toujours présente quand ils sortaient ensemble, pour leur éviter des ennuis.

Un mardi soir, nous allâmes au bord du Gange assister à l'*aarti*, la cérémonie d'offrande à la déesse du fleuve, sur les marches du *ghat* Dashashwamedh. On m'avait dit que c'était à voir et j'avais persuadé Narendran et Subhasini de m'accompagner. Les volutes d'encens et les chants des fidèles emplissaient l'air autour de nous. Chaque prêtre levait à bout de bras une lourde lampe à huile, à plusieurs niveaux et, au moment d'offrir leurs prières à la déesse en échange de sa bénédiction, Subhasini dit à Narendran, en ne blaguant qu'à moitié : « Si tu me quittes, je me suicide et je reviens te hanter sous la forme d'une *bhuta*. »

L'intéressé fronça le nez. « Chut, Subhasini. Ne dis pas des trucs pareils au crépuscule, tu vas réveiller les morts maléfiques !

– Tu es sérieux, là ? me moquai-je.

– Bien sûr que non. » Narendran éclata de rire et dit à sa dulcinée : « Les *bhuta* sont des nains colorés à tête de sanglier, de bélier ou de buffle, même si tu peux avoir droit à une biche. Puisque le bleu est ta couleur préférée, veux-tu te transformer en naine bleue à tête de biche, mon amour ? »

Subhasini pouffa et je dévisageai Narendran, surprise.

Une fois seule avec lui, j'abordai le sujet. « Tu ne plaisantais pas, n'est-ce pas ? Tu crois vraiment aux fantômes et à ce genre d'âneries ? »

Narendran leva le nez du livre qu'il était en train d'annoter. « Je t'ai parlé de ma famille, pourtant. On fait partie de la caste des Namboodiri depuis plusieurs siècles. Quand je rentrerai pour de bon au Kerala – si je rentre –, ce sera ma vie à moi aussi. Ici, je peux toujours mettre ces croyances sur le compte de mon imagination débordante, mais là-bas je suis bien obligé d'accepter que certaines vérités dépassent ma compréhension. Qu'un autre monde existe, au-delà de celui que je connais. Même si ça n'a pas de sens, je le respecte. Et en toute honnêteté, je suis convaincu.

– Toi, Naren, tu me dis ça ? Voyons, on est des gens modernes. On sait qu'il y a une explication scientifique aux phénomènes surnaturels. Comment peux-tu avaler toutes ces salades sur les *bhuta*, les *preta*, les *pisacha* ? C'est nos grands-mères qui nous effrayaient avec ces trucs, pour qu'on ne fasse pas de bêtises.

– Peut-être, Sree, mais tu ne peux pas ignorer le concept de la vie après la mort. Il y a tant de choses qu'on ne sait pas. Mieux vaut en rester là. »

Je n'aimais guère le ton qu'il avait pris. Ce qui ne m'empêcha pas de revenir à la charge. « Il y a une différence entre les trois, en fait, ou c'est juste des synonymes pour dire fantôme ? »

Il eut un air désabusé. « Tu le tournes en ridicule, mais il y a une distinction très claire. *Bhuta* désigne les éléments autour de nous – l'espace, l'air, le feu, l'eau et la terre –, et dans le Natyashastra, il est écrit que c'est un nain coloré à tête d'animal. »

Il marqua une pause, prit une inspiration. Puis, comme s'il me lisait un texte, il récita : « La Kalatattvakosa, l'encyclopédie de l'art indien, décrit les *bhuta* et toutes les créatures en général comme sensibles, insensibles, divines ou maléfiques. Les *preta* sont des âmes en transition, piégées par les rites funéraires qui n'ont pas été accomplis. De leur vivant, c'étaient des êtres jaloux ou des menteurs compulsifs, des gens corrompus ou cupides, et à cause de ce mauvais karma ils sont affligés d'une faim insatiable. Ils font tout pour empêcher les humains de satisfaire leurs désirs. Quant aux *pisacha*, ce sont des démons mangeurs de chair, aux veines saillantes et aux yeux rouges. Ils se nourrissent de l'énergie des humains et sont capables de modifier pensées et comportements. Aucun d'entre eux ne peut être détruit. On peut seulement les chasser.

– Alors, tu y crois sincèrement ? demandai-je, très calme.

– Toi, tu étudies les sciences. Tu crois seulement ce que tu peux prouver. Moi, j'étudie le sanskrit. Ce que tu ne comprends sans doute pas, c'est qu'il existe aussi une langue pour parler aux morts. Elle n'a peut-être pas les mêmes règles, mais elle existe, et j'ai communiqué avec des créatures de l'au-delà. Comment je peux ignorer ce que je sais sans l'ombre d'un doute ?

– Tu es devenu fou ! m'esclaffai-je bruyamment.

– Ça doit être ça », rétorqua-t-il à mi-voix. Il referma sèchement son livre et me laissa seule.

Si je recroisais le chemin de Narendran aujourd'hui, je lui dirais : Naren, tu avais raison. Il y a bien une vie après la mort. Du moins, je sais avec certitude que je suis un fantôme. Et que les fantômes sont simplement des morts qui se trouvent au mauvais endroit.

Mais tu avais tort aussi. Il est possible d'être les trois en même temps – *bhuta*, *preta* et *pisacha*. Regarde-moi : je suis une créature insensible. Éternellement affamée, je flotte entre l'enfer de mes pensées et le monde dans lequel je suis piégée. Je me nourris des souvenirs de quiconque me tient en main assez longtemps, car il est plus facile de me perdre dans l'histoire des autres que de m'appesantir sur la mienne.

C'est ainsi que je me retrouvai dans l'aile réservée au personnel, dans une chambre occupée par une jeune femme. Elle était devant la glace, dans une salle de bains embrasée par le soleil couchant.

Exactement comme moi le matin de mon suicide. J'étais dans ma chambre, avec tous mes livres et papiers, le bureau, l'armoire, le lit étroit de vieille fille et son unique oreiller. Je me suis regardée dans un miroir éclairé par les rayons du soleil matinal. La médiocrité de ma vie, la pauvreté de mes possessions, la banalité absolue de mon existence se sont mises à grouiller sur mon reflet, tels des asticots dans un nid de guêpes. Éternellement affamée.

La jeune femme plongea la main dans sa poche de tablier et me sortit à l'air libre. Elle me fit tourner dans sa paume comme si j'étais un morceau de marbre. Un geste sans peur ni désespoir.

Elle tourna la tête et son visage accrocha la lumière du crépuscule. Je tressaillis. Pas elle. Comment pouvait-on devenir indifférent à une telle horreur, lorsqu'on l'avait sous les yeux tous les jours ? Mais elle continua à s'observer, comme pour se rappeler qu'elle était bien plus que ce reflet difforme. Et elle continua à me tenir dans sa main.

Najma

Jusqu'à la fin de sa vie, Najma se rappellerait l'instant où elle pénétra dans la gare de Bangalore East. Un par un, la myriade d'éléments entrant dans la composition d'un moment se mit en place : sa démarche posée ; son regard hésitant ; la peur qui lui remontait à la bouche avec un goût de bile ; la sensation de victoire à l'idée d'avoir fait ce premier pas. En ces temps de doute, alors qu'elle oscillait entre raison et anéantissement, elle s'était dit : « Si je réussis à retourner dans une gare, je saurai quoi faire de ma vie. »

Elle huma longuement les odeurs familières. La chaleur écrasante sur le métal, le relent d'urine et la bouffée de soulagement, les paniers en osier brûlés par le soleil, le linge humide qui protégeait fleurs et légumes mais séchait à vue d'œil, et le sel de l'attente.

Elle se dirigea vers le robinet d'eau et le pressa. Pas une goutte n'en sortit, exactement comme ce jour-là, trente mois et six jours plus tôt. Elle n'était pas revenue depuis, mais rien n'avait changé, visiblement.

À quoi s'attendait-elle ? Que la gare de Bangalore East se soit changée en station de métro rutilante comme celle de MG Road avec sol carrelé, barres en acier chromé, œuvres d'art aux murs, et que d'un coup tous ses mauvais souvenirs soient oubliés ?

Elle vit une chiffonnière portant un grand sac d'ordures. Une femme veillant sur un carton entouré de ficelle. Un vieillard à longue barbe blanche et robe safran assis sur un banc. Deux chiens endormis, la tête posée sur leurs pattes. Une bande de jeunes postés sur le pont qui enjambait les rails. À cette heure de la journée, les quais de la gare étaient le refuge des âmes perdues et des animaux errants. Et Najma était les deux.

À trois heures de l'après-midi, aucun train longue distance ne passait, et il était encore trop tôt pour les banlieusards rentrant du travail. C'était précisément pour cela qu'elle avait choisi ce train. Le Bangalore-Marikuppam.

Elle s'installa sur un banc en granit poli. Ça, c'était nouveau. Le soleil lui brûlait la peau à travers ses habits. Mais c'était réconfortant, car cela avait beau être une journée torride d'avril, elle grelottait de froid. Un mainate solitaire sautilla le long du quai. Les doigts de Najma se croisèrent tout seuls, pour conjurer le mauvais œil. Un pour la tristesse. Deux pour la joie. Trois pour une fille. Quatre pour un garçon. Cinq pour l'argent… Elle avait oublié le reste de la comptine.

Elle décroisa les doigts. Cette enfant-là avait disparu. Tout comme la jeune femme qu'était devenue cette enfant. *Quand le pire qui puisse arriver à quelqu'un m'est déjà arrivé, quel mauvais sort peux-tu bien me jeter ?* interrogea Najma. Le mainate pencha la tête et s'envola.

Le train était vide quand il entra en gare. Elle monta dans la voiture la plus proche et trouva une place près de la fenêtre. Sept arrêts, 51,9 kilomètres, une heure et cinq minutes avant d'atteindre la gare de Tyakal. Assez de temps pour remettre de l'ordre dans ses idées et se tenir prête à faire ce qu'elle avait décidé de faire.

Baiyappanahalli. Krishnarajapuram. Whitefield. Devagonthi. Malur. Byatrayanhalli. Dès que le train s'arrêtait, elle cochait le nom dans sa tête. Durant l'année où elle avait circulé sur cette ligne six jours par semaine, matin et soir, elle jetait rarement un coup d'œil dehors. Certains jours, elle passait le trajet perdue dans ses pensées, ses pensées heureuses. Elle avait vingt-quatre ans et toute la vie devant elle.

À d'autres moments, elle lisait un livre ou faisait semblant pour mieux écouter les conversations. Certaines personnes prenaient le train chaque jour avec elle, et elle commençait à les reconnaître. Il y avait le vieux musulman qui portait toujours un calot blanc sur la tête et avait le front calleux à force de prier. Il y avait les deux professeures qui faisaient tout le temps des apartés, et l'homme bedonnant portant une mallette qui passait son temps à dormir. Il y en avait d'autres, aussi.

Plus tard, elle racontait à *Ammi* ce qu'elle avait vu et entendu. Sa mère voulait tout savoir, dans les moindres détails. De quelle couleur était le sari de la grande prof ? Sa collègue enrobée avait-elle des fleurs en plastique dans les cheveux, cette fois ? Et le vieux musulman ? S'était-il chamaillé avec un marchand ambulant ? À quel propos ? L'homme à la mallette avait-il encore jeté son déjeuner ? Tu as réussi à voir ce qu'il avait dans sa gamelle ? Ensemble, elles gloussaient comme deux écolières. Le trajet de Najma divertissait *Ammi* autant que les séries qu'elle suivait le soir à la télé.

Quand le train repartit, Najma regarda sa montre. Ils avaient du retard, mais elle avait prévu de la marge pour pouvoir attraper l'autre train, l'Arakkonam-Bangalore, qui était son train du soir, avant.

Elle descendit à Tyakal. Il n'y avait pas grand-chose à dire sur ce lieu. Et de toute façon, elle était trop retournée pour s'attarder sur le sujet.

Des quelques personnes qui se tenaient sur le quai, aucune ne regarda de son côté. Avant, elle se demandait quel esprit pervers avait eu l'idée d'inventer la burqa : la laideur de ce voile épais la consternait. Et puis *Ammi* disait toujours qu'elle n'avait pas à se cacher comme si elle avait honte de quelque chose.

« Je ne veux pas que tu sois comme moi. Je ne sais pas marcher librement. Je suis incapable de m'orienter si je ne porte pas la burqa.

– Tu es sérieuse ? Ou bien c'est une métaphore ?

– C'est quoi, une métaphore ? » *Ammi* scrutait les yeux de sa fille comme si elle espérait y lire ses pensées.

Najma choisit ses mots avec soin : « C'est une expression qu'on utilise pour signifier autre chose.

– À ton avis ? »

Ammi était une femme étonnante. Elle l'avait appelée « étoile » car elle la croyait destinée à de grandes choses. Elle-même n'était pas éduquée, mais elle avait veillé à ce que Najma aille au lycée et à l'université. Elle voulait faire de sa fille une enseignante, et y parvint. Si jamais Najma avait des doutes, il lui suffisait de regarder *Ammi* – ses mains rêches, ses doigts gercés, son dos voûté, ses genoux gonflés – pour comprendre quel genre de vie sa mère avait voulu lui éviter.

Ammi était commis de cuisine chez un traiteur spécialisé dans les *biryanis*. C'était un vrai cordon-bleu, mais son travail se résumait à laver et couper ; préparer l'ail et piler les épices. Son corps était celui d'une femme épuisée, mais son esprit brillait comme un phare dans la nuit. Il les aidait à survivre.

C'est *Ammi* qui trouva à Najma le poste dans l'école primaire de Bangarpet. Le cousin de son patron siégeait au conseil d'établissement. En plus, c'était une association caritative qui gérait l'école, et ils étaient ravis d'employer Najma.

Elles firent des projets. Une fois que son poste serait définitif, Najma louerait une maison à Bangarpet et elles y vivraient toutes les deux. En attendant, elle irait travailler en train. La gare de Bangalore East était proche de Tannery Road où elles habitaient, et tout semblait parfait.

Après l'entretien, elles allèrent faire des courses. « Ma fille, il te faut de nouveaux habits. »

Ammi avait emprunté de l'argent à une amie. Son patron lui avait accordé assez d'avances comme ça, d'après elle.

« Comment vas-tu la rembourser ?

– C'est toi qui vas la rembourser. Pas moi », affirma *Ammi* avec un grand sourire, plus grand que Najma n'en avait jamais vu. Elle sourit en retour. Elle aurait bientôt les moyens. Elle l'avait oublié.

« Dans ce cas, on va faire du shopping toutes les deux », décréta-t-elle en l'entraînant vers Mumtaz Emporium.

Ammi résista. « Non, non, je n'ai besoin de rien. »

Mais Najma fut intraitable. Finalement, *Ammi* choisit un *salwar kameez* rose pâle, avec de jolies broderies argentées et bleues au niveau du col et des manches du *kurta*. La tunique allait avec un pantalon ample bleu et un *dupatta* rose orné de pompons argentés. Une lueur de joie enfantine éclaira son regard lorsqu'elle frotta le tissu vaporeux de l'écharpe entre le pouce et l'index. Quand avait-elle acheté des vêtements pour la dernière fois ? S'était-elle jamais autorisée à vouloir des choses ? Le désir est un luxe, disait-elle toujours. Non qu'il était mauvais en soi, mais il causait de la peine.

Quant à Najma, elle choisit des tenues convenables pour une enseignante. Des pantalons en coton serrés assortis à de longs *kurtas* dans des tons pastel et des imprimés discrets. Et des *dupattas*, car l'école exigeait que les femmes se couvrent les cheveux.

« Tu crois que je devrais prendre une burqa ?

– Pourquoi en aurais-tu besoin ? »

Najma s'esclaffa. Elle se sentait soulagée, et chanceuse aussi. Sa chère *Ammi* ne savait pas signer son nom, mais elle était plus ouverte d'esprit que certaines femmes qui venaient leur parler d'émancipation. Sa chère *Ammi* lui faisait sentir qu'elle avait tous les droits d'être qui elle était.

Ammi avait douze ans lorsque son père la maria. C'était un ivrogne, et il vendit sa fille pour cinq cents roupies à un homme de vingt-trois ans son aîné. Au début, le mari trouvait que son épouse laissait à désirer. Et puis elle eut quatorze ans, et la désirer, il ne fit plus que ça. Il en voulait à quiconque lui volait un peu de l'affection de sa femme. Il tuait les chatons à coups de pied et poussait des grognements menaçants quand un enfant venait la voir.

Il l'accusait de coucher avec le voisin et le vendeur de *samosas* ; avec le facteur et le marchand de mangues. Le jour où elle tomba enceinte, elle pria ardemment pour qu'il la quitte. Le hasard voulut qu'il meure quand Najma eut un an. À ce stade, la jeune épouse avait sa dose.

« Pourquoi tu ne t'es jamais remariée ? » demandait parfois Najma. Après tout, *Ammi* était devenue veuve à seulement dix-sept ans. « J'ai adoré être mère, répondait-elle. Mais je ne voulais plus jamais être l'esclave et la putain d'un homme dans un seul et même corps. »

Najma n'aurait su dire si ne pas avoir de père lui avait manqué. Comment l'aurait-elle pu, puisqu'elle ne l'avait jamais connu ? Sans compter qu'un père, ainsi qu'*Ammi* le lui fit remarquer, aurait très bien pu l'obliger à porter la burqa à onze ans et la marier à quatorze. « C'est ce que tu aurais voulu ? »

Najma leva la tête du dessin de plume de paon qu'elle était en train de faire au henné sur la paume de sa mère. Elles savaient que la couleur s'estomperait d'ici un jour ou deux, mais c'était l'anniversaire d'*Ammi*. Et elle avait demandé ce dessin au henné et un *masala dosa* pour le déjeuner.

Au début elle crut à de l'ironie, puis elle prit conscience qu'*Ammi* souhaitait réellement savoir.

« Je connais des femmes qui n'ont pas envie d'être responsables de leur vie. Elles n'en sont pas moins heureuses. C'est ce que tu aurais préféré ? » insista *Ammi*.

Najma secoua la tête énergiquement. Rien n'avait plus de valeur pour elle que le cadeau que sa mère lui avait fait : celui du choix.

Mais cet après-midi-là, sur le quai de la gare de Tyakal,

Najma était contente de porter une burqa. Dessous, elle se sentait en sécurité et libre.

Najma ne savait pas qui il était. Elle le voyait dans le train du matin depuis bientôt deux semaines. Une fois ou deux, elle le surprit à rôder près d'elle, ses yeux soulignés de khôl essayant d'attirer le regard de la jeune femme. Elle n'y prêta pas attention. Puis, un soir, elle vit que le garçon l'attendait devant le portail de l'école. Il la suivit jusqu'à la gare qu'elle rejoignait à pied. Elle était agacée, mais il ne lui faisait pas peur. Elle ne se laisserait pas intimider. Elle se demanda si elle devrait en parler à *Ammi* – et décida de ne pas l'inquiéter pour si peu. Ces temps-ci, sa mère semblait plus guillerette, moins accablée par les soucis. Elle parlait sans arrêt de leur future installation dans une maison de Bangarpet. « Je regarderai la télé toute la journée et on ne mangera plus jamais de *biryani* ! » plaisantait-elle.

Najma la taquinait : « Et moi, alors ? J'aime le *biryani* !

– Désolée, mais tu devras aller au restaurant. » *Ammi* parlait comme une petite insolente de quatorze ans. On aurait dit que le poids des ans avait brusquement glissé de ses épaules.

Chaque détail de cette soirée fatidique était gravé dans sa mémoire. Elle avait mal à la tête, alors elle s'était arrêtée prendre un thé à la gare. Le thé de la gare de Bangarpet était célèbre. Il y avait une longue queue, mais le serveur la connaissait de vue et il la fit passer devant tout le monde.

L'Arakkonam-Bangalore arriva comme tous les soirs, et Najma prit son siège habituel près de la fenêtre. Le garçon vint s'asseoir en face d'elle quand le train s'arrêta en gare de Devagonthi.

Pour la première fois, elle se demanda qui il était. Il dégageait une odeur familière, qui lui rappelait sa chère *Ammi*. L'odeur du riz basmati, des épices et de la graisse. Sa mère avait beau se frictionner tous les soirs avec une *loofah*, ça ne partait jamais. « Promets-moi qu'à ma mort, tu videras un flacon d'essence de rose sur moi. Je ne veux pas débarquer à *jannat* en sentant la cardamome et la viande de kebab », plaisantait-elle souvent, mais seulement à moitié.

Il doit travailler dans un restaurant de biryanis, songea Najma, puis elle sortit un livre. Le train se mit en mouvement et elle sentit qu'il la dévisageait avec insistance. Elle lui lança un regard courroucé, mais il continua. Comme le compartiment n'était pas plein, elle alla se placer de l'autre côté du couloir, toujours près de la fenêtre. Il la suivit et convainquit la personne en face d'elle de lui céder sa place. Najma l'entendit dire qu'elle était sa fiancée.

« Quoi ?! s'exclama-t-elle en se levant d'un bond.

– Assieds-toi. »

Elle vit les regards curieux. Elle se demanda si elle devait appeler à l'aide, tirer le signal d'alarme. Elle remarqua alors l'intensité de son regard, et fut troublée.

« Qui es-tu ? demanda-t-elle en urdu.

– Imtiaz. L'homme que tu devrais épouser.

– Ça, c'est à ma mère de le décider.

– C'est ce que j'ai fait, comme tout bon musulman. J'ai posé la question à ta mère et elle m'a ri au nez », répliqua-t-il avec hargne.

Najma apprit par la suite qu'en urdu, le prénom du jeune homme signifiait « privilège, distinction ». Il travaillait pour le même traiteur qu'*Ammi*. Il avait vu Najma ; il était tombé amoureux d'elle. « Fou amoureux », précisa-t-il. S'il ne pouvait pas l'épouser, il en mourrait. Mais voilà, *Ammi* lui avait ri au nez. Alors qu'elle travaillait en cuisine, comme lui. « Ma fille mérite mieux. C'est une enseignante. Pourquoi elle se marierait avec un sous-fifre comme toi ? » lui avait-elle lancé.

Elle aurait aussi bien pu le gifler. Les amis à qui Imtiaz s'était confié déclarèrent que, s'il était un homme, il ne pouvait pas laisser impunie une telle insulte. Une telle humiliation.

Najma voyait bien qu'il était furieux. Non, plus que furieux. Elle repensa aux élèves de quinze ans à qui elle avait dû faire classe lors d'un remplacement en collège public. Elle avait vu ce regard dans leurs yeux, parfois. Cette lueur démente, et la rage qui les poussait à renverser les bancs violemment et à fracasser le tableau.

Shirin Begum, une collègue plus expérimentée, avait trouvé en salle des profs une Najma pâle et ébranlée. « Ça ne sert à rien d'être effrayée, l'avait-elle consolée. L'hormone masculine est une bête sauvage, et ces ados en ont cent qui se déchaînent en eux. Ça ne sert à rien non plus de chercher la confrontation. Contente-toi de reculer d'un pas et surtout, n'élève pas la voix. Ils te ficheront la paix si tu leur parles calmement. Ils se comportent ainsi pour te faire réagir. C'est tout. »

De son siège près de la fenêtre, Najma prit l'air le plus affable possible. Et se rassura en se disant : *On ne changera pas les garçons. Si tu sais t'y prendre, ils lâchent du lest. Sauf quand ils sont en bande. Là, ils se transforment en chiens méchants.*

Mais Najma ne craignait rien. Ils se trouvaient dans un lieu public et il y avait des gens autour d'eux.

« Ma mère ne voulait pas être désagréable, commença-t-elle. Simplement, elle est surmenée.

– Ta mère n'est qu'une garce arrogante. Et toi aussi. Toutes les deux, vous vous croyez au-dessus de nous.

– Comment ça ? s'indigna Najma.

– Elle pense que tu es trop bien pour moi. Est-ce qu'elle sait qu'en fait tu ne vaux pas mieux qu'une putain de bas étage ? Tu crois que je ne t'ai pas vue ? Tu exhibes ton visage et tes cheveux devant tout le monde. Tu utilises ta beauté pour parvenir à tes fins. Du serveur de la gare à tous les passagers de ce train… Combien d'amants il te faut, salope ? »

Les personnes présentes – les deux professeures, l'homme à la mallette – se levèrent. Najma ne savait pas qui parmi elles comprenait l'urdu, mais le ton du garçon, plein de venin, était manifeste. Personne ne voulait être mêlé à cela.

Le vieux musulman murmura : « Tu es peut-être éduquée, mais tu n'as pas à mépriser le Coran. Quel genre de musulmane sort sans hidjab ?

– Dis-lui, grand-père. Dis à mon *aaras* qu'elle est impudique.

– *Aaras* ? Je ne suis pas ta fiancée », rétorqua Najma d'un ton ferme, avant de se faire toute petite dans son coin. Cette fois, elle avait peur, mais que pouvait-il lui faire dans un train rempli de gens ? Dans cinq ou six minutes, ils arriveraient à son arrêt. Comment pouvait-elle deviner que dans ce laps de temps si court, son monde allait changer du tout au tout ?

Le vieux musulman se leva à son tour. Dehors le ciel s'était assombri, un orage s'annonçait. Pourvu qu'il ne pleuve pas sur le chemin de la maison. « S'il te plaît, laisse-moi tranquille », supplia-t-elle.

Le garçon se pencha, la regarda droit dans les yeux et dit : « Si tu ne peux pas être ma femme, tu ne seras la femme de personne. » C'est là qu'il sortit le flacon d'acide qu'il avait dans sa poche et le lança à la tête de Najma.

Savez-vous ce que cela fait quand l'acide entre en contact avec la peau ? Savez-vous ce que cela fait quand votre peau se dissout et vos terminaisons nerveuses hurlent de douleur ? Savez-vous ce que cela fait d'entendre ces cris et de se demander si c'est vous qui les poussez ou quelqu'un d'autre ? Savez-vous ce que cela fait d'être entre la vie et la mort sur un lit d'hôpital et de ne rien sentir hormis qu'on pleure à vos côtés ? Savez-vous ce que cela fait de paniquer quand votre chère *Ammi* s'approche et que l'odeur de *biryani* vous renvoie à cet homme-là, cet instant-là ? Savez-vous ce que cela fait de lire le choc et l'horreur dans les yeux de tous ceux que vous croisez ? Savez-vous ce que cela fait de vous regarder dans le miroir avec un seul œil et de constater que vous ne serez plus jamais vous ? Savez-vous ce que cela fait d'apprendre que tous les passagers de ce soir-là nièrent avoir été témoins de quoi que ce soit ? Savez-vous ce que cela fait de vivre avec la certitude que votre existence est finie alors que le coupable s'en sort sans être inquiété ?

Des policiers vinrent à l'hôpital. Mais *Ammi* était trop affolée pour s'expliquer de façon cohérente. Ils tentèrent de questionner les voyageurs, le personnel de la gare. « Autant chercher à faire parler une brique », avoua un agent à *Ammi*.

Et ils en restèrent là. « Le temps guérit tout, ma fille. C'est comme regarder l'herbe pousser. Tu es persuadée que rien ne changera, mais un beau matin tu verras qu'elle a poussé pour de vrai. »

Najma haït sa mère de lui dire ça.

Les jours passèrent. Najma pleurait. Ou fixait le mur en se demandant comment elle aurait pu agir différemment.

« Je connais le nom de celui qui m'a fait ça », annonça-t-elle un matin, ne supportant plus l'idée que son tortionnaire se promenait en liberté.

Ammi leva la tête des feuilles de *neem* qu'elle coupait en lanières pour préparer un cataplasme. Elle cherchait encore à guérir ce qui restait du visage et du cou de sa fille.

« Imtiaz, poursuivit Najma. Il a dit qu'il t'avait demandé ma main. »

Ammi écarquilla les yeux. Sa bouche s'ouvrit mais les mots ne vinrent pas. Najma entendait un cœur battre, était-ce celui de sa mère ou le sien ? La ritournelle d'un marchand ambulant monta par la fenêtre ouverte : « Tomates-haricots-carottes-betteraves… *Iruli-bellulli-aloo…* »

« C'est lui ? » *Ammi* était blême, le visage fermé. « Pourquoi tu ne le dénonces que maintenant ?

– Il a dit que si je ne pouvais pas être sa femme, personne ne le serait. » C'était plus fort que Najma, les mots se bousculaient pour sortir. « Pourquoi tu lui as parlé comme ça, *Ammi* ? Pourquoi ? »

Sa mère était décomposée. « Qu'est-ce que j'aurais dû répondre ? Oui ?... C'était un bon à rien. Un feignant, comme ton père. C'est le genre de mari que tu voulais ? »

Najma se tourna vers le mur. Elle était injuste, elle le savait.

Sa mère avait fait précisément ce qu'elle attendait d'elle. Mais Najma devait bien s'en prendre à quelqu'un. Faire du mal comme elle-même avait mal. Et qui d'autre était auprès d'elle ?

Ammi partit à la recherche d'Imtiaz. D'abord, elle se rendit chez le traiteur. Il n'y travaillait plus. Personne ne savait où il était – ou ne voulait le révéler. Ensuite, elle se rendit à la mosquée pour parler aux anciens. Ils l'écoutèrent avec attention, hochèrent la tête solennellement et l'invitèrent à garder foi en Allah, car Allah l'aiderait. En désespoir de cause, elle se rendit au poste de police. Elle répéta les paroles de Najma à l'agent qui leur avait rendu visite à quelques reprises. Celui-ci répondit qu'il allait faire de son mieux pour retrouver Imtiaz ; son supérieur en dit autant. C'était un délit grave, et ils auraient bien aimé jeter ce fumier en prison pour le restant de ses jours. « Non, non, s'exclama *Ammi*. Contentez-vous de me prévenir quand vous l'aurez arrêté. Je tiens à m'en charger personnellement. »

L'agent se racla la gorge. « *Ammi*, on ne peut pas se

faire justice soi-même. Je comprends votre position, mais la loi, c'est la loi.

– Qui a dit que je voulais me venger, monsieur ? Je veux juste lui parler. »

Najma l'écouta raconter la scène au poste. « Tu perds ton temps. Qu'est-ce que tu diras quand tu l'auras en face de toi ? »

Ammi la regarda sans la voir. Puis elle s'écroula.

Najma tenta de la ranimer. N'y parvenant pas, elle enfila la burqa de sa mère et sortit de la maison seule pour la première fois. Elle se précipita chez les voisins pour demander de l'aide. Le médecin de l'hôpital expliqua qu'*Ammi* avait fait un AVC et qu'elle ne pourrait plus jamais parler ni bouger.

Najma dut piocher dans leurs maigres économies pour survivre. Elle savait qu'elle aurait dû chercher un travail, mais qui lui en aurait donné ? Qui allait embaucher une enseignante tout droit sortie d'un film d'horreur ?

Sans compter qu'elle avait peur.

Une amie conseilla à Najma d'aller voir une assistante sociale. Elle en parla à *Ammi*. Elle ne savait pas si sa mère comprenait, mais elle perçut une lueur dans ses yeux.

Ammi avait toujours été une battante. Elle serait heureuse de voir que sa fille s'efforçait de reprendre le contrôle de sa vie.

L'assistante sociale connaissait quelqu'un qui aurait peut-être un emploi pour Najma. Dans un autre domaine, où on la formerait. « Mais vous ne pourrez pas garder la burqa », précisa-t-elle. En l'écoutant, Najma sentit un glaçon descendre le long de sa colonne vertébrale.

Elle annonça la nouvelle à *Ammi*, dont le regard exprima

la même vérité : Tu ne peux pas te cacher éternellement de toi-même.

Mais Najma n'était pas prête ; elle ne le serait jamais, croyait-elle. L'assistante sociale avait parlé de chirurgie esthétique : son visage monstrueux pouvait être modelé en une chose qui ne donnerait pas de cauchemars aux enfants.

Ammi mourut. Elles n'avaient plus d'économies. Najma savait qu'elle devait agir. Soit elle se suicidait, soit elle prenait une décision.

Elle pensa à sa mère, à tout ce pour quoi elle avait trimé. Combien elle s'était privée. Avait-on jamais appelé *Ammi* par son vrai prénom ? Se souvenait-elle seulement qu'elle se nommait Nazariya ?

Quelque chose en Najma se durcit. Un poing minuscule se serra. Était-ce de la détermination ? La volonté de vivre ?

Najma vit le train approcher au loin. Son cœur se mit à battre très fort quand il s'arrêta. Elle trouva la voiture, celle dans laquelle elle savait qu'ils seraient tous. Elle monta, s'assit. À travers la fente de sa burqa, elle les vit. Le vieux musulman avec son calot blanc sur la tête. Les deux professeures. L'homme à la mallette.

Une fois le train reparti, elle souleva la partie supérieure du voile pour révéler son visage. Un cri d'horreur collectif se fit entendre. Ses traits défigurés, la peau anormalement tendue de son cou étaient durs à contempler.

« Je m'appelle Najma. » Elle parlait de sa nouvelle voix, fluette. L'acide avait aussi endommagé le larynx. « Je suis la jeune femme que vous n'avez jamais vue. Je veux que vous regardiez bien ce que cet homme m'a fait. Si vous ne m'avez pas vue ce soir-là, j'espère que vous me verrez maintenant. » Elle les observa un par un. « Dites-moi, il vous arrive de vous demander ce que j'ai pu endurer après qu'on m'a emmenée à l'hôpital ? »

Silence dans le compartiment. La professeure enrobée renifla.

Alors, Najma regarda par la fenêtre ouverte et pensa à sa mère, qui en ce moment devait être à *jannat*, parfumée à l'essence de rose et libérée de l'espoir et de la peur – car n'était-ce pas à cela que le paradis ressemblait ? Elle lui dit : « *Ammi*, je l'ai fait. J'ai fait ce que tu me demandais. J'ai affronté le monde. Je n'aurai plus jamais à me cacher derrière une burqa. »

La brise souffla sur son visage et ses cheveux. Elle sentit les roues du train gagner de la vitesse.

Je m'appelle Najma.

3

Urvashi

L'ancien bassin de baignade avait toujours fait partie du palais d'été. Mais c'étaient ces dernières années seulement, alors que le fleuve asséché se réduisait à un filet d'eau plus embarrassant qu'autre chose, que Shyam commença à parler de le convertir en piscine. Il avait vu un projet similaire dans un hôtel sri-lankais où il passait des vacances avec Radha. « Il s'est réveillé un matin en disant : "Il me faut la même." Ça l'a pris comme ça, je te jure ! » avait raconté une Radha un peu perplexe à Urvashi. C'était il y a deux ans, lors de sa dernière visite.

Les bords du bassin étaient constitués de blocs de latérite érodés par le temps. Au bout, un haut mur orné de mousse cachait un bosquet de palmiers à bétel. L'endroit était entouré d'arbres vénérables – manguiers et jaquiers, tamariniers et kapokiers, citronniers de Ceylan et arbres à *jamun*. Un hamac attendait les touristes indolents entre deux albizias robustes. Un jamrosat chargé de fruits d'un rose cireux poussait dans un coin. Urvashi tendit le bras pour en cueillir un et mordit dedans.

Najma avait dit vrai – la piscine était belle. Même si on

ne savait pas nager, on avait envie de s'y prélasser aussi longtemps qu'on pouvait.

En songeant à la jeune femme, Urvashi fut prise d'une profonde tristesse. Elle paraissait heureuse, ici. Mais qui sait ce qui lui trottait dans la tête quand elle était seule ? Vérifiait-elle par-dessus son épaule à chacun de ses pas ? Avait-elle un mouvement de recul quand un homme l'approchait ? Comment vivait-elle avec l'atrocité qu'elle avait vécue ? Où trouvait-elle la force de garder courage quand elle se regardait dans la glace ?

Urvashi pensa à ce qu'elle avait ressenti en découvrant son premier poil pubien blanc. Comme si on l'avait amputée des deux jambes. Ce n'était pas la première fois qu'elle avait ce genre de réaction. Un crayon qui se sentait soudain au chaud et bien calé sous son sein, alors qu'avant il tombait. Les pattes-d'oie au coin de ses yeux, qui apparaissaient dès qu'elle souriait. Elle s'était mise devant le miroir pour tirer sur ses rides, curieuse de retrouver son visage sans le poids des années qui s'étaient accumulées si sournoisement. Mais un pubis grisonnant ? C'était le point de non-retour. Son temps de femme désirable touchait à sa fin.

Comment se faisait-il que son corps eût pris tant d'avance sur son esprit, qui semblait aussi jeune et assoiffé de vie qu'avant ? Plus important : que faire ? Fallait-il se teindre les poils pubiens ? Les raser ? Fallait-il éloigner sa nudité de toute source de lumière ou s'ouvrir à son mari, reconnaissante qu'il vous coure après une fois de temps en temps, même machinalement ? Au moins, durant ce bref coït, vous vous sentiez encore jeune, belle et préservée des ravages du temps.

Quelques jours après cette découverte, elle avait rencontré Najma pour l'article de fond qu'elle écrivait sur les victimes d'agressions à l'acide.

Tandis que la jeune femme lui parlait de ses projets d'avenir, Urvashi avait vu son œil valide briller dans ce visage ravagé, et sa propre vanité l'avait écœurée. Aurait-elle eu la force de se relever, à la place de Najma ?

Najma voulait reprendre des études, mais en attendant elle avait besoin d'un travail. Urvashi était allée voir Radha en dernier ressort, après que plusieurs employeurs ayant promis d'aider Najma étaient revenus sur leur parole. En vérité, personne ne voulait embaucher une prof défigurée. « Peut-être que si elle mettait une burqa… Elles ne sont pas obligées, de toute façon ? Mais le voile est mauvais en termes d'image pour l'école. Vous savez à quel point la religion est un sujet sensible pour les parents, de nos jours », s'était justifié sans conviction un directeur sollicité par Urvashi.

Najma avait refusé catégoriquement. « Ça m'est égal de ne pas enseigner. Mais je ne porterai pas de burqa. Je ne cacherai pas mon visage. »

Alors Urvashi s'était adressée à Radha et lui avait expliqué, comme à tous les autres : « Elle se remet d'une agression à l'acide et elle a vraiment du mal à trouver un boulot, alors que c'est une enseignante diplômée. Mais il y a autre chose. Elle ne veut pas qu'on sache ce qui lui est arrivé. La pitié et les commérages la plombent tout autant. Si on te pose la question, il faut dire qu'elle a été brûlée au troisième degré dans un incendie. Une explosion au gaz, quelque chose comme ça. »

Parfois, Urvashi se demandait si son amie n'avait pas

créé un poste rien que pour Najma. Elle l'avait rappelée en moins de quarante-huit heures. « Le salaire n'est pas mirobolant, mais elle sera nourrie et logée, donc elle pourra économiser. Et puis tout sera nouveau à l'hôtel. Elle pourra refaire sa vie.

– Et Shyam ? » Urvashi avait posé la question car elle connaissait le degré d'exigence esthétique de son mari.

« Il ne s'y opposera pas », avait répondu Radha d'un ton ferme.

Urvashi se demandait comment elle s'y prendrait pour repartir de zéro. Où irait-elle ? *Pour l'instant, à la piscine*, se dit-elle.

Les touristes européens avaient eu la même idée, visiblement. Elle repéra un transat libre et s'abandonna à son étreinte ouatée.

Sa voisine, une femme entre deux âges en maillot bleu et jaune, était couchée sur le ventre tandis que son mari versait un filet d'huile solaire sur ses mollets. Elle changea de position pour lui donner un bout de cuisse à oindre aussi. Il déposa un baiser entre ses omoplates. Elle lui sourit. Puis elle embrassa le bout de ses doigts, qu'elle pressa sur les lèvres de son mari.

Urvashi sentit sa gorge se serrer. En cet instant, malgré l'embonpoint, les bras flasques, la peau marbrée et les cheveux clairsemés, ce couple était aussi radieux que de jeunes amants ne se quittant pas des yeux. Un amour tout frais, qui ne fait pas de distinction entre le désir du corps et celui de l'esprit. L'un se nourrit de l'autre avec une aisance naturelle et un appétit insatiable. Mais les années passant, l'intimité se délite, jusqu'à ce que la vie à deux laisse un arrière-goût de frustration qui imprègne tout, les mots comme les baisers.

Jusqu'à ce qu'on atteigne le stade où j'en suis maintenant, songea Urvashi, en s'efforçant de ne pas se laisser submerger par la sensation de perte irréconciliable qui la saisissait chaque fois qu'elle pensait à sa vie. Comment une mauvaise décision pouvait-elle en entraîner une autre, puis une autre, et encore une autre, et faire ainsi boule de neige ? Quelle était la toute première, dans son cas ?

À force de se demander s'il y avait eu un moment décisif, un tournant dans la longue liste de ses déceptions, Urvashi était parvenue à en isoler deux. Le premier se produisit en vacances, alors qu'ils faisaient un tour sur le lac Chilika.

Peu après leur départ, le batelier coupa son moteur et les laissa dériver jusqu'à une langue de terre. Quelques cabanes délabrées s'agglutinaient sur la berge. À la porte de l'une d'elles, accroupie, une femme lavait un plat en aluminium dans les eaux marron du lac salé.

Soudain, un jeune chargé d'un seau de palourdes monta d'un bond dans la barque. Urvashi lança un regard interrogateur au batelier.

« C'est mon ami », précisa-t-il en se penchant vers elle, comme s'il la mettait dans la confidence.

Le jeune s'assit face à elle. Tapota son seau. « Vraies perles. » Il haussa les épaules. « Si tu as de la chance... »

Il ouvrit une première palourde, secoua la tête et la

remit dans le seau. Il en choisit une deuxième et la jeta, l'air dégoûté. La troisième fois, parce que les contes de fées et les légendes disent toujours que c'est la bonne, le coquillage révéla une perle.

« Madame, tu as de la chance, beaucoup de chance… Une vraie perle ! » Le jeune, tout excité, essuya avec un chiffon la petite boule de nacre parfaite.

« Elle est à toi pour cinq cents roupies seulement. Il est tard, c'est la dernière de la journée… », ajouta-t-il en montrant l'horizon.

Urvashi reçut la perle dans sa main tendue. Une contrefaçon bas de gamme *made in China* dans un atelier clandestin, fixée avec de la colle dans un coquillage aux parois elles-mêmes collées. Elle la tint en l'air, contre le ciel bleu, pour mieux l'observer. « Magnifique. Je la prends mais je t'en donne deux cents, négocia-t-elle d'un ton ferme.

– Non, non… » Il secoua la tête tristement.

Ils marchandèrent un moment et enfin, après qu'elle eut fait mine de bouder, le regard perdu au loin, et qu'il eut capitulé en s'essuyant le front avec son chiffon, ils tombèrent d'accord sur trois cents. Le jeune empoigna le seau et bondit de la barque en un seul mouvement fluide.

« Une perle dans une palourde, commenta Mahesh, écœuré. Elle vaut combien en vrai ?

– Dans les vingt roupies, estima-t-elle en scrutant son acquisition.

– Tu es une idiote. Tu savais qu'il t'entubait et tu l'as laissé faire. »

Urvashi écarta une mèche tombée dans ses yeux.

« Regarde autour de nous. Il fait ce qu'il a à faire pour survivre. C'est plus digne que de mendier.

– Parce que tu crois que c'est digne d'arnaquer les gens ? »

Au loin, seule une étroite bande de sable séparait le ciel et la mer. L'odeur de poisson saturait l'air. Soudain, un petit banc de chanos fendit les vagues tout près d'eux et replongea. Un poisson solitaire atterrit dans la barque. Urvashi le regarda s'épuiser à sauter, en vain. Elle attendait que Mahesh le sauve. Il ne bougea pas. Serrant les dents, elle prit le chano dans ses mains en coupe et le remit à l'eau.

« Notre Dame de la mer, ironisa son mari. Pour ta gouverne, je ne voulais pas que mes mains sentent le poisson. Et ta perle, c'est du vol, et je n'admets pas ça, et toi, tu as été bien bête de le laisser s'en tirer. Tu as peut-être l'impression d'avoir fait un acte de charité. Mais la charité a toujours des conséquences. La prochaine fois, ce type sera encore plus retors… »

Le vent engloutit le reste de son discours et l'amour d'Urvashi. Elle était face à un homme qu'elle ne reconnaissait pas. Un homme sans compassion, que ce soit pour ses congénères ou pour un poisson. Avait-il toujours été comme ça ?

Le début de la fin de son mariage remontait à ce moment précis, elle en était certaine.

La fois suivante ne fit qu'accélérer les choses. Ils rentraient un soir après vu une pièce de théâtre au Chowdiah Memorial Hall. Alors qu'un embouteillage se formait à un feu rouge avec une virulence particulière à Bangalore, Mahesh s'acharna sur le klaxon, puis grommela : « Bon sang, j'aurais dû proposer de ramener cet imbécile de Rahit. »

La requête silencieuse qu'il avait sciemment ignorée. Mahesh n'aimait pas fraterniser avec les collègues en dessous de lui dans la hiérarchie.

« J'aurais pu lui dire de conduire. Quel foutu cauchemar !

– C'est comme ça que tu vois les autres ? rétorqua sèchement Urvashi. En fonction de leur utilité pour toi ? »

Le feu passa enfin au vert et les voitures devant eux démarrèrent.

Mahesh changea de vitesse. « Tu me connais. J'aime me servir des gens.

– Tu dis ça pour m'énerver ?

– À ton avis ? »

Justement, Urvashi n'en avait pas, d'avis. Leur mariage était une obligation contractuelle basée sur un bénéfice mutuel. Avait-elle décroché le rôle d'épouse à cause des enfants de Mahesh ? Elle les avait aimés et élevés comme si c'étaient les siens. Mais où était sa place, à présent qu'ils avaient quitté la maison pour étudier à Pune et Stanford ? Elle sentit sa bouche se dessécher, tout à coup.

Qui était cet homme ? Comment pouvait-elle dormir sous son toit, partager son lit, mélanger leurs sous-vêtements dans la machine, lui servir à manger, avoir ces milliers de gestes banals mais intimes qu'on a avec un mari, et ne pas le connaître ?

Urvashi se carra dans son transat et ferma les yeux. C'étaient la mort ou le divorce qui détruisaient un mariage, normalement. Pas la sensation vague mais accablante d'être déçue.

Son portable lui indiqua une nouvelle rafale de messages. Encore un numéro inconnu. Dès qu'elle le bloquait, il en changeait, son harceleur, son Ravana personnel, son démon à dix têtes. Impossible de le tuer en en coupant une seulement. Il réapparaissait toujours.

Elle éteignit l'appareil et le rangea. Referma les yeux.

Autour d'elle, le crépuscule battait son plein. Elle écouta les cris des oiseaux, les battements de son cœur, et la détermination qui montait en elle lentement.

« Vous êtes perdue dans vos pensées », intervint une voix.

Ouvrant les yeux, Urvashi découvrit une toute jeune femme en tee-shirt et pantalon de jogging. Elle avait une bouteille d'eau à la main et les joues rouges d'avoir fait de l'exercice par cette chaleur.

Urvashi lui sourit. La jeune se laissa tomber dans le transat à côté d'elle. « Je m'inquiétais un peu. Vous n'aviez pas l'air de bouger, s'excusa-t-elle avant de boire.

– Je réfléchissais, c'est tout. Tu es en vacances ? » demanda Urvashi en gigotant, curieuse de savoir ce que cette fille avait vu en elle pour stopper son élan.

La jeune pencha la tête, indécise. « Je crois que oui. C'est la première fois que j'en prends. »

Le sourire d'Urvashi se figea. Elle ne voulait pas savoir. Pourquoi pensaient-ils tous qu'elle était disposée à prêter l'oreille ? À écouter leurs problèmes, leur passer un bras autour de l'épaule et les aider à mettre de l'ordre dans leur vie chaotique ?

« Vous restez combien de temps ? »

Ouf. La jeune n'avait pas l'intention de confier ce qui la troublait. « Une semaine. Et toi ?

– Trois jours. Après, on va à Kochi, Alleppey, ensuite

à Thekkady, Munnar... » Elle but encore. « Bon, à plus tard », dit-elle en s'éloignant.

Urvashi se demanda pourquoi cette fille lui paraissait familière. Le temps de mettre le doigt dessus, elle avait disparu.

Sreelakshmi

Je me demandais où était Urvashi. Au bord de la piscine, peut-être, ou en train de nager ? Admirait-elle le ciel entre chien et loup ? Attendait-elle qu'on la trouve ? Notre rencontre avait été brève, mais j'avais ressenti en elle une profonde tension. Comme un ressort près de lâcher.

Ensuite, je pensai à Megha et Najma. Qu'allait-il leur arriver ? Porteraient-elles à jamais les cicatrices de leur profanation ? Iraient-elles mieux un jour ?

Pendant mes études à l'université hindoue de Varanasi, mon ami Narendran, pour tenter de s'affranchir de ses ancêtres encombrants, trouva refuge dans la politique. Il avait toujours été membre de l'All India Students Committee mais lorsque ce syndicat de gauche fut démantelé, un an après l'indépendance de 1947, il prit sa carte au National Union of Students.

Un jour, il me déclara : « J'étais au meeting où Nehru a parlé pour la première fois. Moi, je voulais participer à la construction de notre nation. Je me voyais déjà contribuer au mouvement pendant mon master, et plus tard y jouer un rôle important. Au lieu de quoi, de plus en plus, ils veulent qu'on soit leurs larbins. Qu'on respecte le drapeau indien et la Constitution, qu'on s'abstienne de dire des grossièretés, qu'on protège les biens publics. » Il marqua une pause, puis partit d'un rire amer. « Et qu'on aide le gouvernement à empêcher les resquilleurs de monter dans le train sans billet. »

Je comprenais sa frustration, mais j'étais contente de voir qu'il renonçait à s'impliquer activement. Je l'apaisai, puis lui proposai d'aller au cinéma. « Ce nouveau film, *Ziddi*, devrait te plaire.

– Tu te moques de moi, Sree ? Tu sais ce que veut dire le titre ?

– "Têtu", répliquai-je en m'efforçant de garder mon sérieux, car maintenant qu'il le faisait remarquer…

– Je vais demander à Subhasini. Si elle est d'accord, on ira. »

Peut-être sa fiancée pesait-elle dans toutes ses décisions. Cela me distrayait toujours de les voir se quereller au sujet de la politique. D'une certaine manière, c'est ce qui les freinait, les empêchait de se transformer en fanatiques. Logiquement, un Narendran désenchanté par le National Union of Students vira de bord et adhéra au Progressive Students Union, dont Subhasini était membre. Pour ma part, je choisis de rester neutre. La politique ne m'intéressait pas. Et c'est ainsi que nos chemins commencèrent à se séparer. Ou peut-être ne supportais-je plus d'être la fourmi rouge dans leur jardin d'Éden ?

Je fus donc étonnée lorsque, deux mois plus tard, Narendran vint me voir. « Tu m'évites en ce moment. Je t'ai vexée ? » voulut-il savoir.

Je secouai la tête, amusée par son stratagème. Il sous-entendait d'emblée que c'était ma faute, pour que je ne puisse rien lui reprocher. J'optai pour un terrain d'entente. « J'ai été pas mal occupée et toi aussi… C'est tout. »

Quelques minutes plus tard, nous nous promenions ensemble sur le campus. Nous parlâmes de nos familles et de ce qui se passait au Kerala. Nous parlâmes de la mousson d'octobre et des bananes plantains à la vapeur. Nous parlâmes des infinies nuances de vert qui n'existent que là-bas. Nous parlâmes des grèves contre la hausse des frais de scolarité. Comme d'habitude lorsqu'on était ensemble, nous étions passés au malayalam. Je mis un moment à comprendre qu'il était venu me voir parce qu'il se sentait seul. Subhasini était rentrée chez elle pour la fête de Durga Puja et il ne la reverrait pas avant deux semaines. J'étais sa remplaçante.

Je le laissai se plaindre un peu. « Subhasini a beau s'intéresser à la pensée progressiste et vénérer Bena Das, au fond, elle reste une fille de la classe moyenne.

– C'est qui, Bena Das ? Qu'est-ce qu'elle a écrit ? » questionnai-je, tout en me demandant comment j'avais pu rater cette romancière. J'avais déjà lu Bankim Chandra, Sarat Chandra Chatterjee et même Tagore en malayalam, et j'avais tenté Premchand en hindi, mais je recherchais toujours l'équivalent indien d'une Rebecca West. Je voulais lire un propos prenant ses distances avec le romantisme de la plupart des femmes écrivains. Je voulais une prose solide ; je voulais des muscles et des nerfs, même si cela racontait une histoire d'amour.

Narendran prit un air presque écœuré. « Tu ne vois pas ce qui se passe dans notre pays ? Tu sais qu'il existe un monde au-delà de la littérature et de la biologie ?

– Allez, dis-le-moi…

– Bena Das, c'est une étudiante de Calcutta qui a tenté d'assassiner le gouverneur du Bengale, sir Stanley Jackson, en 1932. Elle lui a tiré dessus cinq fois mais l'a manqué, ce qui lui a valu neuf ans de prison. Subhasini l'idolâtre, mais cette sotte veut quand même se faire belle et retrouver ses cousines et ses sœurs pour la *puja*…

– On peut avoir des convictions politiques et être aussi une femme, Naren. »

Il râla mais changea de sujet.

Les soirs suivants, nous nous revîmes, et ce qui était une amitié aux contours flous se transforma en autre chose. Il cessa d'évoquer sa fiancée à tout bout de champ. Il semblait vouloir passer plus de temps avec moi. Qui sait comment cela aurait pu évoluer ?

Mais notre dernier rendez-vous se termina mal. Il avait décidé d'aller à une manifestation organisée contre le traitement inhumain du gouvernement vis-à-vis des réfugiés affluant du Bengale oriental.

« En quoi ça nous concerne ? rétorquai-je. Le problème des réfugiés n'est pas du ressort des étudiants. Encore moins d'un étudiant du Kerala. »

Je posai une main réconfortante sur son avant-bras. C'était agréable de toucher un être humain. Il fixa ma main comme si c'était une chenille velue. Je crus lire une sorte de fascination horrifiée dans son regard. Et un éclair fugace de désir, qu'il s'empressa de refouler.

Vite, je retirai ma main. Pour ne pas le gêner, je fis mine de m'emporter : « Tu vas me répondre, oui ou non ? »

Subhasini revint le lendemain et Narendran n'eut plus besoin de moi. Lorsque je lui demandai quand nous pourrions nous voir, il resta évasif.

Plus tard, je sus par quelqu'un que sa fiancée n'avait pas apprécié le temps que lui et moi avions passé ensemble pendant son absence. Il avait tenté de se justifier en disant que je lui faisais pitié. Que je n'avais pas d'amis, et qu'il avait voulu être gentil. Que je « traînais des casseroles » – du moins, c'est ce qu'on me raconta.

Lorsque la police vint me poser des questions sur lui en février, je prétextai l'ignorance. Je ne savais pas où il était. Voilà des mois que je ne l'avais pas vu, affirmai-je.

« Donc il ne vous avait pas dit qu'il allait à la manifestation sur le campus de l'université de Calcutta ? insista l'agent.

– Non.

– Vous êtes au courant qu'il y a eu six morts, ce jour-là ? renchérit son collègue.

– J'ai lu ça. Qu'est-ce que Narendran a à voir là-dedans ?

– Il fait partie des leaders du syndicat étudiant qui ont poussé un rassemblement pacifique à devenir violent. Six innocents sont morts à cause de lui, et Dieu sait combien ont été blessés dans la panique. »

Je repensai à sa façon de me snober une fois Subhasini rentrée. Je n'étais rien pour lui. Il avait beau jeu de feindre l'empathie, alors qu'il ne s'était même pas rendu compte du mal qu'il me faisait. Je repensai à sa façon de fixer ma main sur son avant-bras. Je repensai à ce qu'il avait dit de moi – que je traînais des casseroles. Pourquoi aurais-je dû porter le fardeau de sa culpabilité ?

« Vous devriez poser la question à Subhasini, elle saura vous répondre. Ils étaient tout le temps ensemble. Moi, je ne faisais que tenir la chandelle… »

Il n'en fallut pas plus. Un regard innocent, un nom cité l'air de rien, et ils embarquèrent Subhasini. Narendran surgit de sa cachette pour voler au secours de sa dulcinée. Je ne sais pas si, à sa sortie de prison, ils se marièrent, vécurent heureux et eurent beaucoup d'enfants. J'avais quitté Varanasi à ce moment-là. Je ne les revis jamais et n'entendis plus parler d'eux. Et tant mieux, car je n'en avais pas envie.

Il y a une place pour tout en ce bas monde, me disait-on toujours. Mais quelle était la mienne dans ce monde-ci ? Combien de temps allais-je rester là, sur une table dans la chambre de Najma ? Qu'allais-je devenir ?

C'est dans les romans et les films que le fantôme d'une femme avance au cœur de la nuit, vêtue d'un sari blanc, les cheveux flottant derrière elle, et chante des mélopées évoquant des désirs insatisfaits. Je n'étais pas une naine violette à tête de sanglier, ni une créature ratatinée au cou étroit et au ventre protubérant, ni un être couleur charbon aux veines saillantes et aux yeux rouges. J'étais un bout d'os, blanchi, calcifié et fragile. Au mieux, je ressemblais à une craie. Une craie de professeur, capable d'écrire mais pas toute seule. Un fragment d'énergie en attente du moment où je pourrais enfin me désagréger dans le néant.

Soudain, la porte de la chambre s'ouvrit. Une femme d'âge mûr entra, le visage troublé et les cheveux grisonnants. Elle marcha d'un pas hésitant vers la chaise et s'assit lourdement. Lorsqu'elle posa les coudes sur la table, sa main me frôla, puis me prit. Je l'entendis marmonner tout bas : « J'aimerais qu'elle soit morte. J'aimerais qu'elle meure et me libère de ce supplice. Elle a dit qu'elle m'emmenait à l'église me confesser, et c'était il y a trois heures déjà. »

La méchanceté dans sa voix me tira de la tristesse dans laquelle je m'enlisais. J'avais envie de savoir qui elle souhaitait voir morte et pourquoi. En un claquement de doigts, je devins ce que j'avais toujours été : une femme en quête d'histoires.

On dit que les fantômes craignent les lieux sacrés. Que, pour en fuir un, il suffit de pénétrer dans un lieu saint. Qu'il rôdera à l'entrée, incapable de franchir le seuil d'un édifice où règne le divin. Je savais que je n'aurais pas ce genre de scrupule en suivant ma nouvelle propriétaire à l'église. Et que je ne me ferais pas non plus foudroyer par une main céleste. Il y a bien longtemps, j'avais compris qu'une femme en quête d'histoires peut se faufiler là où personne ne croit possible d'aller.

De mon vivant, je n'étais jamais entrée dans une église. Les rites catholiques m'avaient toujours intriguée : l'eucharistie, la liturgie, la confession. En quoi aidaient-ils une âme en détresse ? « Tu ne vas même pas au temple. Pourquoi tu irais à l'église ? » s'était moqué Markose une fois où j'avais demandé à l'y accompagner.

J'avais souri pour dissimuler ma peine. Si seulement il m'avait dit : « Je t'y emmènerai un jour. Comme ça, je te montrerai une partie de ma vie dont tu ne sais rien. »

Soudain, la porte s'entrouvrit et la femme qui me tenait se raidit. « Qui est là ? » appela-t-elle d'une voix incertaine. Elle se drapa dans le pan de son sari pour calmer les tremblements de son corps.

« Allons, *Chechi*, c'est moi, dit une autre femme, qui ne cachait pas son agacement. N'en fais pas toute une histoire. Qui ça pourrait être d'autre ? »

Je voyais bien qu'elle avait perdu patience depuis longtemps avec sa sœur aînée. « Tu n'étais pas dans notre chambre. Pourquoi tu es partie ? »

L'intéressée leva le menton d'un air de défi. « J'en ai eu marre de t'attendre. Je suis allée marcher et en revenant je me suis trompée de porte. C'est un péché ? »

Elle se leva, me tenant toujours en main, et m'entraîna dans leurs vies et leurs secrets.

Un demi-péché

« Ça va, *Chechi* ? » demanda gentiment Molly, pour se faire pardonner sa mauvaise humeur. Elle lui ramena une mèche rebelle derrière l'oreille.

L'eau use même les pierres, voilà ce qu'Anto avait l'habitude de dire lorsqu'elle lui avouait avoir été sèche avec sa sœur. Anto, qui voyait tout mais parlait peu. Anto, qui posait la tête de Molly au creux de son cou et la réconfortait : « Ta sœur mettrait la patience de n'importe qui à l'épreuve, même Job. »

Molly se laissait aller à glousser contre sa peau. Et à humer l'odeur reconnaissable entre toutes d'Anto – un mélange de graisse et d'œufs, de vanille et de noix de muscade, et un soupçon de talc Cuticura.

« Tu n'avais pas à me parler sur ce ton, grommela Theresa. On n'est pas chez nous !

– Et ? » Pour tenter de calmer la colère tapie au bout de sa langue, prête à bondir comme un chien enragé, Molly remit en place le pichet en plastique et les verres en inox posés sur la table. Le pichet avait perdu son éclat, passant de bleu vif à gris pâle, et sa fadeur faisait écho au reste de la pièce. Les murs tachés et les rideaux moches à la fenêtre. Le cadre de lit en bois de mauvaise qualité et le drap décoloré.

« C'est un hôtel. Qui sait quel genre d'homme loge ici ? s'emporta Theresa.

– À notre âge ? Tu as vraiment peur qu'il nous arrive quelque chose ? s'esclaffa Molly.

– On ne peut pas faire confiance aux hommes, Thomasina. Ils sont tous pareils. » Voyant qu'elle n'obtenait pas de réponse, elle gronda : « Thomasina, tu es là ? »

Molly lui jeta un regard furieux. Fut un temps où Theresa était une belle femme, aux traits ciselés et à la chevelure noire bouclée. Sa peau était claire comme le lait d'une vache anglaise, disait-on. Certains affirmaient même que de visage et de posture, elle ressemblait à la Sainte Vierge. Une fille si bien élevée, avec ses yeux baissés et ses gestes dociles. *Qu'est-ce qui t'est arrivé, ma pauvre sœur ?* pensa Molly en observant tour à tour la peau marbrée, les taches et les rides, le nez pincé et les cheveux clairsemés qu'elle rassemblait en un petit chignon dans sa nuque décharnée.

« Je suis là », dit-elle pour la rassurer. Depuis toutes ces années, pas une seule fois Theresa ne l'avait appelée Molly.

« Alors écoute-moi. Je ne te parle pas de viol, espèce de sotte ! Il y a bien d'autres raisons de nous agresser. Toi, avec tes bordures de sari sophistiquées et tes énormes bijoux, dis-moi, tu as combien de bracelets à chaque poignet ? Six ? Huit ? Pourquoi tu t'habilles comme si tu étais une jeune mariée ? C'est ça, le problème. On a peut-être un certain âge, mais ça ne les empêchera pas de convoiter tout cet or, même s'ils ne nous convoitent pas, nous ! » La voix de Theresa résonna dans la chambre telle une cloche d'église. Oyez, oyez…

Molly surprit son reflet dans la glace. « Molly ne sera jamais aussi belle que Theresa, disait tout le monde, y compris leurs parents. Mais elle est intelligente, et elle a des yeux ravissants. » Molly détestait ces demi-compliments, plus blessants qu'autre chose ; la honte d'être le prix de consolation ; les formules toutes faites comme “il n'y a pas que la beauté qui compte”.

Alors elle avait pris l'habitude d'éviter les miroirs. Je suis qui je suis. Je n'ai pas besoin d'une glace pour me le dire, se répétait-elle quand elle voyait Theresa, vingt-deux ans, s'épiler soigneusement les sourcils ou faire la chasse aux points blancs. À cette époque, Molly en avait seize et s'était déjà résignée à être seconde en tout.

Pour cette raison, son reflet la surprenait toujours. Qui était cette femme ? Quand s'était-elle transformée en elle ? Le sari en coton bon marché. Les poignets nus et la petite croix en or accrochée au cou par un simple fil noir. Elle avait l'air de ce qu'elle était. Une femme fatiguée aux cheveux grisonnants, qui consacrait son temps et son énergie à joindre les deux bouts. Elle sentait le désespoir à plein nez. Quel homme voudrait d'elle ? Pas même un voleur. Un regard et il passerait son chemin.

Molly la laissa dire. Au bout d'un moment, on s'habitue aux cloches d'église, même les plus bruyantes. Au bout d'un moment, c'est juste du bruit blanc.

Elle s'approcha de la fenêtre. Les chambres du personnel de l'hôtel avaient vue sur la route et elle voyait des gens tourner à droite au bout. L'église était un peu plus loin. Elles s'y rendraient bientôt.

Elle ouvrit le loquet et le referma violemment.

« C'est quoi ce bruit ? » Theresa était d'humeur grincheuse.

« C'est la télé, mentit Molly, les yeux rivés sur la cloison nue. Un de ces écrans plats qu'on fixe au mur. Mais elle ne marche pas bien. J'en toucherai un mot à l'employée qui vient faire le ménage. » L'image d'une vieille femme armée d'un balai et d'un seau lui traversa l'esprit.

Certains jours, elle mourait d'envie de poser la tête sur les genoux de sa sœur pour pleurer. « Je n'aime pas te faire ça. Te tromper autant. Mais tu ne me laisses pas le choix, *Chechi* ! »

Comment oserait-elle l'admettre ? Si Theresa ne pouvait plus se raccrocher à sa rancœur, elle s'effondrerait, ne serait plus qu'une pitoyable aveugle. De cette manière, elle était revêche mais vivante.

Molly se demanda si Tito avait déjà goûté. Elle l'avait laissé avec une voisine, qui s'en occupait jusqu'à leur retour le lendemain.

« Si on mangeait un peu avant d'aller à l'église ? » proposa-t-elle.

Elle ouvrit le paquet de *dosas* qu'elle avait achetés dans une échoppe du coin.

Theresa fit la moue. « J'ai pas faim. »

Molly ne commenta pas. Elle se contenta de regarder sa sœur mordre dans la crêpe salée avec gloutonnerie. Elle léchait et mâchait bruyamment, des bouts de chutney collés au menton, les doigts luisants d'huile, les yeux fixant le vide, comme toujours.

Molly ouvrit le Thermos. « Tu veux du café ? »

Theresa grogna. « J'espère qu'il sera meilleur que le *dosa*. On aurait dit du carton. Ces hôtels chics, c'est que de l'esbroufe. »

Dis-le, supplia Molly dans sa tête, *dis-le*. « De l'esbroufe, comme toi. » *Si ça peut t'aider à te sentir mieux, crache le morceau. Ce ne sera pas la première fois.*

Theresa se mura dans le silence. L'insulte laissée en suspens peut blesser davantage que celle qu'on formule réellement.

Le père George Koshy tira sur sa soutane noire en pénétrant dans l'église. Son épouse avait encore amidonné l'habit et il était rigide comme tout.

Eliamma n'avait pas une très bonne opinion de lui, il le savait. Elle le trouvait trop amical et familier avec ses paroissiens. L'amidon était sa façon de préserver la dignité qu'imposait la charge de son mari. Elle tenait à ce qu'il ait une armure en guise de soutane. Il poussa un soupir. Parfois, il avait l'impression de ne rien faire de bien.

On était en semaine et les lieux étaient déserts, hormis deux femmes qui priaient, tête penchée en avant. Celle de gauche se tourna pour fusiller du regard sa compagne agenouillée. Celle de droite avait les épaules tombantes, les traits tirés. Il connaissait cette expression pour l'avoir vue chez les femmes qui font la queue devant l'épicerie avec leur livret d'alimentation. Elles savent qu'il n'y aura plus de riz à vendre quand leur tour viendra. Et pourtant elles attendent, en priant pour un petit miracle.

Le père Koshy se secoua. Il avait tendance à se laisser emporter par son imagination. On le lui avait suffisamment reproché au séminaire. C'étaient juste deux femmes en pleine prière, et voilà qu'il trouvait un sens caché à un mouvement de tête et à une posture d'épaules.

Mais, en leur accordant un dernier regard, il sut que ce n'était pas son imagination. Elles étaient réellement bizarres. Soudain, il se rappela. Il les avait vues la veille au soir. La première allumait un cierge pendant que l'autre donnait des instructions. Il avait l'impression de les connaître, mais elles ne faisaient pas partie de sa paroisse. Jaimon, le chauffeur de Near the Nila, était avec elles et lui avait expliqué que c'étaient les voisines de sa sœur – qui n'habitait qu'à une heure et demie de là. Pourquoi donc étaient-elles revenues ce soir ? Ce n'était pas comme si son église possédait un intérêt particulier.

Elles allèrent parler au *kapiyar*. Peu après, le sacristain lui annonça : « Elles veulent se confesser. »

Le père Koshy soupira. Il connaissait ce genre de fidèle : celle qui se rend dans une autre église que la sienne et déballe tous ses péchés à un inconnu. De cette manière, pas de gêne, pas d'embarras devant son prêtre habituel.

Mais quelles fautes ces deux-là avaient-elles à avouer ? Un vol de poule ? Des propos calomnieux ? Les gens confessaient le plus souvent des actes mesquins, qui donnaient envie de leur administrer deux gifles plutôt que l'absolution. Il inspira un grand coup et se dirigea vers la sacristie, où l'attendaient ses vêtements sacerdotaux.

Le confessionnal des catholiques avait du bon, quand même. Pas besoin de croiser le regard des pénitents, par exemple. Dans le culte orthodoxe, comme ici, ils restaient debout à l'autel et parfois, quand George Koshy prenait leurs mains dans les siennes, il se sentait comme happé dans le bourbier de leur vie.

Il mit l'étole grise autour de son cou, puis jeta un coup

d'œil à sa montre, une robuste Tissot que sa cousine Bessy, du Canada, lui avait rapportée deux mois plus tôt. Il se demanda s'il devait l'enlever. Mais elle était en métal, donc il n'enfreignait pas la loi tacite qui interdit de porter du cuir à l'autel. Ensuite, il ajusta la croix en acier pendue à une fine corde noire et mit sa coiffe en place. Il s'observa dans le miroir, lissa sa barbe. Il était censé être à la fois l'enseignant et le juge – avec un peu de chance, il avait la tête de l'emploi.

Il alla s'asseoir dans son fauteuil et se racla la gorge, signe que la confession pouvait débuter.

« Au nom du Père, du Fils et du Saint-Esprit, amen.

« Je suis à genoux et je fais le signe de la croix. J'espère que vous l'avez vu, mon père ? Si vous n'avez pas compris, je le répète : au nom du Père, du Fils et du Saint-Esprit, amen.

« Mon père, je suis prête à commencer. »

Le prêtre était dérouté. Où étaient passés l'esprit de soumission et les chuchotements associés à ce genre de scène, d'habitude ? La voix de la femme résonnait dans l'église ; stridente, elle exigeait d'être écoutée. *Tel un aigle poussant un cri dans le ciel*, songea-t-il. Ne se souciant pas le moins du monde de qui pourrait l'entendre.

« Quel est ce bruit ? Vous buvez de l'eau ? Ou bien c'est votre réponse ?

« Bénissez-moi, mon père, car j'ai péché. Cela fait une semaine que je ne me suis pas confessée, et voici mes péchés.

« Avant de continuer, je tiens à préciser une chose. Ce n'est pas parce que je suis devant vous que j'ai réellement péché. Je sais dans mon cœur et dans mon âme que ce n'est pas vrai. Je n'ai commis ni péché mortel, ni péché véniel. Mais je suis une vraie chrétienne, et je crois au sacrement de la réconciliation. Tout ce que je veux, c'est informer le Saint-Esprit de ce qui se passe dans ma tête. Une fois par semaine. »

Pourquoi ne Lui parlait-elle pas à voix haute chez elle, dans ce cas ? Cette pensée peu charitable qui traversa l'esprit du père Koshy l'obligea à se signer, penaud.

« En plus, le prêtre de notre église est une andouille. Il voit ce qu'il a envie de voir et entend ce qu'il a envie d'entendre. Comme tout le monde, il se laisse berner par elle. Il croit que j'ai besoin d'aide. Il se sent obligé de me conseiller.

– Attendez, intervint le père Koshy en espérant stopper sa diatribe. C'est mal de…

– Évidemment que c'est mal », coupa-t-elle, comme si elle avait affaire à un enfant capricieux. Son ton se voulait apaisant, mais derrière on sentait pointer la menace. « Seulement, vous devriez le voir quand il est avec elle. Il lui tourne autour en reniflant comme un chien en rut. D'accord, d'accord, je n'aurais pas dû dire ça. Pardonnez-moi, mon père, car j'ai péché en proférant un blasphème dans la maison sacrée de Dieu. Ce soir, je dirai dix *Je vous salue Marie* en pénitence. Ça me paraît bien.

« La vérité vraie, c'est que je ne l'aime pas. Non, cette formule ne traduit pas bien le cyclone d'émotions qui me dévaste chaque fois qu'elle entre dans la pièce où je me trouve. Son odeur, sa voix, chacun de ses pas sont un affront pour moi. Voilà ce que je pense d'elle. La vérité vraie, c'est que j'ai beau être dans cette église où j'ai toujours voulu venir prier, je ne connais pas la paix. Aucune bénédiction ne descend sur moi, je n'entends pas le chant des anges, ni le Saint-Esprit. Je ne ressens qu'une haine profonde pour elle, la femme qui m'attend dehors. Ma sœur. »

Le prêtre était stupéfait. Il voyait bien que la sœur en question se trouvait à quelques pas de là, sur un banc. Elle devait entendre tout ce qui se racontait. À moins qu'elle ne soit sourde, ce qui expliquerait son manque de réaction.

« Permettez-moi de suggérer... », commença-t-il, mais il n'eut pas le temps de poursuivre que la femme rétorquait sèchement : « Ne vous fatiguez pas. Je sais ce que vous allez me dire. Je sais combien ce sera dur de masquer la désapprobation dans votre voix quand vous allez la défendre : "Oh, mais comment pouvez-vous haïr votre sœur ? Voyons, c'est un péché. Peu importe ce qui s'est passé, vous devez puiser dans votre cœur la force de lui pardonner."

« Vous n'êtes pas le premier à me confesser. Alors ne me faites pas ce coup-là. Écoutez-moi... C'est tout ce que je demande. »

Theresa ferma les yeux pour tenter de retenir les larmes de colère qui montaient. Elle savait ce que la plupart des gens pensaient d'elle. La bataille était perdue d'avance. Elle avait beaucoup réfléchi au pardon. Il y a une certaine audace dans cette idée, qui ne manque pas d'attrait. Comme une soudaine illumination de guirlandes de Noël, provoquant chez celui qui pardonne comme celui qui est pardonné un soulagement éphémère qui passe pour du bonheur. Theresa savait allumer des guirlandes de Noël, ce n'était pas le problème. Le problème, c'est que certains actes étaient inexcusables.

« Comment pardonner quand il n'y a rien à pardonner ? Vous pardonnez à l'igname qui vous donne des démangeaisons ? Vous pardonnez au chat qui vous déclenche une crise d'asthme ? Vous pardonnez à l'arbre qui s'écrase sur votre maison ? Non, il n'y a pas de place pour le pardon. » La voix de Theresa était encore montée d'un décibel.

Sous la soutane amidonnée, le père Koshy sentit ses épaules s'affaisser. Une simple confession ne devrait pas lui peser autant. Il ferma les yeux un instant. Inspira profondément. « Bien. Dans ce cas, pourquoi êtes-vous là ? »

Theresa s'étrangla de rire. Elle savait qu'il lui sortirait ça.

« Je suis une vraie croyante. Voilà pourquoi je suis là.

« Je l'ai haïe dès le début. Mais comme dans l'Ancien Testament, n'est-ce pas, mon père ? »

C'est à ce moment-là que George Koshy jeta l'éponge. C'est bien joli de laver les péchés de tout le monde, mais parfois, même le savon divin ne suffit pas.

« Au commencement, Dieu créa les cieux et la terre. La terre était informe et vide : il y avait des ténèbres à la surface de l'abîme, et l'esprit de Dieu se mouvait au-dessus des eaux. Dieu dit : Que la lumière soit ! Et la lumière fut.

« Et je suis née. Oh, comme mes parents m'aimaient. J'étais l'enfant qu'ils attendaient depuis presque huit ans.

« Et Dieu vit tout ce qu'il avait fait et voici, cela était très bon. »

Jusqu'au jour où la petite Theresa, six ans, surprit sa mère en train de faire un sourire mystérieux à son père. Que lui cachaient-ils ? Bientôt, le ventre d'*Ammachi* se mit à gonfler et l'enfant vit la peau étirée, la chair dilatée creuser un gouffre entre elles. Lorsqu'elle rentrait de l'école, *Ammachi* ne l'attendait plus au portail. Elle restait au lit, une expression bizarre sur le visage. Son esprit vagabondait dans un pays lointain où Theresa n'avait pas le droit de la suivre. Elle se blottissait contre sa maman, cherchait à se faire câliner. « Non, la reprenait *Ammachi* chaque fois. Tu vas étouffer le bébé. »

Theresa avait envie de lui arracher les yeux, au bébé. Elle comprit qu'il s'était mis entre ses parents et elle le jour où son père la chassa de leur lit.

« Il est temps que tu dormes seule, décréta-t-il en déroulant un fin matelas dans la pièce voisine. Ta grand-mère sera contente de t'avoir dans sa chambre. »

La petite Theresa se demandait si le nouveau bébé n'avait pas embrouillé le cerveau de son père comme les œufs qu'elle mangeait le matin. Sa grand-mère était alitée sans bouger ni parler depuis deux ans.

Et pourtant, quelque part, elle espérait que tout reviendrait à la normale une fois le bébé là. Qu'ils n'attendraient rien d'elle – en clair, qu'ils ne l'obligeraient pas à jouer avec lui, lui donner à manger, le laver ou, pire, lui nettoyer le derrière.

Elle accompagnait souvent sa mère quand il y avait une naissance dans la famille. En général, on leur présentait un nouveau-né propre et couvert de talc, les yeux soulignés au khôl et un point noir dessiné sur la joue droite. Mais ni le talc ni les bâtons d'encens allumés à la va-vite n'arrivaient à camoufler l'odeur infecte d'urine et de vomi. Theresa sentait toujours son petit-déjeuner lui remonter dans le gosier. Mais pourquoi les gens tenaient-ils tant à avoir un bébé ? Les bébés, ça ne sait que brailler et faire caca. Elle ne comprenait tout simplement pas. Cependant, elle était prête à donner une chance à cet usurpateur. Peut-être que, lorsqu'il serait là, elle apprendrait à l'aimer.

« Vous êtes-vous déjà demandé à quoi ressemble le diable, *Accho* ? » Les murmures de Theresa obligeaient George Koshy à se pencher pour entendre. Que voyait-elle dans sa tête ? Cette femme lui donnait le frisson.

À l'époque, personne ne vit la petite Theresa se faufiler dans la chambre où sa pauvre mère gisait sur le lit, en train de gémir et de crier. Elle se fondit dans la pénombre, guettant le moment où *Ammachi* lui dirait : « Écrase-le pour moi ! » Comme quand une araignée détalait dans la cuisine. Et puis il arriva. Theresa vit de ses yeux le bébé sortir d'entre les cuisses de sa mère en s'époumonant, la tête aussi fripée qu'un chiffon. Elle avait entendu son professeur de catéchisme décrire le diable, et il n'y avait pas de doute. Cette créature était le serpent.

« Tuez-le ! Jetez-le ! Écrasez-le ! hurla-t-elle, et la sage-femme se retourna, horrifiée.

– Mais qu'est-ce que tu fais ici ? » gronda-t-elle, avant de la faire sortir manu militari et de lui claquer la porte au nez.

Ce bébé est ta sœur, lui dit toute la famille ; on devrait te punir de parler d'elle ainsi. « Quelle curieuse enfant, on te croirait presque contre nature, renchérit une tante en lui pinçant le bras.

– C'est elle qui est contre nature. Elle est le diable ! Si seulement tu avais vu ce qu'elle a fait à maman, s'emporta Theresa.

– Tu en as fait autant. Comment tu es née, à ton avis ? » se moqua la sage-femme, et sa bouche tachée de bétel s'agrandit en un sourire édenté. La petite Theresa en eut la chair de poule. Pendant un instant, cela lui rappela la rougeur entre les cuisses de sa mère. Écœurée, elle se détourna. Rien ne lui ferait changer d'avis. Ce bébé était le diable. Et il le resterait.

Quand elle voyait la créature dans les bras d'*Ammachi*, Theresa se demandait comment une si petite chose pouvait être à ce point malfaisante. Il était évident qu'elle était en train de sucer sa mère jusqu'à la moelle. Son père aussi. Il avait les traits tirés et traînait sa fatigue du matin au soir, comme si le bébé avait le pouvoir de lui ronger le foie à distance avec ses minimâchoires. Même sa grand-mère, qui la plupart du temps avait l'air d'être morte, s'assit dans le lit comme une possédée et se remit à marcher. Le lendemain, elle était en cuisine et préparait un plat « pour engraisser la mère et la petite ». Le surlendemain, elle passait le balai dans la cour. Les voies du diable sont impénétrables.

« Rendez-vous compte, *Accho*, ils affirmaient que ce bébé avait apporté la lumière dans la maison. Il est comme ça, Lucifer. Il sait se faire passer pour un ange de lumière. Mais moi, je n'étais pas dupe.

« J'espérais que le baptême allait tout changer. Qu'il allait laver le maléfice jeté sur mes parents et ma grand-mère. »

Le soir suivant le baptême, la petite Theresa attendit qu'on couche le bébé, puis elle emporta son oreiller dans le lit de ses parents.

Elle les vit échanger un regard. Son père lui fit un bisou sur le front et dit : « C'est très gentil, Theresa, mais les bébés n'ont pas besoin d'oreiller. Pas de ce genre-là, en tout cas. »

Sans mot dire, elle remporta l'oreiller dans la chambre de sa grand-mère. Plus de doute, elle avait perdu sa place. Mais elle n'allait pas se contenter de subir. Le moment venu, elle saurait quoi faire.

Et puis un jour, *Ammachi* demanda à Theresa de garder le bébé le temps de prendre un bain. Le diable était couché dans son berceau, fabriqué à partir d'un vieux sari accroché au plafond. « Tu n'as rien à faire de spécial, juste à le bercer un peu de temps en temps », précisa *Ammachi*.

La petite Theresa poussa le berceau tout en douceur, comme demandé. Il bougea légèrement. Elle était en train de bercer le diable pour qu'il s'endorme. Elle poussa encore. Le berceau bougea. À travers le tissu, elle voyait les jambes potelées donner des coups de pied. Le diable s'était assoupi, mais il gigotait quand même. Ils sont comme ça, les diables. Ils font semblant de dormir et s'insinuent dans le cœur des gens.

Theresa poussa le berceau plus énergiquement. Il s'arrêta juste avant le mur, puis revint vers elle. En le voyant se balancer dans le vide comme s'il était doué de vie, elle sut quoi faire.

Elle poussa encore plus fort. Le berceau s'élança en direction du mur. Il n'y avait plus qu'à attendre la collision avec la tête du diable. Et ce serait la fin.

Ammachi revint au même moment et saisit in extremis le berceau. Elle en sortit le diable, les mains tremblantes. Son visage était livide. « Mais qu'est-ce que j'avais dans la tête à te demander de garder ta sœur ? dit-elle en attirant Theresa contre elle. Toi-même, tu n'es guère plus grande qu'un bébé. »

C'est là que la petite Theresa en prit conscience : le diable était assez rusé pour triompher de la mort. C'est là qu'elle abandonna l'idée de l'exorciser de sa vie.

« Ma mère l'a baptisée Thomasina parce qu'elle est née le jour le plus saint de tous, celui de la Saint-Thomas. Moi, j'étais juste Theresa et personne ne disait autrement. Pas une fois on n'a ajouté un terme affectueux comme *kutty* ou *mole*. Mais elle ? "C'est un prénom à coucher dehors, a déclaré mon père. Et pas très courant, les enfants vont se moquer à l'école." Alors, il a pris l'habitude de l'appeler Molly.

« Sa chère fille. Sa précieuse Molly, gnagnagna. »

La petite Theresa pleurait dans son oreiller en se répétant que Dieu lui avait donné un prénom et que c'était bien suffisant. Seul le diable se faisait appeler de plusieurs façons. Dieu est Dieu, un point c'est tout. Mais le diable, c'est Abaddon et Belzébuth ; Lucifer et le serpent sournois ; Satan et le tentateur ; un voleur et le malin.

Le diable était futé. Après tout, Thomasina était venue au monde déguisée en ange de lumière. Elle charmait par sa gentillesse et désarmait la Terre entière avec son sourire, si doux qu'on souhaitait ne jamais le voir s'effacer. Seule

Theresa savait que c'était une mascarade. Que derrière ce sourire innocent, tout était noir et malfaisant. Mais qui allait la croire ? Theresa l'avait à l'œil, et elle la vit se frayer un chemin dans le cœur de tout le monde autour d'elle, tous ceux qu'elle aimait. Ses parents, sa grand-mère, ses oncles, ses tantes, ses cousins et, un beau jour, son mari.

« Mon père, j'aimais Anto. Oh, comme je l'aimais. Je pensais qu'il allait adoucir ma solitude. Il n'était pas riche. Mon père ne voulait pas d'homme riche pour moi. Il voulait un homme qui accepte de vivre chez nous. C'est comme ça qu'Antony, qui était un fils cadet, ni l'aîné ni le benjamin de la fratrie, a été trouvé. C'est drôle d'être un cadet, vous ne trouvez pas ? L'aîné hérite du métier de son père, le benjamin a l'amour de sa mère. Le cadet, lui, n'a rien. Pour cette raison, je savais que je serais tout pour mon Anto. » La voix de Theresa se brisa.

George Koshy sentit sa gorge se serrer. Il savait ce que c'était d'être un fils cadet.

« Votre mari ? reprit-il, incapable de se retenir.

– Mon père a acheté une boulangerie pour lui. La famille d'Antony en possédait une aussi. Il n'avait plus qu'à la faire tourner, mais il était si fier de ses talents qu'il ambitionnait de vendre les meilleurs gâteaux de Vadakanchery.

« Mon père était satisfait. Il va bien gérer son affaire, répétait-il à tout le monde. Personne ne pourra le duper.

« Je l'ai entendu dire que je serais peut-être difficile à vivre. Mais mon gentil Anto a répondu, “Elle est comme la pâte, comme la pâte du pain. Il suffit de la manier avec soin. Ne vous inquiétez pas.”

« J'aimais ça. J'aimais l'idée d'être le pain de sa vie. Et bientôt, il y en a eu un tout-petit dans mon ventre.

« Je sens que je vous gêne, non, mon père ?

« Pas grave, je suis sûre que vous avez entendu bien pire. Bon, où en étais-je ? Oui, le beau petit pain que j'avais dans le ventre. Ils m'ont ouverte en deux comme un four, et ils ont sorti mon Tito. Il n'y a pas eu de cris ni de désordre. C'était un petit pain parfait – Ti-to, Ti comme Theresa et To comme Anto.

« Au fait, je vous ai dit que Thomasina, aussi connue sous le nom de Molly, aussi connue sous le nom de Belial, avait entre-temps été mariée à Mathew ? Je croyais être enfin débarrassée d'elle.

« Jusqu'au jour où Mathew a écrasé sa jeep contre un bulldozer et explosé comme une pastèque. Il était ivre, apparemment. Bref, Thomasina est revenue à la maison.

« "Je n'aime pas ça, j'ai dit à Anto quand on s'est trouvés seuls.

– Mais pourquoi ? Où va-t-elle aller, sinon ? Arrête, Theresa, elle n'est pas méchante. Vous n'êtes plus des gamines qui se chamaillent. Aie pitié ! Elle est veuve, maintenant." Voilà ce qu'il m'a répondu, et il a enlevé son polo pour couper court à la discussion.

« Comme ça frottait. Le tissu ondulait sur les poils de son torse. Ou bien était-ce le serpent qui ondulait ? Le bruit du serpent pénétrant dans notre jardin d'Éden. La garce. La salope. La progéniture du diable.

« Non, n'y pensez même pas, mon père. Si j'étais soupçonneuse, est-ce que je n'aurais pas accusé mon mari depuis longtemps ? Est-ce que je n'aurais pas douté de sa fidélité et remis en question le serment qu'il m'avait fait ? Anto m'aimait, je le sais. J'étais sa brioche adorée. Le pain de sa vie.

« Vous savez comment j'ai compris que quelque chose avait changé ? J'attendais toujours le retour d'Anto, le soir. Une fois qu'il était là, je le suivais partout jusqu'à ce qu'il enlève son polo. Il portait un polo blanc à manches courtes tous les jours de semaine. Et une chemise blanche à manches longues le dimanche pour aller à l'église. J'aimais poser ma joue contre son torse poilu. J'aimais sentir intensément son odeur. Il n'y a rien de plus divin que la transpiration d'un boulanger : la vanille et la cannelle, le côté crayeux de la farine, généreux de la graisse, le salé et le sucré, les œufs et les fruits confits, et par-dessus tout l'âcreté de la levure. Un jour, j'ai mis mon nez contre son torse et là, impossible de m'arrêter. Il s'est écarté vivement et a dit : "Qu'est-ce que tu fais ?" »

Le diable n'avait rien fait de spécial pour attirer son attention. Depuis, il était apparu à Theresa que c'était la pire de toutes les ruses féminines : le meilleur moyen d'intriguer un homme était de feindre l'indifférence. Elle n'avait pas oublié ce matin où elle surprit Anto en train d'observer Thomasina perchée sur un tabouret avec un balai. Elle tendit le bras pour enlever une toile d'araignée, le tabouret vacilla dangereusement, il se hâta de l'aider. Theresa vit le sourire entendu que sa sœur et son mari échangèrent quand ils se regardèrent brièvement.

Theresa savait d'où elle connaissait ce regard. Le petit Tito avait le même quand la boulangerie faisait un gros gâteau sur commande. L'envie irrésistible de se lécher les babines, la tentation presque insupportable, le désespoir à l'idée que ce gâteau ne soit pas pour lui. Le goût qu'il s'imaginait, si sucré, si savoureux, oh, qu'est-ce qu'il ne donnerait pas pour en prendre une bouchée, rien qu'une, il s'en contenterait s'il ne pouvait pas le manger en entier.

Ce jour-là, elle comprit que, si elle était le pain d'Anto, Thomasina était le gâteau qu'on met en vitrine.

Le prêtre ne faisait rien pour briser le silence pesant, il devait réfléchir.

« Vous avez de la peine pour moi, *Accho* ? Il ne faut pas, surtout. J'ai cessé de l'aimer à la minute où je l'ai vu s'illuminer comme une ampoule devant ma sœur. Quand vous n'aimez plus, comment peut-on vous faire du mal ?

« Vous savez ce que ça fait quand on met un homme en présence d'un beau gâteau ? Des miettes, voilà ce que ça fait. Anto, le maître boulanger, cet imbécile, ne l'a pas compris.

« Quand j'ai mis Thomasina au pied du mur, elle a eu le culot de me dire, "Qu'est-ce que tu racontes, *Chechi* ? Tu es folle. Tu dois te faire aider…" Gnagnagna.

« Je l'ai plantée là et je suis tombée sur mon Anto, qui avait surpris notre conversation. Son regard était limpide. J'y ai lu du dégoût, comme si j'étais une miche moisie qui contenait son imperfection depuis le début. Comment pouvais-je le supporter ? S'il voulait tant cette femme, qu'il la garde…

« Ce jour-là, j'ai décidé de fermer les yeux, et j'étais dans le noir complet et c'était aussi bien. Je n'avais pas besoin de voir, quand le petit Tito racontait une blague, que c'était Thomasina qu'il observait avant d'éclater de rire avec elle. Je n'aurais plus à voir, quand Anto s'occupait des comptes, que c'était à elle qu'il demandait de l'aide. Molly, fais-moi une addition. Molly, vérifie-moi ces factures, je tombe sur un mauvais chiffre. Molly ceci. Molly cela…

« Si j'avais vu, j'aurais été témoin des quatre-vingt-six mille quatre cents tromperies qu'ils m'infligeaient tous les deux, jour après jour, sous mon nez. »

« Par conséquent, je m'interdis de voir. Les docteurs appellent ça une "cécité hystérique". Franchement, vous me trouvez hystérique, mon père ?

« Je ne la hais pas plus qu'avant. Comment peut-il y avoir des nuances dans un sentiment aussi absolu que la haine ?

« Mon père, il est mort il y a un an. D'une crise cardiaque. »

Theresa savait exactement ce qui s'était passé.

Il arrivait qu'une commande pour un gros gâteau soit annulée, et dans ces cas-là, on le rapportait à la maison. Tito s'en coupait une énorme part, mais il était invariablement déçu quand il comprenait que c'était la même recette avec simplement d'autres fioritures. Ce qui ne l'empêchait pas d'en manger trop et d'être malade le lendemain.

Anto était pareil. Peut-être que coucher avec elle n'avait pas été à la hauteur de ses espérances. Peut-être que tout ce plaisir coupable avait bouché ses artères. Peut-être qu'il n'assumait plus. Qui peut savoir ? Qu'est-ce que ça peut faire ?

Dans la fraîcheur de l'église, Theresa sentit un sourire s'épanouir au niveau de son ventre. Un sourire qui se fraya un chemin vers le haut, comme le haricot magique dans le conte pour enfants. De plus en plus haut, jusqu'à éclore sur ses lèvres en une fleur pourpre de méchanceté.

Elle s'éclaircit la gorge.

« Les voies de Dieu sont impénétrables, mon père. Toute ma vie, elle m'a fait souffrir. Maintenant, à mon tour.

« Vous croyez qu'on peut tourmenter sa victime uniquement en lui arrachant les ongles ou en frottant ses orifices avec du piment en poudre ? Il y a d'innombrables tortures qui n'infligent pas de blessures physiques. Et je me suis rendu compte que j'avais un don pour ça.

« Une fois, j'ai glissé un *unniappam* sous son oreiller. Les fourmis ont tellement aimé la sucrerie à la banane qu'elles ont failli la dévorer tout entière. Elle a accusé Tito d'avoir mangé dans le lit et lui a mis une torgnole. Il était grand temps de punir ce garçon, de toute manière. Il n'a aucun savoir-vivre. Et comme il est dit dans les Saintes Écritures : “La folie est attachée au cœur de l'enfant ; la verge de la correction l'éloignera de lui.”

« Une autre fois, j'ai décroché son beau sari qui séchait dehors et je l'ai donné à une pauvre. Quand Thomasina s'est énervée, je lui ai dit que ce devait être un mendiant qui l'avait volé. S'il y en a un qui était passé par là, c'est ce qu'il aurait fait. Tout le monde sait que ce sont des voleurs, qu'ils fauchent tout ce qu'ils trouvent.

« Une autre fois encore, je me suis servi une assiette de *kanji*, la bouillie de riz qu'on mange le soir, et ensuite j'ai versé la moitié de la salière dans le plat. Je suis aveugle, après tout, ce genre d'accident est à prévoir. J'ai pensé qu'il était temps qu'elle goûte un peu au sel des larmes que j'ai versées à cause d'elle.

« Je pourrais vous énumérer toute la liste, mais il y en aurait pour des heures. Alors sachez que, depuis qu'elle a choisi de vivre dans ma maison, elle est enchaînée à moi. Et que j'échelonne mes persécutions de manière qu'elle ne sache jamais quand je vais frapper, ni ce qui va lui tomber dessus la prochaine fois.

« Mon père, ce mois-ci j'ai décidé qu'elle devait m'emmener dans chacune des sept églises et demie que saint Thomas a fondées ici.

« C'est pour ça que je suis là, à Thiruvithamkode. Dans la moitié d'église.

« Alors dites-moi, mon père, est-ce que j'ai péché ? Je ne peux pas me contenter d'attendre que Dieu la punisse. Et ce n'est pas juste non plus pour Lui, qui est tellement occupé. Je Lui en ai parlé tous les jours, toutes les nuits, et j'ai acquis la conviction qu'Il voulait que je le fasse. Si j'agis en accord avec Dieu, comment parler de vrai péché ? Tout au plus, ce serait un demi-péché... Non ? »

George Koshy se redressa vivement dans le fauteuil. Si la soutane lui grattait les bras tout à l'heure, ce n'était rien comparé à son malaise et à la sueur qui lui coulait du front et dans le cou. Cette femme n'était pas juste aveugle, elle avait l'esprit dérangé. Pourquoi, sinon, croirait-elle se trouver dans le Tamil Nadu alors qu'ils étaient dans le Kerala ? Thiruvithamkode devait se situer à quatre cents kilomètres de Shoranur. Comment était-il censé donner l'absolution à quelqu'un d'aussi visiblement désorienté ?

Il ferma les yeux pour calmer les pensées qui galopaient en tous sens dans sa tête comme des poules apeurées. Puis il se racla la gorge, pour indiquer qu'il allait parler.

Mais, lorsqu'il rouvrit les yeux, il constata qu'elle s'était déjà levée et se faisait emmener par sa sœur. Comme si elle avait eu simplement besoin de s'épancher. Comme si l'acte de contrition n'avait aucune importance pour elle. Le père Koshy était troublé. Comment aurait-il dû réagir ?

Il s'apprêtait à retourner à la sacristie lorsqu'une autre voix, moins forte mais plus décidée, s'éleva. La sœur.

Elle avait les yeux fermés et le visage aussi figé que si elle portait un masque. C'était le visage d'une femme adultère, d'une dévergondée qui ne connaissait pas la honte et n'avait aucun scrupule à voler le mari des autres. Elle ne lui inspirait que de l'antipathie. Parfois, George Koshy se demandait si se confesser n'autorisait pas les gens à pécher en toute impunité. Avouer. Expier. Et recommencer.

Il s'essuya le front avec un mouchoir amidonné.

Elle se mit à genoux, face à lui. Elle tenait un objet dans la main.

Molly ne croyait plus en un Dieu veillant sur Ses enfants depuis belle lurette, mais la religion restait le meilleur moyen de s'intégrer. Et s'intégrer était la règle de survie numéro un. Du moment qu'elle faisait comme les autres fidèles, personne ne la remarquait, donc personne ne s'en prenait à elle. Cependant, quelque chose dans cette église lui donnait envie d'appuyer le front contre un mur frais pour sangloter.

Elle ne se rappelait plus la dernière fois qu'elle avait pleuré, ou cherché à être consolée. Son cœur se sentirait-il moins lourd, moins seul, si elle pouvait exprimer le fond de sa pensée ?

« Pardonnez-moi, mon père, car j'ai péché. Cela fait des mois que je ne me suis pas confessée.

« Depuis la mort de mon mari, ma vie n'est plus la même. Je passe tellement de temps à essayer de m'en sortir, de garder la tête hors de l'eau, que je ne sais même plus quel jour de la semaine on est. »

George Koshy sentit comme une douleur lancinante dans sa nuque.

Molly marqua une pause, puis reprit :

« Le temps qui passe m'indiffère totalement. Sans Anto, tous les jours se ressemblent. Il était l'homme le plus gentil de la Terre, comme je disais souvent. Et tellement patient. Qui d'autre que lui aurait toléré la présence chez lui de sa belle-sœur veuve ? La sœur de sa femme, qui crachait son venin du matin au soir. La sœur de sa femme, qui le traitait comme un larbin. Si vous saviez ce qu'Anto a dû supporter… Mon pauvre Anto. »

Molly entendit soudain du mouvement, mais elle garda les yeux résolument fermés. Une voix confuse lui demanda de but en blanc : « Anto était votre mari ? C'est bien ce que vous avez dit ?

– Antony Ebenezer Marrikal était mon mari, oui », répondit Molly, et elle poussa un soupir. « Il me donnait envie d'être quelqu'un de bon. »

Fut un temps où Molly croyait avoir épuisé toute la bonté qu'elle avait en elle. Theresa s'en était assurée. D'aussi loin qu'elle se souvienne, elle avait toujours marché sur des œufs avec sa grande sœur. Dès qu'on donnait à Molly une deuxième part de gâteau, qu'on lui faisait un compliment, qu'elle rentrait de l'école avec une bonne note ou avait le droit de choisir le film au cinéma, Theresa faisait un malaise. Il suffisait qu'elle soit vexée, fâchée ou contrariée pour tourner de l'œil.

« Theresa est très sensible », disait son père. « Nous devons être là pour elle », ajoutait sa mère. « Ce qui lui ferait du bien, c'est une bonne gifle », tranchait sa grand-mère. Molly était plutôt d'accord avec elle. Mais qui écoute les vieilles et les enfants ?

C'est ainsi que, durant toute son enfance, Theresa les tyrannisa à coups d'évanouissements. Lorsqu'elle revenait à elle, c'était comme le calme après la mousson d'octobre.

Le lendemain du mariage de Theresa avec Mathew, Molly paressa au lit. Tout en s'étirant, elle pensa : « Je n'ai plus à porter de masque. Je n'ai plus à avoir peur. »

Mais le masque n'en était plus un, il était devenu elle. Molly avait trop l'habitude de marcher sur la pointe des pieds dans les couloirs de l'existence, de contenir ses émotions, de ne surtout rien montrer. Cela avait fait d'elle une enfant renfermée, et à présent une femme taciturne. Elle se réconfortait en pensant que sinon il n'y aurait pas de voix dans sa tête pour dire : « Qu'est-ce que j'ai fait de mal ? »

Jusqu'à ce qu'Anto débarque dans sa vie et lui arrache le masque.

« Pour cette raison, quand Theresa est devenue veuve quelques années après mon mariage, je ne me suis pas opposée à ce qu'elle revienne vivre avec nous. Je ne sautais pas de joie, loin de là, mais Anto était un homme si bon que j'ai voulu me montrer digne de lui. Alors, nous l'avons accueillie.

« Il y avait une femme dans la voiture de Mathew au moment de l'accident. Sa maîtresse, a-t-on su par la suite. Il avait bu et il a foncé dans un bulldozer à l'arrêt. N'importe qui serait dévasté d'être veuf au bout de six ans de mariage seulement. Mais imaginez ce que Theresa a dû endurer en apprenant qu'il la trompait, en plus.

« Tant que nos parents sont restés en vie, on s'en est à peu près sortis. Mais après leur mort… Ma sœur est devenue aveugle. Le début du cauchemar. Parfois, je me demande si je vais me réveiller un jour.

« Tout le temps que Theresa a vécu avec nous, mon mari n'a jamais élevé la voix contre elle. Il s'arrangeait pour l'inclure dans nos activités. Onze ans, c'est tout ce que j'ai eu avec Anto. Onze petites années, mon père, et pas une fois il n'a reproché à ma sœur de lui pourrir la vie. »

À la mort d'Anto, la boulangerie dut être vendue. Plus personne ne semblait vouloir de leur pain ; les enfants n'accouraient plus après l'école pour s'acheter un goûter. Ils étaient trop démodés, les produits trop familiers.

Molly finit par vendre à perte. Elle se renseigna autour d'elle et quelques familles se mirent à lui commander des plats qu'elle cuisinait à merveille – *palappam*, *vateappam*, *idiappam*. Bientôt, en plus elle fournit des boutiques. Depuis, elle gagnait sa vie comme ça.

« Mais ma sœur refuse d'accepter que nous soyons moins riches qu'avant.

« Tous les jours, elle me réclame quelque chose. C'est un puits sans fond, elle est impossible à satisfaire. Si je refuse, elle se sent mal et tombe dans les pommes. Et quand elle reprend connaissance, elle pleure si fort qu'elle fait peur à Tito. Et à moi aussi, j'avoue. Alors, je cède. Comme toujours.

« L'avantage de ces caprices, c'est qu'ils m'obligent à être pleine de ressources. »

Molly marqua un temps d'arrêt. Elle se confiait à un prêtre, quand même. Qu'allait-il penser ? Qu'allait-il dire ?

Rien pour l'instant, visiblement. Elle poursuivit : « Ce mois-ci, Theresa a exigé de faire le pèlerinage des sept églises et demie. J'avais les moyens de l'emmener à

Maliankara et Palayoor, Kottakavu et Kokkamangalam, mais pas aux autres, et encore moins jusque dans le Tamil Nadu. Alors, je l'ai trimbalée toute la journée dans un bus de la ville, et je lui ai fait croire qu'on allait à Thiruvithamkode.

« Le frère de ma voisine travaille comme chauffeur à l'hôtel près du fleuve. Il nous a laissé sa chambre le temps du séjour. Je ne veux pas la décevoir. Elle a déjà dû supporter tellement d'épreuves dans sa vie. La mort de son mari. L'adultère. La cécité. Il ne lui reste plus que moi.

« Mon père, je tiens à faire acte de contrition. Je n'arrête pas de penser : est-ce un péché quand on trompe une personne uniquement pour la rendre heureuse ? Ou peut-on parler d'un demi-péché, dans ce cas ?

« En même temps, l'Église admet-elle de diviser le péché ? N'est-ce pas un absolu ? »

Le père George Koshy scruta le visage levé vers lui. Et découvrit l'expression enthousiaste d'une enfant qui voit tellement plus dans l'arc-en-ciel qu'une simple réfraction de la lumière.

« Vous sauriez me dire, vous ? » supplia l'enfant à mi-voix.

4

Urvashi

La première longueur l'obligea à se concentrer sur la profondeur de la piscine, la distance jusqu'à la paroi, la synchronisation de ses mouvements, la respiration, mais quand les pensées repartirent à l'assaut de son esprit, Urvashi choisit de les orienter vers Brinda Patil. La fille qu'elle venait de croiser à la piscine. Elle avait fait la une des journaux mais ne s'était jamais expliquée, finalement. La journaliste en Urvashi entrevoyait déjà la possibilité d'une interview exclusive, une interview vérité. Quand elle en eut assez de nager, elle sortit et se sécha en se demandant comment approcher Brinda. Son portable sonna ; elle ne fit pas attention au numéro et répondit.

« Alors, comme ça, tu crois que tu peux te tirer de Bangalore et que je te trouverai pas ? » Le ton était clairement menaçant. « Tu crois que je vais te laisser faire sans rien dire ? »

Elle tenait l'appareil contre son oreille, prise de court, paralysée par la peur. Incapable de raccrocher, incapable de ne pas écouter, tandis qu'il se servait de tout ce qu'elle lui avait confié – ses anciennes histoires d'amour et ses angoisses actuelles, ses rêves d'enfant et ses appréhensions d'adulte, mille petites choses qui avaient illuminé leurs journées quand ils étaient ensemble – pour décocher ses flèches empoisonnées. La voix rauque qui, avant, transformait le corps d'Urvashi en une seule grande zone érogène, la crispait de dégoût.

« Traînée… avec qui tu baises maintenant ? » cria-t-il, et elle raccrocha, puis éteignit le téléphone.

Elle passa sous la douche en espérant que le jet d'eau chaude ferait taire la voix qui continuait à résonner dans sa tête. Elle ouvrit le miniflacon, versa un peu de liquide dans sa paume. Un parfum d'aloe vera envahit la salle de bains. Elle se savonna les yeux levés vers la lucarne, admirant le ciel chargé de nuages. Ni le soleil couchant ni la lune montante ne réussirait à percer tout ce gris. Il n'y avait plus qu'à attendre la pluie. Elle s'était dit la même chose sur lui depuis qu'elle avait décidé de rompre. Qu'il finirait par se lasser de la harceler, de l'insulter, de la menacer, de faire de sa vie un enfer.

Le plus curieux dans cette histoire, c'est qu'elle comprenait son acharnement délirant. Elle savait ce que c'était d'être torturée par la jalousie, déchirée par le besoin de posséder. Elle savait ce que cela faisait d'être placée avec fermeté au bord d'un mariage, d'avoir une vue plongeante dessus sans jamais y être incluse.

C'était il y a vingt ans, la veille de ses trente-deux ans. Elle se trouvait devant le salon de Xavier, Transgression. À travers la vitre, elle le vit distinctement faire la moue quand il la repéra.

Elle entra. « Bonjour, bonjour…, s'exclama-t-elle, l'anxiété prenant le pas sur sa réserve habituelle. Je sais que je n'ai pas de rendez-vous et que tu dois être surchargé, mais tu crois que tu peux me prendre ? C'est une urgence. »

Pourvu qu'il se laisse attendrir par son regard implorant. Si Urvashi avait été une femme moins raffinée, elle n'aurait pas hésité à se tordre les mains et à prendre une voix plaintive. Mais il était hors de question de montrer son désespoir.

Depuis quelque temps, elle était hantée par la pensée que Raghu se lassait d'elle. Peut-être se faisait-elle des idées ; néanmoins, le sentiment persistait. Alors, quand il avait annoncé par mail qu'il passerait le soir même en rentrant de l'aéroport ou tôt le lendemain en allant au travail pour lui donner son cadeau, elle avait voulu que tout soit parfait. Être l'Urvashi qu'il désirait, et qui semblait lui avoir manqué. Une joie indescriptible l'envahissait à l'idée qu'il souhaite passer son anniversaire avec elle.

Xavier étira les lèvres en une parodie de sourire. « Oui, bien sûr, Urvashi. Donne-moi juste quelques instants pour m'organiser. Qu'est-ce qu'on peut faire pour toi aujourd'hui ?

– La totale. Coupe, couleur, manucure, soin du visage. Raghu rentre des États-Unis ce soir, tu comprends. Ça fait trois semaines qu'il est parti, et c'est mon anniversaire demain. Je veux avoir l'air canon. Il est tellement exigeant… » Elle laissa sa phrase en suspens, comme un défi. Peu importe ce que Xavier pensait, l'important était qu'elle soit rayonnante quand Raghu viendrait la voir. C'était comme ça, quand on était la maîtresse d'un homme marié. Tel le pompier ou le boy-scout, il fallait être toujours prête.

Xavier la fixa d'un air consterné, tout en tournant la bague de méditation qu'il portait au pouce. Sur le coup, Urvashi ne comprit pas pourquoi. Elle découvrirait seulement plus tard la présence d'Asha, qui était arrivée à Transgression précisément une demi-heure avant elle.

D'ordinaire, Asha ne faisait pas grand-chose. Coupe d'entretien et retouche des racines une fois par mois ; vernis semi-permanent de temps à autre ; un masque éclat toutes les trois semaines. Et jamais en même temps. Xavier avait confié à Urvashi que, parfois, il se demandait si elle ne venait pas au salon parce qu'elle se sentait seule. D'autres fois, il avait l'impression qu'elle voulait juste sentir des mains étrangères la malaxer dans le seul but de la satisfaire. En la voyant débarquer cet après-midi-là, il avait espéré que ce soit juste ça. Une épilation au fil sourcils et lèvres, ou un vernis express. Elle pouvait être ressortie en trente minutes.

Mais Asha avait exigé la totale : coupe, couleur, manucure, soin du visage. Elle avait décidé de se pomponner parce qu'il rentrait ce soir, et tu comprends, Xavier… Sa phrase était restée en suspens, comme si elle avait presque honte de vouloir se faire belle pour un homme avec qui elle était mariée depuis tant d'années.

Xavier installa Urvashi dans un canapé avec vue sur la rue plutôt que sur l'intérieur du salon, et lui donna un magazine qui, il le savait, contenait une photo d'Asha et Raghu dans les pages people.

Ces quatre derniers mois, depuis qu'il avait appris pour la liaison, il faisait en sorte que les deux femmes ne se croisent pas. Du moins, pas dans son salon.

Urvashi connaissait l'existence d'Asha, forcément. Sur

l'écran radar d'Asha, par contre, Urvashi n'était rien de plus qu'un bip agaçant. Mais Dieu sait ce qui se passerait si jamais elles se rencontraient. À cette pensée, Xavier récita vite fait un *Je vous salue Marie.* Puis son portable sonna. Il sourit en voyant qui c'était. Sortant sur le balcon, il chuchota : « Gina, ma puce, tu ne vas pas le croire. Il se passe un truc vraiment folklo. »

La plupart de ses clientes le croyaient gay, ce qui paraissait normal pour un coiffeur-visagiste. Et Xavier entretenait ce stéréotype.

Ils en riaient souvent avec Urvashi. Son côté efféminé, ses bagues clinquantes, son sens inné des couleurs.

Urvashi avait rencontré sa petite amie, et appris plein de choses sur leur couple. Xavier était... un tigre au lit, un coq dans la basse-cour et un gentil minou au salon. C'était très excitant, d'après Gina. Elle avait l'impression d'être avec trois hommes en même temps, ne savait jamais quel aspect allait prendre le dessus. Heureusement que l'intéressé l'avait fait taire, sinon qui sait ce que Gina aurait révélé d'autre.

Il avait beau l'aimer tendrement, Xavier restait discret sur leur relation. Comme il le disait si bien, il faut ce qu'il faut ; et dans son cas, il fallait faire semblant d'être gay.

Urvashi leva la tête de son magazine en voyant Tina, la petite nouvelle, arriver en souriant. « Suivez-moi, madame. »

Elle l'emmena vers le seul fauteuil libre. Fauteuil à côté duquel était assise Asha. Urvashi eut la brusque sensation de se trouver en haut d'un grand huit quand le wagonnet commence sa descente. Le sol s'approchait de plus en plus vite, elle allait s'écraser. Un air chaud lui sifflait aux oreilles et les céréales qu'elle avait mangées au petit-déjeuner remontèrent, menaçant à tout moment de la faire vomir.

Elle avait imaginé la scène cent fois dans sa tête. Comment elle réagirait si elle croisait l'épouse. Elle s'était dit qu'elle garderait son calme quoi qu'il arrive. Elle n'avait rien fait pour attirer Raghu dans ses filets. C'était lui qui était venu la chercher. Et il n'aurait pas eu à le faire si sa femme le rendait heureux. Clairement, elle ne l'aimait pas.

Les premiers temps, elle l'assaillait de questions. « Des fois, je me demande si tu t'intéresses plus à elle ou à moi, l'avait taquinée Raghu après un énième interrogatoire.

– Je ne veux pas lui ressembler, tu comprends ?

– Tu n'es pas comme elle… Et Dieu merci tu ne le seras jamais ! avait-il dit en l'empoignant par les fesses pour l'attirer à lui. S'il te plaît, par contre, ne va pas à l'institut de beauté où elle est tout le temps fourrée. Transgression, ça s'appelle. Je te jure, c'est pas une blague », avait-il ajouté, goguenard.

Par pur esprit de contradiction, elle y était allée, et rapidement elle était devenue amie avec Xavier, Gina et leurs employées.

Tina lui mit une serviette autour du cou, une autre devant. Urvashi se fit toute petite dans son fauteuil, même si Asha avait les yeux fermés. Elle avait commandé un soin du regard.

« C'est quoi votre parfum ? »

Urvashi se retint de faire un bond. « Qu'est-ce que vous diriez d'un massage du cuir chevelu ? » proposa Xavier en se ruant vers Asha. Urvashi voyait bien qu'il cherchait à éviter une collision entre le *Titanic* et l'iceberg.

La voix reprit : « Bonjour, je suis assise juste à côté de vous. Votre parfum sent très bon… »

C'était Raghu qui le lui avait offert. Mais à une condition. Urvashi ne devait pas en mettre quand ils étaient ensemble.

« Elle a un odorat hors du commun. Elle le sentirait aussitôt. Mets-en quand je ne suis pas là. » Ce sera comme si tu avais mon odeur sur la peau, sous-entendait son regard incandescent.

« D'accord, *bubba.* » Elle avait souri pour signifier qu'elle acceptait la contrainte et ne lui en voulait pas. Il lui avait pincé le bout du nez.

Elle, une jeune journaliste qui n'hésitait pas à éviscérer les hommes politiques dans ses articles tel un charognard au bec crochu, devenait une fillette obéissante dans les bras de Raghu.

Urvashi savait que tout recommencerait ce soir-là. Peut-être était-ce la pensée du désir violent qui allait enfin pouvoir s'exprimer, cette furieuse envie de le tenir, le tenir et ne plus jamais le lâcher, qui lui fit répondre d'une voix nerveuse : « Classique, de Jean-Paul Gaultier. »

Puis, parce qu'elle s'était coupée du monde en fermant les yeux et n'était pas tenue d'associer un visage à cette voix douce, elle ajouta, un brin belliqueuse : « C'est un cadeau de mon amant. Il m'a dit d'en mettre uniquement quand il n'est pas là. Il ne veut pas que sa femme sente une odeur inconnue sur lui. »

Qui poussa un cri de surprise ? Asha, Xavier, quelqu'un dans le salon ? Urvashi s'en fichait.

« C'est comment, d'être la maîtresse ? » demanda la voix après un temps d'arrêt.

Xavier retint son souffle. Ses doigts qui massaient le crâne d'Asha se figèrent. Allait-elle enlever ses cotons démaquillants pour toiser cette petite effrontée ? Dieu merci, Tina avait badigeonné la figure d'Urvashi avec de la crème blanchissante et lui avait collé deux tranches de concombre sur les yeux. Soudain, il songea que ce Raghu était quand même un drôle de numéro. Quel homme irait prendre une maîtresse qui, d'une certaine manière, n'était qu'une version plus jeune de sa femme ? Xavier pensa à son ex, Anu : avec ses côtes saillantes et ses traits durs, elle ne pouvait être plus différente de Gina, toute en rondeurs.

Urvashi garda le silence un moment. Sous les lumières crues du salon, avec tant de miroirs pour grossir boutons et rides, il était impossible de fuir la vérité.

Elle se rappela toutes les conditions qu'il lui avait imposées. Pas de coups de fil. Pas de messages. Un appel en absence toléré en cas d'urgence. Elle se rappela qu'elle avait appris à s'enduire le corps d'huile pour bébé, se doucher à l'eau tiède et se sécher en tamponnant pour resplendir sans que son odeur la trahisse. Elle se rappela le régime et les exercices qu'elle avait faits pour être au top de sa forme. Elle se rappela tous les bouquins qu'elle avait lus pour pimenter leurs discussions…

« C'est du boulot, dit-elle dans un souffle. Vous comprenez, il faut être tout ce que l'épouse n'est pas. Sexy. Intéressante. Aventureuse. Délurée. Tendre. Je dois faire attention à ce que je porte, ce que je dis, ce que je mange. Je ne peux pas m'épancher quand j'ai des problèmes. Sa femme le fait déjà bien assez à son goût. Il y a des soirs où j'ai juste envie de regarder la télé en pyjama en mangeant un bol de nouilles, et c'est là qu'il décide de débarquer. D'un coup, je dois me transformer en femme fatale. Je parie que, pour vous, la maîtresse se contente de se faire les ongles.

– À vous entendre, ça a l'air fatigant. Si vous détestez à ce point cette situation, pourquoi la tolérez-vous ? Quittez-le. »

Cette suggestion était pleine de bon sens, Urvashi le savait. Mais s'il n'était plus dans sa vie, que se passerait-il ? Elle n'avait jamais rencontré quelqu'un qui la comprenait aussi bien. Quand ils étaient ensemble, elle sentait qu'elle pouvait être elle-même, avec tous ses défauts. Il savait la faire vibrer. Est-ce que c'était ça, l'amour ? Si oui, comment pouvait-elle le quitter ?

Asha pencha la tête en arrière dans le lavabo pendant que Xavier faisait couler l'eau chaude. Une fois n'était pas coutume, il avait décidé de s'occuper d'elle en personne.

Elle avait apprécié le massage. Ça l'avait calmée et, bizarrement, elle n'avait plus peur de rien. Elle n'en revenait toujours pas d'avoir posé cette question à sa voisine de fauteuil.

En sentant Xavier lui appliquer un masque sur les cheveux, l'envie lui vint d'en poser une autre : « Dites-moi, Xavier, pourquoi avez-vous appelé le salon Transgression ? »

Urvashi se mordit la lèvre, se demandant où elle voulait en venir.

Asha n'attendit pas la réponse et enchaîna : « Non, parce qu'il y a deux ans, mon mari a transgressé lui aussi. Je savais qu'il y avait anguille sous roche. Raghu avait une inflexion nouvelle dans la voix, il marchait d'un pas plus léger. J'ai vécu avec ça pendant deux mois. Et puis un jour, j'ai intercepté un texto. Des amis étaient passés à l'improviste, et il avait laissé son portable sur la table pour leur servir un verre. Le texto disait : *La voie est libre ?* La femme qui lui écrivait, c'est moi qui la connaissais. Ils s'étaient rencontrés une ou deux fois, aux anniversaires des enfants… J'ai réagi en adulte. Je lui ai laissé voir à quel point j'étais dévastée. Mais je ne lui ai pas demandé de partir ou de résumer notre mariage à qui allait garder le tapis persan et qui les enfants. Raghu n'avait pas l'air de le vouloir non plus, il semblait presque soulagé que je sois au courant, même. Il s'est confondu en excuses, et il a tellement fait d'efforts pour se rattraper qu'on a eu une seconde lune de miel. En d'autres termes, je l'ai laissé me chouchouter jusqu'à accepter sa transgression pour ce que c'était – un simple écart de conduite. Une folie passagère dans des circonstances particulières. »

Asha marqua une pause, puis reprit comme si elle ne pouvait plus s'arrêter : « Un soir où j'avais bu, j'ai lancé : "Mais comment as-tu pu ? Elle est plus âgée que moi et on dirait un singe ratatiné. Qu'est-ce qu'elle t'a donné que je ne te donnais pas ?" Il m'a expliqué qu'il la connaissait d'avant, qu'elle était malheureuse en mariage et qu'il aimait bien l'idée qu'elle ait besoin de lui. "On ne l'a pas fait exprès. Je l'ai consolée, et de fil en aiguille, il s'est passé un truc." Je lui ai répondu ceci : "Raghu, je ne t'en parlerai plus jamais, mais s'il y a une autre femme un jour, c'est fini." »

Urvashi ferma les yeux. Mon Dieu, par quelle cruelle ironie du sort se retrouvait-elle dans cette situation ? On se serait cru dans une sitcom, un sketch. Ce genre de chose n'arrivait pas dans la vraie vie.

Une liaison avec un homme marié n'avait que deux issues possibles : soit il quittait son épouse pour vous, soit il vous quittait pour retourner auprès de son épouse. Allait-elle passer le reste de sa vie à se demander quel destin l'attendait ? Allait-elle se transformer en une créature pleine d'amertume qui crache du venin à la simple mention du mot « amour » ? Car, même s'il quittait Asha pour elle, comment être sûre et certaine qu'il ne la tromperait pas à son tour ?

Asha, de son côté, n'en finissait plus de parler. « J'ai dû vivre avec le fantôme de l'autre, la maîtresse, en permanence. Certains jours, je trouvais ça si injuste que j'avais atrocement envie de pleurer. J'avais l'impression que Raghu et elle avaient réussi à tourner la page. Il n'y avait que moi qui restais coincée dans le passé. J'ai commencé à me sentir comme un récif dangereux – un écueil à contourner avec la plus grande prudence. Et puis, aussi, il y avait cette peur qui me rongeait. Allait-il recommencer ? Bien sûr que oui, et cette fois il prendrait deux fois plus de précautions. »

Urvashi blêmit. D'un instant à l'autre, Asha allait se tourner vers elle et s'écrier : « Avez-vous la moindre idée du tort que vous faites à sa femme ? Vous êtes-vous demandé ce qu'elle ressentira quand elle découvrira le pot aux roses ? Parce qu'elle le découvrira, sachez-le. »

« Où tu vas, Urvashi ? Tina n'a pas fini de te laver les cheveux ! paniqua Xavier.

– Désolée, fit-elle en se rasseyant. Je croyais qu'elle avait terminé.

– Deux minutes », promit-il, tout en lançant des regards inquiets aux autres clientes.

Peu après, alors qu'elle était à l'abri dans une cabine et que Tina lui massait le dos, Urvashi sentit son corps se détendre et les nœuds se défaire un à un.

Dieu sait qui a dit que la confession rend le cœur plus léger. Au contraire, elle avait l'impression de s'être fait attaquer avec un couteau à éviscérer. Toute sa part de ténèbres gisait devant elle, exposée aux regards.

Pourtant, à l'idée de ne pas avoir Raghu dans sa vie, elle se sentait démunie – perdue, même. Elle n'était peut-être que sa maîtresse, mais il lui donnait une structure, un cadre où se situer.

Elle pensa à la femme qu'elle était devenue. Une femme qui mettait sa vie entre parenthèses, passait son temps à l'attendre, projetait des vacances qui ne se concrétisaient jamais à cause d'un problème de dernière minute au boulot ou chez lui. Ce qui allait de soi pour un couple normal, Urvashi avait dû faire une croix dessus : une promenade dans la rue, un dîner dans son restaurant préféré, du pop-corn à partager au cinéma, des courses au supermarché, une séance de shopping pour décorer leur nid douillet… Tout ce qu'elle possédait dans cette relation, c'était l'intimité et un protocole d'accord chuchoté à l'oreille qui n'aurait aucune valeur au tribunal. Pire, elle n'aspirait pas à davantage. Elle craignait d'en vouloir trop. Elle ne voulait pas le perdre en exigeant plus qu'il n'était prêt à offrir. Comment pouvait-on avoir si peu d'estime de soi ?

Sans oublier l'autre prix à payer. Cette atroce insécurité qui la poussait à se demander si elle aussi serait remplacée un jour. Comme l'amie mentionnée par Asha, celle qu'il avait « consolée ». Urvashi avait deviné dès le départ qu'elle n'était pas la première. L'expérience de Raghu était criante, à voir sa façon d'élaborer les règles de leur liaison. Mais elle ne l'avait jamais perçue comme une menace jusqu'à maintenant.

Avec qui était-il depuis trois semaines ? Avec qui était-il quand il n'était pas avec elle ni avec sa femme ? Urvashi ne le saurait jamais, car il lui avait largement fait comprendre qu'elle ne devait le joindre sous aucun prétexte, même s'il y avait le feu dans son appartement. « Et si je suis à l'agonie ? avait-elle demandé un jour.

– Tu as interdiction de mourir le dimanche et les jours fériés », avait-il répondu en éclatant de rire. Elle avait ri avec lui.

Soudain, une crampe au ventre manqua de la plier en deux. Mais en quel genre de monstre l'avait-il transformée ?

Elle leva la tête, demanda un verre d'eau à Tina. Elle en prit quelques gorgées et se rallongea, se sentant beaucoup plus calme. « Vous voulez bien attraper mon sac ? » ajouta-t-elle soudain.

Urvashi tâtonna à l'intérieur du fourre-tout. Elle sentit la forme d'une pièce de monnaie, celle d'un tube de rouge. Enfin, elle trouva le flacon sous un foulard emmêlé dans un bandeau à cheveux. Elle le sortit. « S'il vous plaît, vous pouvez apporter ce parfum à la dame qui était assise à côté de moi, tout à l'heure ? Elle s'appelle Asha, précisa-t-elle en le mettant d'office dans la main de Tina. Dites-lui que sa voisine de fauteuil tient à le lui offrir, puisqu'il lui plaisait tant. »

La part d'elle qui se languissait de Raghu s'enroula en une petite boule dure comme des écailles de pangolin. Elle sentit un éclat de rire monter dans sa gorge en imaginant la scène. Asha accueillerait son mari en sentant son odeur à elle. Elle lui dirait avoir rencontré une certaine Urvashi, dont l'amant lui avait offert ce parfum. Raghu ne s'en remettrait pas, du choc autant que de la peur. Il s'affolerait à l'idée qu'Asha le soupçonne d'avoir eu une autre aventure. Au fond d'elle, Urvashi savait comment cela allait se terminer. Elle se contentait juste de prendre les devants.

Ce soir-là, elle alla dormir chez une amie. Le lendemain, elle commença à chercher du travail à Bangalore. Il était temps de prendre un nouveau départ.

Elle s'était mal comportée par le passé, et elle avait pris ses responsabilités. *Je vais devoir recommencer, c'est tout*, se dit Urvashi en enfilant un caftan. Elle alluma la télé. Bientôt dix-neuf heures. Elle allait appeler le room service, puis elle irait se coucher. Au réveil, elle trouverait une solution.

Comme toujours quand c'était le chaos dans sa tête, elle canalisa ses pensées vers le travail ; vers le scoop qu'elle allait peut-être obtenir de Brinda Patil si elle réussissait à la faire parler.

Sreelakshmi

Les deux sœurs et leur idée saugrenue de péché divisé par deux me ramenèrent. C'est Theresa qui m'avait fourrée dans la main de Molly en terminant sa confession.

« Qu'est-ce que c'est ? » avait demandé celle-ci. Theresa l'avait regardée sans la voir.

« Où tu as trouvé ça, *Chechi* ? »

L'autre avait haussé les épaules, indifférente.

Qu'allaient-elles faire de moi à présent ? Elles traversèrent la route en m'emportant, puis se dirigèrent vers l'hôtel.

Je ne reconnaissais pas ce monde dans lequel j'étais revenue. Les rues grouillaient de gens et de véhicules – des autos comme je n'en avais jamais vu, des bus, des camions et des motos déclinées en d'innombrables modèles. La bicyclette semblait avoir quasiment disparu. Comment faisaient les gens pour respirer cet air pollué par les gaz d'échappement ? Pourquoi presser autant le pas ? De droite comme de gauche, tout le monde se dépêchait. La route débordait d'échoppes, restaurants et boulangeries pour la plupart – les gens ne se préparaient donc plus à manger ? Le Kerala était-il devenu comme la Rome antique, où on interdisait d'allumer un feu à la maison ?

C'était l'autre chose qui m'intriguait. Les gens. Depuis cinquante ans, n'avaient-ils rien fait d'autre que se reproduire ? Les rapports sexuels servaient-ils uniquement à procréer ?

Tant de gens et, pire, ils parlaient tout seuls. Je vis un vieil homme attendant de traverser, il parlait tout seul. Je vis une femme plus loin, elle parlait toute seule. C'était à se demander s'il fallait s'émerveiller ou s'inquiéter. La vie était-elle si prenante que plus personne n'avait le temps de s'écouter ? Jusqu'à ce que je comprenne qu'ils avaient un petit appareil, en main ou dans la poche, et c'est à lui qu'ils parlaient. Un téléphone à emporter partout ? Quand avait-il été inventé ? Quels autres changements y avait-il eu pendant mon absence ?

Devant le portail de l'hôtel, nous croisâmes un jeune homme assis sur sa moto. Je le vis lever son appareil à bout de bras et se regarder dedans comme si c'était un miroir. Puis il toucha l'écran, et son image apparut comme par magie. J'en restai bouche bée. Le téléphone était aussi un appareil photo. Je le vis pianoter sur ce qui ressemblait à de minuscules touches de machine à écrire, toujours sur l'écran. Des mots surgirent en malayalam. « Envoie-moi la tienne », avait-il écrit. Il était possible d'envoyer une photo *et* un message à quelqu'un en même temps.

Ce nouveau monde défiait l'entendement. Comment les choses auraient-elles tourné si Markose et moi nous étions rencontrés à une époque où ce genre de gadget existait pour combler la distance ?

Molly me posa sur une table et s'en alla. Je restai là, rêvant du passé et du sort qui m'attendait. Bien des heures après, quand tout le monde fut endormi et que seules les lumières de l'hôtel brillaient comme une infinité de lunes, je puisai tous les vestiges de force que je pus trouver dans ce bout d'os et flottai dans la nuit, à travers le jardin. Je m'arrêtai pour humer le parfum des fleurs. Je me perchai à côté d'un engoulevent sur la branche d'un vieux manguier et caressai sa gorge pour le faire chanter. Je dessinai des cercles de néon avec les lucioles et aidai les criquets à aiguiser leur chant. Je planai au-dessus du fleuve dans lequel j'avais joué, petite, et regardai la brise former des rides sur l'eau. J'errai comme seul un fantôme peut le faire.

Les deux sœurs avaient éveillé en moi le souvenir de mes propres sœurs, dont je méprisais l'existence de mon vivant. Je les prenais pour des femmes au foyer assez pénibles, qui avaient fait le choix abject de s'enterrer vivantes.

Elles s'étaient toutes deux mariées à seize ans. C'était ce qu'elles voulaient. Un époux, une Cocotte-minute, des rideaux aux fenêtres, la sortie du dimanche et deux enfants chacune. Moi, je n'avais jamais eu l'âme d'une femme d'intérieur. Je ne voulais ni noces ni descendance, et encore moins une Cocotte-minute.

D'année en année, j'avais rejeté toutes les offres de mariage faites à ma famille. Au début, je m'étais servie des études comme excuse, et de l'impossibilité de me projeter tant qu'elles ne seraient pas finies. Mon père m'avait soutenue en disant qu'il n'avait pas dépensé tant d'argent à m'envoyer dans une université renommée pour que ma vie se résume à faire la vaisselle, quand bien même dans une cuisine flambant neuve.

Lorsqu'il mourut et que je commençai à donner des cours à la faculté de Pandalam, où je logeais chez des parents éloignés, je suggérai qu'on attende la titularisation de mon poste. Je voyais bien que ma mère était au désespoir, persuadée que j'allais finir vieille fille – ce qui ne l'empêcha pas de continuer à m'envoyer des photographies de prétendants.

Il y en avait de toutes les tailles et corpulences ; de tous les métiers et classes sociales. Mais chacun faisait partie de la caste des Nair et venait d'une famille respectable. Par conséquent, ils avaient la peau modérément claire, des cheveux noirs épais, une moustache en trait de crayon, et ils semblaient parfaitement capables d'endosser le rôle de mari et amant jusqu'à la fin de mes jours. Je n'avais qu'à dire oui et ils se mettraient en action. Je ne manquerais plus jamais de rien – sauf d'air dans les poumons.

Je trouvai une bonne raison d'éconduire chacun d'eux. Au bout d'un moment, les jeunes gens charmants et bien nantis cédèrent la place à des hommes plus âgés, qui avaient les traits fatigués, le front dégarni, la mâchoire tombante et la certitude que la vie allait leur passer sous le nez s'ils ne réagissaient pas. J'avais fait mon temps, il ne restait plus qu'eux en réserve. Aurais-je dû dire oui au chef de gare qui avait souhaité marier ses sœurs cadettes avant de prendre femme ? Aurais-je dû choisir l'avocat veuf ? Aurais-je dû accepter le médecin divorcé ? Cela aurait au moins facilité la tâche de ma mère qui, à la question sur le statut de sa plus jeune fille, rêvait de pouvoir répondre : « mariée, féconde, installée pour la vie et heureuse propriétaire d'une Cocotte-minute ».

Dès lors que je reçus le prix littéraire de la Kerala Sahitya Akademi, toutefois, je devins une personnalité et les offres se tarirent pour de bon. Quant à ma mère, c'était comme si j'étais devenue brusquement asexuée. Dans mon monde, il n'y avait pas de place pour la Cocotte-minute qu'elle avait achetée et mise de côté pour moi.

J'allai au hasard de la nuit en pleurant, jusqu'à ce que j'atteigne le muret qui protégeait l'hôtel du fleuve. Je m'y posai et me posai pour la énième fois cette question : qu'avais-je fait de mal ?

Le lendemain matin, Molly me porta dans la chambre où sa sœur à l'esprit dérangé m'avait volée par mégarde. Elle frappa à la porte entrouverte. Attendit, puis pénétra à l'intérieur et me laissa sur la table.

Quelques instants après, Najma entra. Elle alla droit vers la table, me ramassa et me glissa dans son tablier.

Elle venait de frapper à la porte d'Urvashi quand on l'interpella : « Salut, Najma ! »

Elle se retourna. C'était la jeune du cottage n° 6.

« Bonjour, mademoiselle. Avez-vous vu la dame qui loge ici ?

– Non, mais je peux la chercher, si tu veux… »

Najma jeta un coup d'œil à sa montre. Ils avaient du retard dans le ménage des chambres, elle n'avait plus le temps d'attendre. « Vous voulez bien lui donner ça quand vous la verrez ? Elle est peut-être au restaurant, ou au bord de la piscine. Dites-lui juste que c'était dans la poche du *kurta* que j'ai emporté à laver hier soir.

– Cool. Tu peux compter sur moi !

– Vous êtes sûre que ça ne vous dérange pas ? » Najma se demandait soudain si elle n'allait pas avoir des ennuis.

« Ne dis pas de bêtises », lui assura la jeune, avant de me prendre et de me fourrer dans la poche de son short.

Elle alla voir au restaurant, sans succès, puis à la piscine. Sa voisine de cottage n'y était pas non plus. Elle finit par enlever ses vêtements. Dessous, elle portait un maillot. Lentement, elle entra dans l'eau et en quelques mouvements de brasse rejoignit un homme et une ado bien en chair – son père et sa sœur, supposai-je.

Une femme les observait de son transat et j'en fis autant. Je n'avais pas besoin de chercher plus loin que cette scène pour confirmer que le monde avait bien changé. Autrefois, les femmes se rendaient au bassin de baignade pour se laver et s'amuser entre elles. Les hommes restaient à l'écart, et jamais un père n'aurait nagé avec ses filles.

L'aînée éclaboussait joyeusement sa petite sœur. Sautait tout près du père pour le tremper. Faisait des cabrioles tel un jeune dauphin d'eau douce, par pur bonheur d'être vivante.

Soudain, elle s'écria : « S'te plaît, M'man, tu peux commander des *pakoras* et des cafés froids ? Avec deux boules de glace au caramel pour moi. Je meurs de faim. »

Bientôt elle sortit, prit une serviette pour se sécher. Son corps était ferme et musclé, celui d'une athlète. Vêtements en main, elle se dirigea vers le hamac. Elle me sortit du short et me tint dans sa main. Tandis qu'elle s'installait, je surpris une lueur dans son regard, la sérénité de quelqu'un de bien plus âgé qu'elle. Quelqu'un ayant accepté la vie et ce qu'elle peut ou ne peut pas offrir. Mais il y avait aussi de l'incertitude. Les doutes d'une enfant, de ceux qui font se demander, l'espace d'un instant, si 12 × 9 a bien le même résultat que 9 × 12.

L’instinct de tueuse

Ils sont tous là. Assis au premier rang, ses parents et sa sœur Ankita. Elle aime qu’ils soient là, sur ces sièges précis, à chaque match important.

Quand celui-ci a lieu en Inde, elle fait toujours garder une place de choix à Oncle Roy, comme elle l’appelle. Le meilleur ami de son père et leur voisin. Celui par qui tout a commencé.

Sur la touche, son entraîneur. Brinda et lui échangent un regard. Elle lui fait le plus bref des signes de tête.

Quelqu’un dans les vestiaires a dit qu’il faisait beau aujourd’hui. Mais Brinda n’aime pas gaspiller de l’énergie à s’inquiéter de la météo.

« Il y a du vent ? » s’est-elle juste renseignée. Un terrain de badminton est un espace clos, et même un léger courant d’air peut faire dévier le volant. Les rares fois où elle se laisse aller à son imagination, elle se dit que c’est le souffle de la providence venu bénir la joueuse ayant les faveurs du dieu des courts ce jour-là.

Et donc la voilà, par un bel après-midi d’août, en train de tester l’élasticité du parquet sous le revêtement vert. Peu à peu, le trac qui lui retourne l’estomac se calme et disparaît. Elle inspire profondément, expire lentement. Ça y est, elle est à la maison.

La première fois que Brinda posa le pied sur un terrain de badminton, au club situé dans sa résidence, elle eut la sensation d'être à sa place.

« Attends-moi sur le banc, ma chérie, indiqua son père en entrant sur le court en ciment, raquette à la main.

– Et pourquoi je peux pas jouer ? » exigea de savoir Brinda d'un ton qui surprit tout le monde, elle la première. Rajesh observa sa fille de six ans, jambes écartées et poings sur les hanches, déterminée à faire la guerre si nécessaire, et c'est à cet instant qu'il entendit la petite voix dans sa tête pour la première fois. *Coucou, monsieur Patil. Qu'est-ce qu'on a là ?*

« Demain, suggéra-t-il prudemment. Il faut d'abord t'équiper. »

Il se sentit scruté par un regard inquisiteur cherchant à savoir s'il bluffait. Et la petite voix repartit de plus belle : *Je te l'avais dit, je te l'avais dit, monsieur Patil. Impossible de revenir en arrière, maintenant.*

Brinda s'accroupit sur la touche et courut ramasser le volant dès qu'il sortit du court. « Motivée comme ça, ce serait un crime de ne pas lui payer une raquette », commenta Roy, le partenaire de jeu de Rajesh.

Une pointe de jalousie s'était immiscée dans sa remarque. Le parent espère toujours que son enfant se révélera être un génie. L'idée de sa propre médiocrité devient plus tolérable quand on sait que sa progéniture sera riche et célèbre un jour. Roy n'en demandait pas autant. Il se serait contenté d'un bref signe d'intelligence supérieure. Mais son fils semblait ne s'intéresser à rien.

Rajesh haussa les épaules. *Encore faut-il admettre que c'est plus qu'une lubie pour elle, n'est-ce pas, monsieur Patil*, chanta la petite voix.

Le lendemain, il emmena Brinda au magasin de sport et ensemble ils choisirent des baskets, puis une raquette.

« Et ça ? fit Rajesh en lui montrant un bandeau jaune fluo.

– Arrête de te moquer de moi », dit-elle d'un ton sévère, comme s'il lui proposait une poupée avec un ruban rose.

Rajesh ébouriffa la tignasse de sa fille. « Je ne me moque pas. Quand on joue, il ne faut pas que les cheveux tombent dans les yeux. Le moindre détail peut être une distraction. Et une distraction, c'est un point perdu ou une occasion ratée de prendre l'avantage. »

Brinda met le bandeau jaune fluo en place. Ses cheveux sont coiffés en une natte serrée, mais elle ne se sent pas complète tant que le bandeau ne lui comprime pas les tempes. Elle se secoue. Oublie tout. Concentre-toi. Concentre-toi. Concentre-toi. Il n'y a que toi et ton ombre en face de toi.

La petite voix, qui a depuis migré dans la tête de Brinda, prend l'intonation stridente de son entraîneur pour ordonner : *Joue contre cette fille comme si tu jouais contre toi-même.*

Brinda gagne au tirage au sort. Elle gagne toujours. Le

destin, avec ses petites ailes d'ange, brasse l'air pour que la pièce retombe comme elle l'entend. Elle sourit, choisit son côté préféré. De cette manière, si elle doit jouer en trois sets, elle pourra s'aider du terrain.

L'Indonésienne est quatrième mondiale et Brinda neuvième, mais ça y est, enfin, elles y sont. Aux demi-finales du championnat du monde. Gagner ce match propulserait Brinda au niveau des cinq premières dans l'esprit de ses adversaires, à défaut de la faire grimper dans le classement officiel de la BWF.

L'Indonésienne sert. Brinda renvoie. S'ensuit un échange pépère. L'Indonésienne a un nom. *Mais tu ne dois pas penser à son nom ni à son âge, elle est ton ennemie et l'ennemi doit être détruit*, crache la petite voix dans sa tête. Brinda se souvient alors que Tasya Sinaga a un amorti particulièrement vicieux.

Ce fut le jour même, une fois équipée, que la petite Brinda de six ans entra pour la première fois en communion avec une chose dépassant sa compréhension. Tout ce qu'elle savait, c'était qu'elle se sentait bien, merveilleusement bien.

Rajesh était au service. Jusque-là, il s'appliquait à envoyer des balles faciles – sa fille ne faisait du badminton que depuis une heure, tout de même. Ni trop rapides, ni trop basses, loin du filet et du fond du court. Près de la zone où elle était, de façon qu'elle les rattrape sans difficulté.

Mais la petite voix venait de grogner : *Tu ne veux vraiment pas la tester ? C'est que tu as peur des conséquences.*

En voulant réduire au silence la créature qui semblait avoir élu domicile dans son cerveau, Rajesh fit un des meilleurs services de sa vie.

De sa position au milieu du terrain, il lança un obus en rase-motte.

Wouah ! s'écria la petite voix.

Soit Brinda le ratait, soit elle réussissait par miracle à le renvoyer. Enfant ou adulte, il n'y avait pas grand-chose à faire contre un service pareil. C'était cruel de la part de Rajesh. Même la petite voix semblait le penser.

Les cordes de la raquette de Brinda entrèrent en contact avec le volant, faisant se télescoper la puissance, la vitesse et quelque chose d'indéfinissable. Une note de musique résonna dans sa tête alors même qu'elle lui remontait des doigts, le long du bras et jusqu'à un point situé derrière et au-dessus de son oreille gauche. Une force mystérieuse lui dit comment se placer.

Plus tard, sur le circuit, elle apprendrait que cela avait un nom. Mais jusqu'à la fin de sa carrière, elle ne ressentirait pas d'émotion plus intense que cet instant où raquette et volant se rencontrèrent, et elle sut exactement quoi faire.

Brinda recula pour mieux suivre des yeux la balle qui repartait inexorablement vers Rajesh. Il n'avait qu'à faire un pas en arrière pour la réceptionner. Père et fille regardèrent le volant frôler le filet – et retomber en diagonale à deux mètres cinquante de lui.

Sur le court, le silence se fit. Ce n'était pas du tout une frappe d'enfant de six ans. Rajesh était estomaqué. En face, Brinda avait un sourire jusqu'aux oreilles. Elle savait ce qu'elle faisait. Elle le savait et elle avait quand même continué, sans penser une fois que son père passerait pour un idiot ; un adulte qui, à trop vouloir narguer une fillette, s'était fait avoir par un retour de service auquel il ne s'attendait absolument pas. Un coup *jhutka*, ça s'appelait.

« Elle a fait un *kill* ! Mortel ! » s'écria Roy, incapable de se retenir. Et la petite voix dans la tête de Rajesh demanda : *Alors, papounet, qu'est-ce qu'on fait maintenant ?*

L'échange n'a rien de transcendant. Brinda enchaîne les balles avec aisance. On se croirait dans une cour d'école. Alors qu'elle a tourné sa raquette pour frapper au fond du court, l'Indonésienne intercepte le volant et réussit un smash qui lui vaut les acclamations de la foule. L'Indonésienne marque le premier point et continue à servir. Mais là n'est pas la question. C'est l'avantage psychologique. Brinda sent des larmes de rage monter. La salope ! La garce, avec ses coups tordus.

Dans sa tête, la petite voix soupire. *Une femme en colère perd la bataille toute seule. Botte-lui le cul, plutôt.*

Brinda coule un regard vers la touche. L'expression sur le visage de son entraîneur est impénétrable. Birdie Rao en a toute une panoplie en stock. Celle-ci pourrait se traduire par : « Ok, elle t'a eue mais c'est la dernière fois, n'oublie pas. »

Brinda va puiser au fond d'elle. *Je t'aurai, salope*, marmonne-t-elle dans sa barbe en attendant son tour de servir.

Elle sent une goutte de sueur couler le long de sa nuque, puis de son dos. Elle frissonne. L'entraîneur cligne les yeux une fois. Il sait ce qui va suivre.

Le service de Brinda se transforme en *jhutka*, qui, en

semblant vouloir frôler le filet, fait croire qu'il ne va pas passer. L'Indonésienne se détend, persuadée d'avoir gagné un autre point. Mais arrivé au-dessus du filet, le volant hésite – et tombe dans son camp. Un coup aussi malin que simple, garanti pour ébranler la confiance sur laquelle toute joueuse bâtit son jeu et remporte des titres.

Brinda jette un coup d'œil à Birdie Rao. Il baisse très légèrement le menton. La petite voix dans sa tête conclut : *Et maintenant, ne fais pas tout foirer. Dézingue-moi cette garce.*

Ils en parlèrent toute la soirée, Rajesh et Sunita. Ils ne voulaient pas que Brinda soit comme ces gamins que leur famille pousse à devenir des cracks, et qui font un burn out une fois adultes. Ils ne voulaient pas non plus être de ces parents qui vivent par procuration, à travers leur enfant. Mais si elle avait le talent, ils lui donneraient l'appui et le soutien nécessaires.

Un centre d'entraînement fut trouvé. Après tout, ils étaient à Bangalore, où vivaient des stars du badminton telles que Prakash Padukone, Ashwini Ponnappa et Arvind Bhat. « Dès le départ, Brinda s'y est sentie comme un poisson dans l'eau », expliqua Rajesh à ses coéquipiers du club de la résidence.

Roy sentit son cœur se serrer. Tout ce que son fils avait envie de faire, c'était jouer avec son Action Man. Pour autant, il était content de ne pas avoir à être le père d'un champion dans les années à venir. En devenir un était déjà dur, mais pour l'entourage c'était pire.

Un soir, autour d'une bière, il demanda à Rajesh : « Comment tu as su que ta fille avait du potentiel ? Et que ton devoir était de l'entretenir ?

– Tu vas trouver ça bête. Il y a une sorte de voix dans ma tête qui me dit quoi faire.

– Mais concrètement, c'est de l'ambition parentale ? insista Roy.

– Est-ce qu'on n'est pas tous ambitieux pour nos enfants ? Par contre, si un jour Brinda me dit qu'elle ne veut plus jouer, je ne la forcerai pas à continuer. »

Roy termina son verre en silence.

Brinda avait entraînement trois fois par semaine, et Rajesh se relayait avec Sunita pour l'emmener. Mais ce n'était pas tout, loin de là : il fallait exercer l'endurance et la rapidité, muscler les poignets, affûter le mental. Roy ne pensait pas qu'il aurait supporté. Et sa femme Rinku non plus, qui se transformait en harpie dès qu'on chamboulait son train-train quotidien.

« Tu seras le garçon que tu as envie d'être », promit Roy à son fils en le voyant faire la grasse matinée le week-end suivant. Du balcon, il avait aperçu Rajesh ramenant en voiture une Brinda transpirante et fatiguée. À sept heures du matin, un samedi.

Quant à Brinda, elle préférait ne pas trop réfléchir à ce qu'on attendait d'elle. Le premier jour, au tout premier entraînement, le coach – un ex-champion régional – observa avec méfiance son corps maigre. « D'habitude, on fait un essai d'une semaine avant de décider si les jeunes intègrent le centre. À cet âge, ils manquent souvent de motivation pour répéter les mêmes gestes jour après jour », expliqua-t-il.

Rajesh et Sunita se vexèrent. Avait-il seulement vu leur fille jouer ?

À la fin du deuxième jour d'essai, le coach déclara que Brinda était la meilleure chose qui soit arrivée au badminton depuis qu'un petit malin avait trouvé l'équation parfaite de seize plumes pour un volant. Restait à savoir si elle montrerait autant d'intérêt après plusieurs matins à se réveiller aux aurores.

Le dernier jour, il demanda à Brinda ce qu'elle pensait de sa semaine. « C'était amusant », répondit-elle avec un grand sourire.

Le coach sourit aussi. Tout était amusant, pour Brinda – se lever extraordinairement tôt, dire adieu à la *junk food* et passer à un régime protéiné, regarder en boucle de vieux matchs, se muscler, se soumettre à une surveillance physique et psychologique constante et, pour couronner le tout, apprendre ses leçons le soir.

Rajesh et Sunita virent disparaître leur petite Brinda. Elle faisait plus que son âge. Ils eurent une deuxième fille et, dans un recoin secret de leur âme, ils prièrent pour que celle-ci le reste, ne devienne pas comme cet enfant prodige aux talons ailés et à l'air crâneur. Jamais ils ne l'auraient avoué, mais parfois ils ne reconnaissaient plus leur aînée, qui n'avait qu'une chose en tête : gagner.

Car Brinda paraissait imbattable. Elle remporta le championnat régional des moins de dix ans. Quand elle gagna aussi celui des moins de quinze ans, le coach dut se rendre à l'évidence. « Elle va nous ramener une médaille olympique un jour, et je ne suis pas le bon choix pour faire d'elle une athlète de haut niveau », admit-il, une boule dans la gorge. Rajesh attendit un commentaire de la petite voix dans sa tête. Mais il n'entendit qu'un silence résolu.

Le nouvel entraîneur, Birdie Rao, avait plusieurs titres internationaux à son actif. De son école de badminton étaient récemment sortis trois champions nationaux.

Brinda était l'une des plus jeunes, mais elle possédait la maturité d'une joueuse bien plus âgée. Il ne faisait aucun doute qu'elle passerait professionnelle un jour.

Quelques semaines plus tard, Rajesh remarqua que sa fille penchait la tête sur le terrain, comme si elle écoutait quelqu'un. Il se demanda si elle avait un casque, ou si elle discutait en jouant. Birdie Rao ne serait pas content.

« Avec qui tu parlais ? demanda-t-il sur le chemin du retour.

– Quand ça ?

– Sur le court. Est-ce que tu as un amoureux ? »

Brinda piqua un fard. « Papa, je ne veux pas que tu flippes, mais il y a une voix dans ma tête, une petite voix qui me donne tout le temps des instructions. »

Rajesh se tut. Tapota le volant avec ses doigts. Sa sensation de perte était incommensurable.

Douzième minute du premier set. Score : 10-8. Brinda se mord la lèvre, essuie ses bras et son cou transpirants avec une serviette ornée d'un logo. L'Indonésienne boit une gorgée de la boisson dont elle fait la publicité. *On est peut-être des déesses sur le court, mais on est les esclaves des sponsors*, pense Brinda, écœurée. Elle fourre la serviette dans son sac.

Brinda sert. Un service bas, inefficace contre l'Indonésienne, qui est petite mais toute en muscles et contorsions. Plus proche du sol et plus équilibrée, aussi. Elle sert de nouveau, vers le haut cette fois, avec en objectif la ligne de fond de court. L'Indonésienne bondit. Comme une mangouste attaquant à la gorge. Elle renvoie violemment la balle. Un coup rasant, qui oblige Brinda à s'étirer de tout son long pour ne pas le rater. Le volant est de retour chez l'Indonésienne mais elle est là, coriace et tendue, prête à frapper.

L'échange dure vingt-quatre coups et quarante-cinq secondes. L'Indonésienne ne s'est pas déconcentrée, mais elle fatigue. Brinda a l'avantage de l'âge. Elle a vingt et un ans, l'autre vingt-six. Cinq ans de plus sur le terrain, c'est un déficit d'endurance de presque quinze ans, d'après Birdie Rao. Brinda touche délicatement le volant du bout de sa raquette, le ramasse comme si c'était un œuf d'alouette et l'envoie derrière le filet. Un lob agressif, qui file par-dessus l'épaule de l'Indonésienne – elle ne le voit même pas passer. Brinda se retient de sourire, elle a marqué le point. « Pas besoin de montrer ton triomphe au monde entier, lui a conseillé Birdie Rao. Garde-le pour toi jusqu'à la victoire. » Ça, Brinda sait faire.

Brinda fut vraiment blessée la première fois qu'elle entendit deux voisines parler d'elle dans son dos à une fête de Divali organisée au clubhouse. Elle avait mis un *lehenga choli*, une tenue traditionnelle faite d'une longue jupe et d'un corsage ajusté dans les tons orange et turquoise, avec un liséré doré. Le corsage était lacé dans le dos et elle s'était détaché les cheveux. Ses parents n'en revenaient pas de la voir aussi épanouie. Brinda avait seize ans, mais dans leur tête elle était restée une gamine androgyne. « Notre bébé a bien grandi », avait soufflé Rajesh, incapable de garder ses pensées pour lui.

Sa femme avait approuvé – et sorti les bijoux. Une parure en diamants et saphirs, avec collier ras de cou et boucles d'oreilles. Brinda avait sauté de joie comme une petite fille. Ravie, Sunita avait mis la touche finale avec plusieurs bracelets en verre aux poignets de Brinda, qui s'était empressée de les faire cliqueter et de tendre les bras à la lumière pour voir comme ils brillaient. Quand Rajesh avait sorti l'appareil numérique pour immortaliser la scène en vidéo, Brinda s'était sentie comme un cygne, comme Jasmine dans *Aladdin*, comme les plus belles princesses de contes de fées.

Lorsqu'elle arriva au clubhouse avec ses parents, tout le monde lui dit qu'elle était ravissante et combien ils étaient fiers d'elle. « Tu as l'air tellement différente », s'émerveilla même quelqu'un.

Brinda était aux anges. La musique commença : c'était l'heure de danser. Rajesh entraîna ses filles sur la piste. « On va leur montrer qui sont les pros dans cette salle. »

Brinda et Ankita levèrent les yeux au ciel, mais le suivirent. Depuis des années l'adolescente ne s'était pas autant amusée. Quand le buffet ouvrit, elle fit la queue avec les invités. Elle se composa une énorme assiette et trouva un coin tranquille pour manger, derrière une rangée de palmiers en pots. Elle avait besoin d'un peu de calme après toutes ces émotions.

« Qui c'est la jeune en orange et bleu ? dit soudain une voix.

– Brinda Patil. L'as du badminton », répondit une autre.

C'était Tante Rinku. La femme d'Oncle Roy et une bonne amie de sa mère.

« Je ne l'avais pas reconnue sans sa minijupe. D'ailleurs, je me demande pourquoi elle ne peut pas porter de short comme les autres.

– La minijupe lui va bien. Ce qui ne lui va pas, c'est de porter d'aussi beaux habits !

– C'est clair. On dirait un garçon déguisé. Elle a un corps trop anguleux, aucune rondeur. Une fille, ça a besoin de rondeurs.

– Tu crois qu'elle est sous stéroïdes ? Apparemment, beaucoup de sportifs en prennent. Des hormones et je ne sais quoi. Même les traits de son visage sont masculins, sans douceur. »

Brinda se leva et jeta à la poubelle l'assiette à laquelle elle n'avait pas touché. Prétextant un mal de tête, elle remonta à l'appartement.

Pour la première fois, elle se demanda comment ses parents la voyaient. La trouvaient-ils bizarre, eux aussi ? Était-ce pour cette raison que, lorsqu'elles faisaient du shopping, sa mère l'orientait toujours vers le rayon jeans et tee-shirts, tandis qu'à Ankita on achetait de jolies robes ? Ses camarades de classe avaient déjà toutes porté un sari au moins une fois. Brinda n'en avait même jamais essayé un.

Le trou noir du désespoir l'appelait, l'invitant à sombrer. Mais elle se ressaisit. Le cœur froid et dur comme l'acier, elle arracha sa belle tenue, se démaquilla vigoureusement, se fit une natte serrée et regarda pour la millième fois sur YouTube la finale hommes des Jeux olympiques de Londres : le Chinois Lin Dan contre le Malais Lee Chong Wei.

La petite voix, qui avait disparu ces derniers temps, choisit ce moment pour faire un retour en fanfare dans la tête de Brinda. *Ça, ma fille, c'est ce qui arrive quand tu oublies qui tu es et que tu cherches à devenir l'un d'eux. Il n'y a pas de nous et eux. Ce sera toujours toi ou eux ! Tu dois assurer tes arrières. Personne d'autre ne le fera pour toi.*

Le jour de ses dix-sept ans, Brinda fut choisie pour faire partie de l'équipe indienne aux Jeux asiatiques.

Tous l'avaient ressenti chez elle, d'Oncle Roy onze ans plus tôt jusqu'à son premier entraîneur, en passant par ses adversaires : l'instinct de tueuse. Brinda était une calme, mais ce calme n'était qu'une façade derrière laquelle se cachait une impressionnante volonté. Les coups qu'elle choisissait étaient toujours pertinents, et elle poussait à commettre des erreurs comme personne. Mais après la fête de Divali, elle ajouta la ruse à son arsenal de tactiques. À partir de là, tout fut un combat. Sur le court, elle était sans pitié. « Il faut avoir l'état d'esprit d'un gladiateur. Il ne peut y avoir qu'un survivant, et il y a plutôt intérêt à ce que ce soit vous », déclara-t-elle en conférence de presse après sa première médaille d'or à l'international, avec un grand sourire.

On publia une photo d'elle grimaçant alors qu'elle bondissait pour rabattre sa raquette sur le volant, geste qui allait devenir l'un des plus beaux smashs sautés de l'histoire du badminton. Ceux qui assistèrent au match se souviendraient longtemps de la violence de cette frappe ; de l'expression incrédule sur le visage de l'autre joueuse.

La presse l'adorait. Ses fossettes et son corps galbé faisaient d'elle une déesse, une star. Elle était photogénique et, pendant une brève période, quand elle sortit avec un célèbre joueur de cricket, on se l'arracha.

Rajesh et Sunita voyaient bien leur fille s'éloigner toujours plus, mais se sentaient impuissants. Aux mariages et aux soirées, elle les accompagnait presque à contrecœur ; clairement, elle venait pour leur faire plaisir. Elle n'était pas à sa place, pas comme Ankita. Ne sachant que faire, ils ne firent rien.

Brinda venait de fêter ses dix-neuf ans quand elle annonça qu'elle partait quelques jours en thalasso.

« Tout va bien ? » demanda sa mère en la voyant faire sa valise.

Brinda la regarda. Sa lèvre trembla une fraction de seconde. Puis elle repoussa une mèche qui lui tombait dans les yeux et marmonna : « Je suis juste fatiguée, Maman. La thalasso me fera du bien. »

Sunita ravala les mots qui refusaient de sortir. Sa fille souffrait, mais elle ne savait pas pourquoi. Et pour être vraiment honnête, elle avait peur de lui poser la question.

Sunita avait bien remarqué que Brinda n'avait pas eu ses règles le mois précédent. *Mais qui pourrait la trouver attirante* ? se demandait-elle dans le plus grand secret. Car comment une mère peut-elle s'avouer que sa fille est quasiment asexuée ?

C'était comme si le badminton était une sangsue qui avait sucé sa féminité. La vulnérabilité avait été remplacée par une force titanesque et une résistance digne d'un fil de nylon soumis à un étirement de 15 kilos. Comme si, armée de sa raquette, elle cherchait à effacer toute trace de faiblesse.

Le mois suivant la thalasso, les choses revinrent dans l'ordre. Le joueur de cricket disparut du tableau et sur le terrain Brinda sembla acquérir une agressivité nouvelle.

Parfois, quand Brinda surprenait son père à faire l'andouille avec Ankita, Sunita voyait un éclair d'envie passer dans son regard. Et elle regrettait d'avoir demandé à Rajesh de l'emmener au club ce matin-là, tout ça parce qu'elle voulait paresser au lit, sans avoir à s'occuper d'une enfant en bas âge.

Sunita s'avouait au moins une chose : la culpabilité l'accablait.

Brinda ne s'autorise à ne penser à rien d'autre qu'au moment présent. Elle boit sa boisson sponsorisée à petites gorgées. Birdie Rao lui énumère tout ce dont elle doit se méfier. Brinda écoute. Son entraîneur lui fait le même discours chaque matin depuis qu'elle est passée pro. Mais elle ne l'entendra jamais assez, elle le sait.

Elle a réduit l'Indonésienne en miettes dans le premier set, 21 à 11, et à 12-5 dans le deuxième, la victoire semble acquise. Son adversaire donne l'impression de vivre un cauchemar. Mais Brinda ne veut pas savoir.

Les supporters de l'Indonésienne l'encouragent mollement

quand elles reprennent le match. Des voix se mettent à scander : « Brin-da, Brin-da, Brin-da... »

Elle sert. Le volant fait un arc de cercle et tombe précisément à l'endroit qu'elle visait. L'Indonésienne conteste. Brinda attend. Le point lui est accordé, l'autre râle mais en silence.

L'Indonésienne fait un effort courageux pour revenir dans le jeu. Elle tente de repousser Brinda dans le fond de court. Brinda réceptionne avec un mouvement quasi acrobatique. L'espace d'un instant, le volant flotte au-dessus du filet, puis retombe dans le demi-terrain de l'Indonésienne. Elle fonce. Le rattrape in extremis et marque le point. 13-6. Brinda se mord la lèvre. *Il est temps d'en finir*, décide-t-elle.

Elle prend les cinq points suivants. L'Indonésienne est au bord de craquer.

C'est la balle de match. Brinda est prête à servir. Face à elle, le visage de l'Indonésienne est un masque en plastique. Dénué de toute expression, de toute beauté ; un vide abyssal qui lui montre le début de la fin.

Brinda a un temps d'arrêt. *Qu'est-ce qui t'arrive ?* s'agace la petite voix dans sa tête.

Brinda pense : « Dans quelques années, ce sera moi. » Dépouillée de ses titres et de son pouvoir. Incapable de réussir quoi que ce soit. Elle verra ses rêves s'envoler sur les plumes du volant, qui refusera de faire ce qu'elle lui demande.

« En général, les bonnes choses ont une conclusion qui leur est contraire. » Qui a écrit ça ? Elle l'a lu dans un livre de citations qu'elle feuillette quand un vol est trop long et qu'elle en a marre de regarder des films. Elle n'avait pas compris, sur le coup. Mais à présent, une question la taraude : tout ça pour quoi ?

Les heures longues et difficiles, le saccage du quotidien, l'enfance balayée comme des miettes, les colères qui gâchent chaque relation qu'elle a pu nouer avec un garçon, les nausées aux toilettes avant de jouer, tout ça deviendra futile dès qu'elle se retrouvera à la place de l'Indonésienne. Donc : pour quoi ?

C'est sa vie. Que se passera-t-il quand elle n'aura plus rien ? Dans cinq ans, elle en sera au même stade que Tasya Sinaga maintenant. Et après ?

Brinda lâche le volant et sa raquette.

Un ange passe. Puis des voix s'élèvent. Elle entend son prénom.

« Qu'est-ce que tu fais ?

– Brinda… Brinda… Mais enfin ?

– Mademoiselle Patil, il y a un problème ? »

Elle entend tout. « Plus moyen de revenir en arrière », se dit-elle avec un soulagement immense.

Et elle quitte le court central.

5

Urvashi

Elle se réveilla en sursaut, se demandant où elle était. Lentement, elle se laissa envahir par la langueur. Elle n'avait pas à se lever si elle n'en avait pas envie. Elle n'avait aucune routine à respecter. Aucune case à cocher. Aucun projet à faire. Elle ferma les yeux et s'enfouit plus profondément dans les oreillers. La veille, elle avait commencé à regarder un film. Elle s'était endormie avant la fin.

Elle alluma son portable pour vérifier l'heure et le mit en wi-fi. Les messages WhatsApp s'enchaînèrent à un rythme frénétique. Un certain nombre venaient de Mahesh, de ses sœurs et du travail. Mais il y en avait aussi un bon paquet de lui, envoyés d'un nouveau numéro. Sa sensation de bien-être s'évapora.

Elle se leva et tituba jusqu'aux toilettes, puis brancha la bouilloire. Il était à peine sept heures, le petit-déjeuner ne serait pas encore servi.

Elle se fit une grande tasse de café et l'emporta au lit. Il faisait trop chaud pour s'asseoir sur la terrasse, et de toute façon elle n'était d'humeur à faire la conversation avec personne.

Elle écrivit un long message à Mahesh pour dire que

tout allait merveilleusement bien et que c'était déjà moins le chaos dans sa tête. Elle espérait qu'il allait bien aussi. Et qu'il penserait à passer au pressing ? Ah, oui, sa voiture avait besoin d'une révision. Elle signa « gros bisous », plus par habitude qu'autre chose.

Après modifications, elle envoya le même à ses sœurs. Et se fendit de quelques émojis pour ses collègues de bureau.

Ensuite, elle entreprit de lire ses messages à *lui*. La plupart étaient des phrases écrites par elle, qu'il renvoyait avec un commentaire et des points d'exclamation pour lui signifier combien elle était une salope sans cœur, une menteuse, une traînée, et lui promettre de la punir quand elle s'y attendrait le moins, même si c'était la dernière chose qu'il faisait. Elle avait peut-être l'impression de s'en tirer à bon compte, mais en fait elle était destinée à mourir dans d'atroces souffrances, avec des escarres et des asticots grouillant dans ses plaies... Du moins, si elle survivait à la vengeance qu'il lui concoctait.

Il saurait qu'elle avait lu sa prose. Ça tombait bien, Urvashi voulait qu'il sache. Si c'était la guerre qu'il cherchait, il allait l'avoir. L'inaction serait son arme. L'arme suprême, dit Sun Tzu, est de savoir soumettre l'ennemi sans se battre. Elle avait lu *L'Art de la guerre* autant que lui.

C'est par une chaude soirée d'été que, d'un simple *swipe* vers la droite dans l'application de rencontres, elle l'avait fait entrer dans sa vie. Une douce caresse de l'index, du bon côté.

Il affirma avoir observé sa photo de profil et eut envie de savoir qui elle était. Il affirma être tombé amoureux du grain de beauté qu'elle avait au menton.

Sauf que ce n'était pas un grain de beauté, mais une verrue qu'elle avait prévu de faire enlever. Vite, elle annula son rendez-vous à la clinique et dit qu'elle rappellerait.

Elle aurait été bête de se débarrasser de *la* chose qui l'avait attiré en premier chez elle.

Il gérait le portefeuille d'investissement d'une riche héritière, et le contraste était frappant. D'un côté, une femme qui mettait de l'ordre dans ses affaires ; de l'autre, une femme qui semait la pagaille. En étudiant le profil d'Urvashi, il pensa qu'elle devait se sentir drôlement seule dans son mariage pour envisager de prendre un amant.

Il expliqua être lassé des adeptes du *ghosting* – celles qui coupent les ponts du jour au lendemain – et des filles qui ne cherchent qu'à baiser. Lui qui rêvait d'une relation normale, il avait l'impression d'être une aberration. Une femme plus âgée ne le snoberait pas. Et ne chercherait pas à *le* baiser, ajouta-t-il d'un ton sarcastique qui surprit Urvashi.

Les premiers temps, après avoir décidé de poursuivre leur conversation sur WhatsApp (une déclaration d'intention, presque), ils ne comptèrent plus le nombre de notifications par heure. C'était la course pour savoir qui ouvrirait le feu dès le réveil : Coucou, salut, bonjouur, déjà debout ? Tu es là ????

Urvashi se dit que c'était l'emballement du cœur qui accompagne toujours la nouveauté : un nouveau job, une nouvelle voiture devant la maison, un nouveau bijou qu'on couve du regard, un nouvel amoureux…

Ce dont elle n'avait pas conscience, c'est qu'elle allait être assaillie par la sainte trinité des neurotransmetteurs : sérotonine, adrénaline et dopamine. Ensemble, ils donnent un sentiment d'euphorie qui balaie tout sur son passage, même le bon sens. Elle se mit à écouter Farida Khanum, la reine du *ghazal*, et à lire les poèmes de Neruda. Elle s'acheta de la lingerie et s'inscrivit en cours de yoga. Telle une pièce de monnaie neuve, elle se forgea en prévision de le rencontrer en vrai. Avec le recul, elle regretterait de ne s'être pas plutôt mise à la cocaïne. Les conséquences auraient été moins compliquées à gérer.

Urvashi vécut au jour le jour. Lui aussi. « Je me réveille avec des érections de dingue, écrivait-il. Tu te rends compte de ce que tu me fais ? »

Elle souriait en découvrant ce genre de message. Elle n'était plus une femme de cinquante ans. Elle était une ado de seize ans en train de lire un roman et d'imaginer Rhett Butler la portant dans ses bras dans un grand escalier blanc.

La femme de ménage choisissait ce moment pour venir lui demander comment elle devait cuisiner les aubergines. Ou un collègue appelait pour voir où en était l'article qu'elle était censée avoir envoyé. La réalité reprenait ses droits, mais elle ressentait encore le contrecoup de la décharge électrique.

Les jours passant, Urvashi comprit qu'une aventure, qu'elle se traduise ou non par du sexe, était avant tout affaire de contrôle. Il s'agissait de deviner jusqu'à quand l'autre allait se languir de vous. De savoir jusqu'où vous pouviez le pousser. De sentir qui allait céder en premier et confesser un besoin écrasant allègrement l'amour-propre, la raison et la prudence. Pendant ce temps, sur un trône doré à l'or fin dans un royaume lointain, Dieu jubilait. « Je vous ai bien eus ! »

Bientôt, il ne fut plus question que de sexe. Dans tout et partout.

Le sexe s'immisça dans sa voix rauque au téléphone, et dans les mots qui émoustillaient Urvashi à distance. Le sexe la reluqua par-dessus une tasse de cappuccino lors de leur première rencontre dans un café. Le sexe se faufila dans le mouvement de ses pieds, qu'il tendit nonchalamment tout en se carrant dans son siège. Et aussi dans la ligne de sa mâchoire et la forme de ses lèvres. Urvashi croisa les jambes et afficha un calme auquel elle parvenait presque à croire. Le sexe lui ouvrit la porte quand elle alla chez lui pour la première fois. Juste pour un verre, avaient-ils convenu.

Le sexe était ce qui l'attendait au fond de la bouteille de vodka – le whisky étant trop solennel, la bière trop risquée à cause des renvois, et tous les autres alcools réservés à un déjeuner entre amis le dimanche. Le sexe remua le cocktail d'Urvashi d'un long doigt élégant, jusqu'à ce qu'elle s'ouvre avec un abandon qu'elle n'avait pas ressenti depuis longtemps. Le sexe fit tinter les glaçons dans leurs verres et flotta au-dessus des coussins à motif cachemire. Le sexe était brûlant dans le joint qu'il roula d'une main experte et partagea avec elle, leur salive mélangée sur le filtre. Le sexe rit avec eux des blagues qui fusaient. Le sexe ouvrit sa braguette, empoigna la bretelle de soutien-gorge d'Urvashi et fit lentement glisser sa culotte sans couture.

C'est là que, tandis que les mains de cet homme serpentaient sur sa peau, que ses dents lui mordillaient le cou et que leurs bouches se cherchaient, derrière les étreintes fiévreuses et cette façon de faire l'amour qui s'installa bientôt dans un rythme curieusement mécanique, l'idée lui vint à l'esprit : malgré tous ces artifices, rien ne distinguait un orgasme d'un autre.

Après, il lui apporta des mouchoirs pour se nettoyer, alluma l'interrupteur pour qu'elle ait de l'eau chaude sous la douche, lui fit un café, même. Et toute la passion et la tension sexuelle retombèrent, réduites à une fadeur frisant la déception, un vague agacement qui donna envie à Urvashi de prendre la porte sur-le-champ. Baiser, c'est baiser, point final.

Elle minimisa le problème en se disant que ç'avait été trop pour elle – la longue phase de séduction, le secret, l'acte en lui-même. Il l'avait fait jouir plusieurs fois avant lui, quand même.

Par la suite, chaque fois qu'ils se virent, elle attendit que cela se transforme en autre chose. Une intimité sublimée par le sexe. Sur ce plan-là, qu'est-ce qu'ils s'éclataient ! Par terre et dans la cuisine, sur le canapé et dans la douche… Ils essayèrent toutes les positions qu'il voulait, et certaines qu'elle avait envie de tester. Mais rien à faire, la métamorphose n'eut pas lieu. Urvashi ne put ramener l'excitation fébrile des premiers temps, les possibilités infinies que contenait cette liaison tout juste naissante.

Le temps de terminer son café, la guerrière en Urvashi

tremblait. Le silence dans le cottage, à peine rompu par le climatiseur, la remplissait d'un mauvais pressentiment. Comme si quelqu'un était derrière la porte, attendant qu'elle sorte. Elle lâcha son portable et se leva.

Le Jasmine Bower donnait sur le fleuve. C'était un restaurant grand et aéré. Le sentier qui y menait était orné d'un treillis sur lequel des jasmins grimpaient. Des passereaux prirent leur envol de l'herbe ; dans les arbres, une témia vagabonde rit sous cape. Urvashi inspira profondément. Elle se sentait plus calme.

Il était midi et demi, mais il n'y avait pas un chat. Elle choisit la table la plus proche de la vitre, d'où elle pourrait admirer la vue. Le ciel était lourd de nuages gris. Le tonnerre grondait. Il allait encore pleuvoir. La météo l'avait prédit.

Elle jeta un coup d'œil aux plats du jour, mais commanda le curry de poisson. Radha lui avait conseillé de s'en tenir aux plats locaux. « Notre chef anglais est bon, mais ce qu'il fait, tu le trouves partout. Le vrai artiste en cuisine, c'est Baby George. »

Le repas, lorsqu'il arriva, avait l'air délicieux et sentait divinement bon. Le plat en bronze était garni d'une feuille de banane, sur laquelle était disposé un dôme de riz complet, lui-même entouré de deux bols de légumes, d'un peu de *sambar*, de chutney et d'un *papadum* en accompagnement. Pour les gourmands, un petit pot de babeurre. Et, à part, le héros du déjeuner, le curry de poisson – du maquereau dans une sauce épaisse à la noix de coco. Urvashi en eut l'eau à la bouche. Le serveur posa une dernière assiette avec un morceau de poisson frit. « Avec les compliments du chef », précisa-t-il.

Mais elle ne put manger que du bout des lèvres. Dès que la nourriture franchissait la barrière de sa bouche, elle se désagrégeait en sciure de bois. La maison lui manquait, et plus encore la cuisine insipide de Lakshmi.

« Bonjour, madame », dit une voix.

Levant la tête, Urvashi vit Brinda Patil.

« Hé, bonjour, répliqua-t-elle d'un air enjoué.

– Najma m'a demandé de vous donner ça, poursuivit Brinda en lui tendant un bout de craie – ou était-ce du plastique ?

– Oh, je voulais le rapporter à la réception », expliqua Urvashi en le posant à côté de son assiette. Une pause, puis : « Tu veux te joindre à moi ? »

Brinda tira une chaise. « Alors, qu'est-ce que vous faites ici, vous êtes en vacances ? »

Urvashi la fixa d'un regard vide. « À vrai dire, je ne sais pas. »

Sur ces entrefaites, le serveur arriva et lui tendit un téléphone. « Madame, un appel pour vous. »

Urvashi le dévisagea, étonnée. Elle prit le combiné, hésitante. Seuls Mahesh et Surya savaient qu'elle était là. Pourquoi l'auraient-ils appelée sur la ligne de l'hôtel ? « Allô ? »

Un silence.

« Allô ? » répéta-t-elle.

Elle l'entendit qui soufflait, puis il dit : « Tu te souviens de cette voix ? » Et il raccrocha.

L'appareil lui glissa des mains et tomba sur la table. Le sourire de Brinda s'évanouit. « Ça va ?

– Pas trop, non. Tu veux bien me ramener au cottage ?
– Pas de problème », dit Brinda en se précipitant pour l'aider.

Le serveur les regarda s'éloigner d'un air soucieux. Il alla prévenir Unni. L'amie de Mme Radha avait reçu une mauvaise nouvelle par téléphone. En plus de ça, le fleuve continuait à monter.

Sreelakshmi

J'avais beau être remplie d'admiration pour le sang-froid de Brinda Patil, et désolée pour les remords qui avaient dû l'assaillir en voyant que la vie ne se déroulait pas comme elle l'imaginait, j'étais heureuse de retourner auprès d'Urvashi. C'était son histoire que j'avais envie d'entendre, sa vie que j'avais envie de comprendre. Je ne savais pas pourquoi j'étais tellement attirée par elle. Je savais seulement que je l'étais.

Mais je n'eus pas le temps de découvrir son secret qu'Urvashi partit à la hâte, en m'abandonnant entre la salière et la poivrière. Qui était au téléphone, et que lui avait-on dit ?

Une guêpe maçonne restait en vol stationnaire près de la vitre, en haut à droite. Elle avait dû faire des repérages et décider qu'il n'y avait pas mieux pour construire son nid. Si elle avait pu m'entendre, je lui aurais dit : Va-t'en. Ce n'est pas un endroit pour toi.

Je le savais car j'avais construit mes rêves avec la même désinvolture et le même abandon.

Les souvenirs m'oppressaient. L'ironie de la situation ne m'avait pas échappé : j'étais un fantôme hanté par son passé. Tout ce que je désirais, c'était un recoin sombre où me terrer, afin de retrouver ma sérénité. Mais voilà que j'étais piégée en pleine lumière, transformée en décoration de table.

À travers la porte ouverte du restaurant, j'entendis de joyeux éclaboussements. Venaient-ils du fleuve ? Avant, je nageais dans la Nila. Avant, je flottais sur ses eaux et contemplais les nuages en inventant des histoires sur des hommes et des femmes.

Je repensai à la dernière fois que je m'y étais baignée. Car les morts n'oublient pas. De la même manière que les cheveux continuent à pousser après le dernier souffle, la mémoire s'étire bien au-delà du trépas.

Chaque fois que je passais la porte de ma maison, je triomphais en secret. J'avais un lieu à moi. J'étais la maîtresse de mon foyer.

Neuf ans après avoir quitté le nid familial pour devenir une humble chargée de cours vivant chez des parents éloignés, obligée d'endurer leurs irruptions dans ma chambre ainsi que leurs incessants commentaires sur ce que je mangeais et comment je m'habillais, j'avais réussi à m'évader de cette prison sans verrous. Une nouvelle faculté ouvrit à Ottapalam en 1962, et je décidai de poser ma candidature pour le poste de maître de conférences au département de zoologie.

J'avais toujours écrit des poèmes et des nouvelles. Après mon retour précipité dans le Kerala, j'avais même découvert que l'écriture m'aidait à oublier. Alors, j'inventais des histoires évoquant un monde de possibles et de rencontres fortuites. Mon père comme Narendran y apparaissaient sous des formes diverses et variées.

Si j'avais eu un succès d'estime au départ, avec le prix de l'Akademi j'acquis une réputation qui changea considérablement ma vie. Et pourtant, je continuais à enseigner. Je continuais à être l'éternelle invitée payant son gîte et son couvert.

Par conséquent, une fois mon poste de maître de conférences confirmé, j'insistai pour que ma mère quitte Karakkad et emménage avec moi.

Je nous trouvai une maison à louer. Une petite maison, avec une terrasse couverte, une grande entrée, deux chambres, une cuisine et un immense jardin. Comme c'était l'usage à l'époque, la salle de bains et les toilettes étaient séparés, situés à quelques mètres de là.

Nous emmenâmes une domestique, Karthu. Son mari l'avait quittée pour une autre. C'est ainsi que trois femmes, une veuve, une vieille fille et une épouse qui n'en avait que le nom, se bâtirent un foyer. Nous avions emporté quelques meubles de la *tharavad*, et nous trouvâmes un menuisier pour en fabriquer d'autres. J'achetai une radio Murphy et les ustensiles nécessaires pour la cuisine. Le reste, il suffirait de se le procurer au fur et à mesure, dis-je à ma mère, qui n'avait jamais connu d'autre maison que celle où elle était née.

Je m'octroyai une chambre. Sur l'appui de la fenêtre, je rangeai les livres de mon père, une petite mais excellente sélection. Jamais je ne saurais s'il les avait lus ou s'il aimait simplement les collectionner. La commode qu'il avait rapportée de Birmanie fut placée dans un coin et j'y rangeai toutes mes possessions : quelques bijoux, mes saris, divers papiers et des feuilles blanches pour écrire.

J'étais désormais l'homme de la maison. Je donnai ma montre à ma nièce préférée et me mis à porter la Favre Leuba de mon père. Elle avait un cadran noir et des chiffres arabes dorés. Le bracelet en cuir avait été changé juste avant sa mort. Dix ans plus tard, il était encore comme neuf.

Tous les matins, la première chose que je faisais à mon réveil était de remonter la montre. J'aimais la précision qu'exigeait cet objet. Un tour de trop et le ressort cassait. Un tour en moins et elle s'arrêtait. J'aimais sentir son poids sur mon poignet. Avec, je me sentais capable et moins vulnérable. Mon père avait toujours cru en mes capacités, même lorsque tous les autres me trouvaient un peu bizarre.

Je regrettais souvent de ne pas l'avoir mieux connu. J'aurais aimé lui soumettre mes idées. Lui donner mes livres à lire, discuter des classiques. J'aurais aimé lui parler de mon cœur chenille, qui rongeait sans relâche mes pensées et refusait pourtant de se métamorphoser en papillon.

Huit jours avant mon suicide, j'emmenai ma mère à Karakkad.

Nous faisions le voyage toutes les quelques semaines. Cela permettait à ma mère et à Karthu de passer du temps avec leurs frères et sœurs, mais aussi et surtout de rapporter du riz en contrebande.

Quand le niveau du tout premier sac avait commencé à baisser dangereusement, ma mère s'était inquiétée. « On peut en acheter ici, suggérai-je. Pourquoi s'embêter à le transporter depuis la *tharavad* ? En plus, je ne sais même pas si c'est légal.

– Comment ça ? » Les muscles de son cou se crispèrent et elle se frotta les mains comme si elle tentait d'y faire pénétrer de la crème.

« Il y a une pénurie en ce moment, et les paysans sont censés vendre leurs surplus au gouvernement. Je n'en suis pas tout à fait sûre, mais je crois qu'il faut une autorisation pour emporter du riz de ses propres rizières », expliquai-je pour tenter de la convaincre.

Le lendemain, elle refusa de se nourrir. « Je prends exactement une poignée de riz au déjeuner. Au dîner, à cause de mon diabète, je n'ai droit qu'à du pain au froment. Je ne suis pas comme Karthu, je ne peux pas me satisfaire d'un sac acheté en magasin. Si je ne peux pas avoir le riz qui a été cultivé sur mes propres terres, du riz qui a été décortiqué et tamisé dans *ma* maison, autant ne pas manger du tout. »

Ma mère était une grande adepte des grèves de la faim chères au Mahatma Gandhi. Elle en entamait une dès qu'elle se querellait avec mon père. Elle fit une grève de la faim quand il regimba à l'idée d'introduire une Cocotte-minute dans la cuisine (elle était tombée amoureuse de cet appareil ingénieux). Elle en fit une autre lorsque ses sœurs parlèrent de diviser la propriété familiale. Elle n'était pas une femme déraisonnable. Ces rébellions spontanées lui servaient juste à exercer sa volonté et à prouver qu'elle avait raison.

Obtenir une autorisation allait nécessiter beaucoup de paperasse. Ma mère proposa qu'on rapporte simplement le riz avec nous. « Qui va aller fouiller trois femmes ? À trois, on peut en prendre assez pour tenir quelques semaines. En plus, on ne fait rien de mal. C'est mon riz, de mes rizières », conclut-elle d'un ton sans réplique qui, je dois le dire, forçait l'admiration.

La sœur aînée de ma mère habitait au village, tout comme sa fille aînée, son mari et leurs trois enfants, dont l'un accomplirait les derniers rites pour moi un jour. Un jour aussi, ma cousine germaine hériterait de la *tharavad*, même si ma mère avait encore des droits dessus. Comme j'en aurais, le temps venu.

Dans la maison voisine vivait la cousine de ma mère. J'avais beaucoup d'affection pour ses filles. Leurs bavardages m'amusaient, et je leur faisais parfois un cadeau. Un bijou, un savon parfumé, une tenue *daavani* en georgette, un morceau de tissu pour confectionner un corsage. Je leur offris des livres une fois, mais c'est à peine si elles y jetèrent un coup d'œil.

Cette fois-là, je leur donnai des bracelets en verre ornés de perles qu'une collègue m'avait rapportés de Hyderabad. Je savais que je ferais mouche avec ce genre de colifichets. Après qu'elles eurent exprimé leur joie – et fait remarquer que mes cheveux étaient moins épais qu'avant – nous allâmes au fleuve.

Je me déshabillai sur la rive et me drapai dans un *mundu* avant d'entrer dans la Nila. J'avançai un peu, inspirai et mis la tête sous l'eau.

Prendre un bain chez soi est d'une banalité, en comparaison. Ce moment où vous plongez sous la surface et sentez votre esprit s'éclaircir avec une fraîcheur fulgurante. Soudain, le fleuve devient vous. La fluidité, la vie aquatique grouillante entrent en vous, et la sensation d'apesanteur s'installe. Le fleuve roule et se soulève en vous, il vrombit, palpite, soupire, pleure en vous. L'eau est le seul élément dans lequel on puisse réellement se fondre, à la différence de la terre sous nos pieds et de l'air qu'on respire.

Lorsque j'en eus assez de nager, je retournai m'asseoir sur la rive et regardai mes cousines faire la lessive. Plus tard, nous nous laverions avec du savon et nous frotterions le dos avec une *loofah*. Elles avaient cueilli des fleurs d'hibiscus pour me faire un shampooing. En attendant, je les écoutais papoter gaiement. Aurais-je été aussi heureuse et insouciante qu'elles si ma vie n'avait pas été assombrie par les exigences de la littérature et de l'ambition – ou par un prétendant qui ne me plaisait pas ? Celle qui essorait une longue jupe me demanda : « *Chechi*, combien de saris tu as ? »

Je lui souris. « Quinze.

– Quinze ! répéta-t-elle, les yeux comme des soucoupes. Et ils sont tous verts ?

– Oui. » Je rougis. Je ne portais que du vert. Je n'aimais pas devoir choisir.

Ce fut sa sœur cadette qui osa me poser la question : « *Chechi*, pourquoi tu ne t'es jamais mariée ?

– Parce que je n'ai pas trouvé le bon.

– Et si tu le trouvais maintenant, tu le ferais ? » demanda-t-elle en pouffant.

L'aînée poussa un grognement. « Pourquoi elle se marierait ? Elle a un métier important ; elle écrit des livres et vit dans le *pathras*. Quinze saris et son nom dans le journal. Pourquoi elle devrait renoncer à tout ça pour courir partout dans une cuisine miteuse, comme un rat ?

Je souris en l'entendant dire « *pathras* », un mot familier signifiant le luxe, le faste.

La cadette haussa les épaules. « Moi, je ne veux pas d'un métier, ni de *pathras*. Ça ne me gêne pas d'être un rat. Je veux me marier. Je veux un mari. Je veux des enfants. Je veux une maison à moi. »

Sa sœur rit de bon cœur et l'éclaboussa. « Qu'est-ce qu'elle est niaise, hein, *Chechi* ? »

Je retournai m'immerger dans l'eau. Je craignais de vouloir répéter le mantra de ma cousine. Je veux me marier. Je veux qu'il soit mon mari. Je veux ses enfants. Je veux une maison à nous. Ce que je voulais, en fait, c'était une vie de conte de fées.

Une femme s'approcha de la table où l'on m'avait laissée. Grande, mince, les cheveux aux épaules, impeccable en pantalon blanc et chemise bleu pâle. Elle avait les ongles argentés et des diamants brillaient à ses oreilles et à son cou. Elle donnait l'impression d'une femme ne laissant rien la contrarier. Au contraire de la pauvre Urvashi, qui s'était décomposée sous mes yeux.

Elle admira la vue, puis vint s'asseoir. Elle me regarda sans me voir.

Elle prit son petit téléphone et le contempla, comme si elle avait du mal à se décider.

Elle le toucha, le colla à son oreille. Il n'y eut pas de réponse et elle le reposa. Elle jeta un coup d'œil au menu et demanda une eau de coco avec de la vodka.

Elle reprit son téléphone pour passer un appel.

Le verre arriva. Sa main tremblait quand elle le porta à sa bouche.

Le regard dans le vide, elle se mit à bouger machinalement les objets sur la table. Elle finit par me trouver et me fit rouler entre ses doigts, comme si j'étais un dé prêt à être lancé dans une partie où elle jouait contre elle-même.

La Femme du diplomate

Rupa s'étira de tout son long sur le matelas *king size*, savourant le luxe de l'espace, cette infinité que devient le lit marital lorsqu'il n'est pas occupé par l'époux. Ses paupières étaient lourdes de la torpeur qui l'envahissait toujours à cette heure de la journée. Elle se demandait ce que Keshav était en train de faire dans sa *tharavad* familiale.

Elle l'imagina assis dans le salon de sa cousine, habillé tout en blanc, un *mundu* en guise de pantalon et en haut un *kurta*, qu'entre eux ils appelaient *jubbah*. La fine chaîne en or avec le petit Ganesh en pendentif brille sur son torse. Sa cousine, l'incomparable Mini à la poitrine généreuse et à la voix essoufflée de fillette, a cuisiné tout ce qu'il aimait quand il était petit – des sucreries, type *unniappam* et *ela-ada ;* des *pakoras* en veux-tu en voilà ; et du thé couleur flaque de boue, servi dans un verre parce qu'ils le prennent toujours ainsi au goûter. Submergé par l'émotion, Keshav déclare à sa cousine : « Tu me rappelles Maman, tu es exactement comme elle. »

Mini, cinquante-cinq ans, un sourire rayonnant, porte la main à son collier ras du cou. C'est Keshav en personne qui l'a pris dans les bijoux de sa mère pour le lui donner.

Elle dit dans un souffle : « Tante Uma était une femme unique, mais je suis heureuse de te faire penser à elle. »

Si Rupa avait été là, elle aurait craché à la cousine : « Tu as passé ta vie à essayer de lui ressembler. Maintenant que tu y es arrivée, pourquoi toutes ces simagrées ? » Mais Rupa n'était pas là. Et n'avait aucune envie d'y être.

Dès leur première rencontre, Rupa avait remarqué cette façon que Mini avait de s'approprier son mari, de la repousser à la périphérie des discussions et de lui faire bien comprendre qui avait refusé la main de Keshav la première. Rupa avait vu quelque chose s'enflammer entre eux comme des braises : un souvenir, ou peut-être plusieurs, enfouis par consentement mutuel. Mais comment était-ce possible ? N'était-elle pas sa sœur ?

« En Inde du Sud, les cousins ont le droit de se marier, lui expliqua Keshav un jour où ils feuilletaient un album photo au lit. C'est même très courant chez les cousins germains. » Rupa se demanda s'ils couchaient ensemble quand ils se voyaient, l'été.

« Et toi alors, avec Mini ? » questionna-t-elle tout en glissant une jambe entre celles de Keshav. À l'époque, elle voulait le sentir sur sa peau à chaque moment de la journée et jusque dans le sommeil.

L'intimité, c'était bien plus que remplir l'espace. C'était avoir envie qu'il la serre fort quand elle se blottissait contre lui. C'était sentir le souffle de Keshav dans ses cheveux et constater que dans ses bras, elle était en sécurité. C'était se réveiller en sachant qu'il était là et le serait toujours. Son amour. Son compagnon. À elle.

« Oh, on s'est embrassés quand on était ados. Les vacances plus les hormones, ça forme un cocktail dangereux », minimisa-t-il en riant. C'était le rire du jeune diplomate, qu'il pratiquait depuis sa sortie de l'École nationale d'administration à Mussorie, le genre à signifier : *C'est sans importance, pas la peine de te mettre dans cet état*, pensa Rupa en découvrant pour la première fois que son colosse de mari avait des pieds d'argile.

« Et tu n'as jamais eu envie d'aller plus loin ? » Elle n'avait pas pu s'en empêcher.

Elle, la fille d'un haut fonctionnaire qui lui avait répété toute sa vie : « Ne montre jamais ton jeu tant que tu ne sais pas où il te mène. »

Ce rire, encore. « Je mentirais en disant que je n'ai pas été tenté, mais la sagesse a fini par l'emporter. » Elle sentit son torse se crisper, la pause qu'il marquait pour se retenir de lâcher une remarque qui la vexerait.

« On n'était pas assortis ; une relation, ça ne peut pas être que deux corps qui s'attirent.

– Pendant un instant, j'ai cru que tu me rangeais dans la catégorie des filles sages.

– T'es bête, soupira-t-il en promenant un doigt absent sur la cuisse de Rupa. Allez, dors… »

Et c'est ce qu'elle fit.

Les années suivantes, Rupa n'accompagna plus Keshav lors de son pèlerinage annuel à la *tharavad*, dans un hameau près de Shoranur. Sa rancœur envers Mini se transforma en admiration prudente, puis en profonde antipathie qui, un jour prochain, deviendrait juste de l'indifférence, et à ce moment-là, elle y retournerait.

Mais cette fois, alors qu'ils étaient en route pour leur maison de Coonoor, Keshav émit le souhait de passer deux jours à la *tharavad*. Rupa était contre, mais il dit qu'il voulait participer à la *puja*.

« Qu'est-ce que c'est que ça, encore ? » Rupa se demandait bien quelle nouvelle carte Mini lui avait mise sous le nez pour l'attirer là-bas.

« C'est une cérémonie en l'honneur de nos ancêtres. Je devrais y aller tous les ans, mais j'ai toujours un empêchement. Et d'après Mini, nos ancêtres ne sont pas contents, parce que je ne leur ai pas fait d'offrandes comme j'aurais dû.

– Ils ont vraiment dit ça à Mini ? » Rupa n'avait pu cacher son ton narquois.

Le visage de Keshav se ferma. « Le sarcasme n'est pas bon pour le teint, chérie. Ça va te donner des rides et une indigestion. »

Il ne tenta même pas de la convaincre de venir. À la place, il lui trouva un hôtel où loger en son absence : Near the Nila. « On n'a qu'à dire que tu es mon amante secrète et que je te cache dans une chambre près du fleuve, plaisanta-t-il en la suivant dans le cottage.

– T'aimerais bien, hein..., rétorqua Rupa. Il éclata de rire. Au fil du temps, le rire du diplomate avait acquis une nouvelle dimension. À présent, il signifiait : *Bien sûr que je vais t'écouter, mais je ferai comme bon me semble.*

Rupa aussi s'était dotée d'un rire, les années passant : *Je sais que tu n'en feras qu'à ta tête, mais je n'ai pas la force de bouder, donc, en tant que petite nation qui devra toujours rechercher le compromis, je vais dans ton sens.* À force de vivre avec des bureaucrates, son sang rouge foncé était devenu rose pâle, pâle comme la concession et les non-dits.

En rampant vers lui sur le lit, elle l'aguicha : « Alors, je suis ton amante secrète ? »

Il la dévisagea d'un air incrédule, comme si une deuxième tête venait de lui pousser. Une fille sage ne fait pas ce genre de chose.

Rupa se mordit la lèvre. Et si je me mettais debout sur le lit et me déshabillais au ralenti, que je devienne Salomé faisant la danse des sept voiles ? Que je pince mes tétons, ondule lascivement, écarte les cuisses ? Et si je lui demandais de lécher là, maintenant, et dans cette position, ma chatte tremblante ? Et si je rejetais la tête en arrière pour hurler, une louve qui n'aura jamais assez de sa langue agile ? Et si, pour une fois, j'étais une débauchée ?

Et si Keshav se transformait en Hérode, débordant tellement de désir pour elle qu'il lui apportait la tête de Mini sur un plateau, avec des langues jaunes de bananes frites disposées en cercle autour de cette grosse conne ? Et s'il devenait son esclave pour toujours ?

La lente montée de l'excitation se liquéfia en une flaque de self-control tout ce qu'il y a de plus diplomatique. Il ne le ferait jamais ; elle ne le ferait jamais ; en clair, ils ne le feraient jamais.

Seule dans le cottage, Rupa alluma la télé. Il y avait quelque chose d'indécent à ôter ses habits un par un alors que le présentateur annonçait les titres du journal en la regardant dans les yeux. Elle caressa l'idée de se masturber. Parfois, semblait-il, c'était tellement plus satisfaisant et moins risqué sur le plan émotionnel de se faire jouir, au lieu d'attendre de Keshav qu'il anticipe sa longue liste de désirs. Et puis elle craignait de lui révéler les pensées crues qu'elle avait et qui ne feraient que déclencher ce fichu rire.

Elle s'allongea et ferma les yeux, laissant son esprit vagabonder. Parfois elle regrettait de ne pas avoir d'image à convoquer. Un visage qui l'exciterait, la stimulerait. La plupart du temps, elle se surprenait à visualiser Keshav. Si ce n'était pas pitoyable de fantasmer sur son propre mari, quand même ! Était-ce juste elle qui était limitée ? Voilà ce qu'on devenait quand on passait sa vie entière à se tenir bien et à agir comme il faut : une femme incapable d'imaginer un beau mec pour l'emmener jusqu'à l'orgasme.

Elle se leva, enfila un caftan. La clim était trop forte, elle avait froid et se sentait seule. Elle se demanda ce que son mari faisait à présent. Et ses enfants, les jumeaux, dans leur internat à Dehradun.

C'est Keshav qui avait insisté pour qu'ils y entrent en quatrième, et Rupa se souvenait fort bien de cette conversation.

« Ils doivent passer aux choses sérieuses, décider de ce qu'ils feront dans la vie, déclara-t-il un matin au petit-déjeuner, tout en mangeant ses sacro-saints dés de papaye.

– Comment ça, à treize ans ?!

– À leur âge, je savais ce que je voulais, même si je ne savais pas comment y parvenir.

– Et moi, j'étais folle amoureuse du délégué des élèves et je ne savais plus quoi inventer pour qu'il me remarque… »

Keshav poussa un grognement et retourna à ses fruits. Était-ce ainsi qu'il se comportait en réunion stratégique, quand un imprévu venait tout chambouler ? En s'attardant sur l'ordre du jour plutôt qu'en traitant le sujet qui fâche ? De toute évidence, il n'avait pas l'habitude que sa femme parle sans filtre.

Cinq minutes plus tard, il s'essuya la bouche avec une serviette et demanda : « Et alors, il t'a remarquée ? »

Rupa cacha le sourire qui montait. Sous le vernis de l'homme parfait, il n'était pas si indifférent, finalement.

« Non, soupira-t-elle. Et ce n'est pas faute d'avoir essayé. J'ai trouvé toutes les astuces du monde pour qu'on se croise, j'ai garé mon vélo à côté du sien, j'ai participé à des compétitions juste pour qu'il connaisse mon existence. Ça n'a rien donné. C'est triste, quand on y pense. J'ai fait tellement d'efforts. »

Elle vit Keshav plisser les yeux et pincer les lèvres. « Mais c'était une amourette de collège. Mon Dieu, j'avais complètement oublié. Je ne me rappelle même plus son nom », s'empressa-t-elle d'ajouter. Heureusement que la fille sage n'était jamais loin.

Keshav sourit. Plia sa serviette et promit de rentrer tôt. Ils avaient une réception chez l'ambassadeur de Suède. « Tu veux bien mettre ton sari bleu ? Tu es superbe, dedans. »

Rupa était ravie. C'était le plus attentif des maris, mais lui arracher un compliment était aussi difficile qu'extraire une goutte d'eau d'une pierre – ou qu'obtenir une aide de l'ambassade pour un Indien expatrié en mauvaise posture.

Rupa jeta un coup d'œil à sa montre. Encore trois heures avant le dîner. Elle aurait tué père et mère pour boire un martini. Un dirty martini, pour être précise. Mais c'était une journée sans alcool dans l'État du Kerala. Apparemment, ils faisaient ça le premier jour de chaque mois. Toute vente de spiritueux était interdite pendant vingt-quatre heures, afin d'empêcher les hommes de dilapider leur salaire et donner le temps aux femmes de leur soutirer assez d'argent pour payer le loyer, les courses, les frais de scolarité des enfants, et rembourser une énième mensualité pour le frigo, la télé, le générateur, le puit ou l'emprunt pour l'or. Un bref instant, Rupa regretta que Haris, le barman de l'hôtel Imperial Gardens d'Istanbul, ne soit pas là.

« Je vous fais ma spécialité ? » proposa-t-il le premier soir à Istanbul, en voyant qu'elle commandait un cocktail.

Rupa dévisagea ce beau jeune homme, qui semblait presque originaire du Moyen-Orient avec sa peau claire, son nez busqué et ses grands yeux en amande, mais venait clairement du Kerala.

Il lui apporta un dirty martini et, par la suite, elle penserait à lui comme à la saumure des olives capable d'insuffler la vie à un apéritif banal.

Le temps de trois soirées, il allait devancer ses moindres désirs pendant que Keshav assistait aux banquets organisés en marge d'une grande conférence sur la faim dans le monde. « Ironie, quand tu nous tiens » dit-elle au barman en levant des sourcils amusés, mais il feignit de ne pas entendre.

Elle aurait pu rester à la maison, mais Istanbul faisait partie des villes qu'elle avait vraiment envie de visiter. Quand elle rentrait à l'hôtel, fatiguée mais enchantée, et parfois affligée, Haris lui apportait sa spécialité avec un bol d'amandes salées et demandait comment s'était passée sa journée. Lorsqu'elle sortit une cigarette, le deuxième soir, il s'empressa de l'allumer pour elle, à la fois prévenant et discret.

« D'où tu viens, Haris ? questionna-t-elle en souriant.

– De Kasargod, dans le nord du Kerala, madame, répondit-il en souriant à son tour.

– Je ne savais pas qu'il y avait des chrétiens à Kasargod, je croyais que c'étaient surtout des musulmans.

– Je ne suis pas chrétien, madame.

– Oh ! pardon, je croyais à cause de ton prénom.

– C'est mon nom de famille, et j'ai décidé de m'en servir en voyant que les clients occidentaux étaient plus à l'aise avec "Haris" qu'avec "Faesal". » Son sourire s'élargit.

« Si j'avais su, je ne t'aurais pas demandé de cocktail alcoolisé. Je sais que c'est *haram* pour toi. » En bonne épouse de diplomate, Rupa se pencha vers lui et s'esclaffa – ne le prends pas mal surtout, c'est juste une gaffe, j'espère que tu comprends.

Haris la tranquillisa. « Ça fait partie de mon travail. Et ce n'est pas grave tant que moi je ne bois pas. » Il lui apporta un cendrier.

« Tu as toujours été dans l'industrie hôtelière ?

– J'ai fait quatre ans au Qatar. Je me suis installé ici il y a un an seulement.

– Et tu t'y plais ? » Elle espéra ne pas avoir commis d'impair.

Haris haussa les épaules. « On n'est jamais aussi bien qu'à la maison, alors peu importe où je me trouve. »

Rupa médita sur ce défaut – ou bien était-ce un conditionnement – des Kéralais, qui ne pouvaient concevoir leur maison ailleurs que là où ils avaient leurs racines. Keshav, un citoyen du monde qui avait voyagé partout, vécu à Khartoum, Séoul et maintenant Madrid, était pareil. Le foyer familial était la source originelle à laquelle ils puisaient tous leur identité.

Le manager du restaurant passa devant le bar, puis

repassa. Haris se fondit dans la pénombre. Rupa fuma sa cigarette en sirotant le dirty martini.

Le lendemain matin, le barman brillait par son absence. Keshav étant parti tôt, Rupa se rendit seule au marché aux épices. Elle regrettait de ne pas avoir posé davantage de questions quand Haris lui avait conseillé de le visiter.

Elle le trouva assis sur des marches, d'un côté de la place. Il était cerné par des pigeons. « Bonjour, madame, dit-il en se levant.

– Ça alors ! Bonjour, Haris ! »

Rupa était aux anges. « Tu apparais tel le génie de la lampe ! Je pensais à toi, justement. Mais comment as-tu su où me trouver ?

– Madame, vous avez parlé de venir ici hier soir. Comme c'est mon jour de congé, j'ai eu l'idée de vous faire la surprise. Mais d'abord, on va boire un bon café à la turque. » Il se mit en marche, et elle lui emboîta le pas.

Quand ils furent attablés, il évoqua son enfance dans un village. « Ma mère était la deuxième épouse de mon père, et j'étais le dernier de six enfants. Autant dire que ce n'était pas facile, ni pour eux, ni pour nous. Aujourd'hui seulement, je peux leur rendre ce qu'ils m'ont donné.

– C'est formidable, commenta Rupa, tout en se demandant si ses jumeaux avaient conscience ne serait-ce qu'un minimum de la vie privilégiée qu'ils menaient.

– Au bout d'un an à travailler au Qatar, j'ai pu construire une vraie salle de bains chez eux, avec des toilettes à l'occidentale. Si vous aviez vu comme ils étaient contents. Maman l'a montrée à tout le monde en disant, "C'est mon fils qui a fait ça." » Haris éclata de rire. « Je ne savais pas si je devais me réjouir ou être gêné. Je me demandais si je n'aurais pas dû lui acheter des bracelets en or à la place. »

Rupa le regarda avec admiration. « Réjouis-toi. Un bracelet en or, c'est un objet. Mais des toilettes, ça rend la vie plus facile. Passé un certain âge, ce n'est pas une partie de plaisir de faire pipi accroupi.

– C'est ce que je me suis dit aussi, approuva Haris, en signalant au serveur qu'il voulait l'addition. Maman a de l'arthrite, et elle souffrait le martyre avec ces toilettes à la turque. On avait même accroché une corde au plafond pour l'aider à se relever, et elle disait pour plaisanter que le toit allait finir par s'écrouler sur elle. Mais je voyais bien qu'elle en bavait. » Il se tut, réfléchit un instant. « Un cadeau, ça devrait refléter les besoins de celui à qui on le fait, pas notre largesse. Vous ne croyez pas, madame ? »

Rupa acquiesça. Si jeune et tellement sage. « Tu es un bon fils, Haris. Ta maman doit être fière de toi. À sa place, je le serais.

– C'est le cas, madame. Et maintenant, laissez-moi vous montrer Istanbul, celle que vous ne verrez pas dans votre guide touristique. »

Il l'entraîna dans les ruelles de la vieille ville et patienta quand elle voulut admirer une fresque ; il l'éloigna des vautours prêts à bondir sur les touristes et des arnaqueurs vendant de fausses antiquités. Une fois parvenus au cœur du grand bazar, ils entrèrent dans une boutique de tapis. « C'est une des meilleures, madame », précisa Haris.

À l'intérieur, un chat se prélassait sur une chaise. Haris se reposa sur une autre tandis que Rupa jetait un coup d'œil aux kilims. Quand elle vit le barman et le chat assis côte à côte, entourés de magnifiques tapis, elle leva son portable et prit une photo. Soudain, Haris se redressa, les yeux écarquillés. « Madame, ne me prenez pas en photo, s'il vous plaît, dit-il sèchement.

– Oh, mais tu n'es pas dessus. Juste le chat, mentit-elle.

– Je me trouve moche sur les photos, vous comprenez », insista-t-il en souriant, comme pour s'excuser d'avoir haussé le ton.

Quand le soleil fut proche du zénith, il la ramena à l'hôtel. « Je dois aller à la prière du vendredi, expliqua-t-il. Mais si vous voulez, ce soir, je vous emmène voir de vrais danseurs soufis. Et encore désolé de m'être emporté, madame. Je ne sais pas ce qui m'a pris. »

Rupa lui toucha le coude gentiment. « Ce n'est rien. Je ne suis pas vexée. Merci, Haris. »

Keshav avait son après-midi et ils le passèrent allongés sur le lit, à bavarder. « Ce garçon a l'air sympa, mais j'attends de voir où est l'entourloupe, ma chère. Parce qu'il y en a forcément une. »

Ce soir-là, elle observa discrètement Haris, en extase devant les derviches tourneurs. À la fin du spectacle, quand il lui dit au revoir devant le taxi qu'il avait hélé pour elle, elle se sentit perplexe et même un peu déçue. Ne voulait-il rien d'elle, finalement ?

Rupa prit la télécommande pour zapper, mais suspendit son geste en voyant le bandeau rouge d'un flash spécial jaillir à l'écran. Attentat dans un hôtel d'Istanbul. Quarante morts et cent quatre-vingt-neuf blessés.

Elle se figea, incapable de croire à ce qu'elle lisait.

C'était à l'Imperial Gardens, l'hôtel où ils avaient séjourné avec Keshav. *Haris*, pensa-t-elle aussitôt. Son cœur cessa de battre. Était-il sain et sauf ?

Mon Dieu. Deux jours plus tôt et c'était eux.

Rupa appela son mari. Elle ne voulait plus rester seule. Keshav promit de rentrer. « Mais je vais devoir y retourner pour la *puja*. Et puis Mini a passé la journée en cuisine, alors je ne peux pas rater le dîner. »

Les yeux rivés sur la télé, Rupa regarda les images défiler.

Quand le portable sonna, elle décrocha distraitement. « Madame, c'est Haris, fit une voix lointaine. Je voulais vérifier que vous êtes bien rentrée en Inde.

– Oui, oui. Haris, ça va ? J'ai vu les infos. J'étais tellement inquiète pour toi, baragouina-t-elle.

– Je vais bien, madame. Merci de demander.

– Je suis dans le Kerala, Haris. Dans un très bel hôtel. Je me disais, si seulement tu pouvais être là. »

Il y eut un silence. « Moi aussi, j'aimerais y être. » Il soupira presque, puis chuchota : « Vous avez de la chance, madame. Je ne sais pas quand je reverrai le Kerala. »

Soudain, Rupa entendit un bruit de fond, un éclat de voix.

« Je dois y aller, madame, dit-il précipitamment. Je voulais juste vous entendre et m'assurer que tout va bien. Prenez soin de vous. »

Keshav arriva peu après dix-huit heures. Il avait la mine sombre. Deux personnes qu'il connaissait étaient mortes dans l'attentat. « Ils pensent que c'est Daesh », annonça-t-il en s'adossant au cadre de lit, télécommande en main, pour rechercher les dernières nouvelles en date.

Son portable bipa. « Apparemment, la bombe a été déclenchée par un employé indien. Un type qu'ils auraient recruté à Kasargod. Les salauds ! Pourquoi s'en prendre à des innocents ? Et quand je pense que le responsable de tout ça est indien. »

Rupa sentit sa bouche se dessécher. Elle but de l'eau, mais sa langue resta collée au palais.

« Viens, chérie, dit Keshav en éteignant la télé. Il faut que je dorme un peu. La nuit va être longue. La *puja* doit durer des heures. »

Il cala la tête de Rupa contre son cou et lui enlaça la taille.

Lorsque sa respiration fut calme et régulière, elle se dégagea de son étreinte, s'assit dans le fauteuil près de la fenêtre et contempla le crépuscule.

Il n'y avait qu'un seul employé indien à l'Imperial Gardens. Haris.

Elle reprit son portable et regarda le numéro d'où il l'avait appelée. Puis elle ouvrit la galerie de photos et fit défiler, jusqu'à trouver le cliché qu'elle avait pris de lui et du chat.

Démunie, elle le contempla en silence.

6

Urvashi

Ses amies furent effarées de découvrir qu'elle avait pris un amant. « À quoi tu pensais, Urvashi ? T'es vraiment prête à risquer ton mariage pour ça ? s'emporta Elizabeth.

– Comment t'as pu aller sur Tinder ? l'accabla Leela. Et si t'étais tombée sur quelqu'un que tu connais ?

– Les hommes, philosopha Usha, et je dis bien tous les hommes, sauf ceux qui mettent encore des couches, apportent des ennuis. T'aurais dû penser aux cours de zumba. Au moins, ça dure ! »

Urvashi était déroutée. « Attendez, ce n'est pas vous qui m'avez poussée à m'inscrire ?

– C'était une blague, dit Niloufer en évitant son regard. Si on t'avait dit de te raser la tête, tu l'aurais fait ?

– De toute façon, je n'y suis plus », trancha Urvashi, mais en se demandant quelle mouche avait piqué ses amies.

Seule Surya lui prit la main sous la table et la serra. *T'as raison, ma belle, te laisse pas faire…*

Ils firent l'amour treize fois. Chaque fois qu'ils se voyaient, Urvashi sentait son attirance diminuer. Et pourtant, parce qu'elle refusait d'admettre qu'elle s'était mise dans ce pétrin toute seule, elle aurait continué à le voir jusqu'à ce que l'histoire se termine d'elle-même. Seulement voilà, il se mit à la surveiller comme si elle était mineure et lui l'odieux patriarche de la famille. Critiquant ce qu'elle disait, la dénigrant sans cesse, la questionnant sur ses faits et gestes, épiant ses moindres mouvements.

« Pourquoi tu ne peux pas m'écrire sur WhatsApp pendant ton interview ? C'est juste un metteur en scène… »

« On voit ta bretelle de soutien-gorge, je te signale… »

« Tu tiens vraiment à poser avec un verre sur la photo ? Il ne faudrait pas qu'on te prenne pour une pochetronne… »

« C'est qui ce nouveau *follower* que tu as sur Twitter ? Et pourquoi tu as commencé à le suivre ? »

« Pourquoi tu aurais besoin de voir d'autres gens ? Je ne te suffis pas ? »

« Dis-moi, dis-moi, dis-moi… »

Un jour, elle prit conscience que ça ne pouvait plus durer. Elle avait l'impression de le voir à travers une vitre. Elle se sentait si loin de cet homme en train de la baiser. Et bien après avoir joui, avoir eu un orgasme similaire à chaque orgasme qu'elle avait connu dans sa vie, elle vit ses yeux devenir vitreux, alors qu'il continuait à la chevaucher avec tout l'entrain d'une pompe industrielle. Elle sut alors que ça aussi, c'était terminé.

Il était impossible de faire les choses bien dès lors qu'il refusa d'écouter quand elle lui dit que ça n'allait plus entre eux. Elle cessa de l'appeler et commença à décrocher une fois sur trois seulement. Elle n'envoya plus de messages, sauf quand sa conscience la tiraillait à cause de son comportement cavalier, alors qu'il occupait toutes ses pensées jusqu'à récemment. Elle trouva des excuses pour ne pas le rencontrer, sauf en public. Elle s'efforça de lui montrer de mille façons que c'était fini, de la même manière qu'à une époque pas si lointaine elle s'efforçait de lui montrer à quel point elle le désirait.

Le problème, c'est qu'il n'accepta pas. « Jamais, même, gronda-t-il quand elle essaya de le raisonner. C'est toi qui as joué avec mes sentiments. C'est toi qui es venue me chercher. Et maintenant tu crois que tu vas me larguer comme ça ?

– Tu savais que ça ne pouvait pas durer. Tu savais que j'étais mariée. Que ce n'était rien d'autre que ça – une liaison. Et les liaisons ont toutes une fin… »

Il balaya ses arguments d'un geste. La bouche qu'Urvashi avait embrassée tant de fois se mit à cracher : « Pourquoi, putain ? Ton mari est au courant ? C'est ça ? »

Pendant un instant, Urvashi pensa se servir de Mahesh comme excuse pour se sortir de ce cauchemar. Finalement, elle dit la vérité. « Je ne ressens plus rien pour toi. Qu'est-ce que tu ne saisis pas dans cette phrase ?

– Mais t'as couché avec moi ! »

Urvashi lui lança un regard noir, refusant la soumission par la honte. « Toi aussi, je te signale. On a couché ensemble, la belle affaire. C'était une relation purement physique et on aurait dû se quitter il y a longtemps. Tu ne vois pas qu'on n'a rien d'autre en commun ?

– Attends, t'es en train de dire que je suis un mauvais coup ?

– Au contraire, tu étais génial, soupira Urvashi. Mais je n'ai pas de sentiments pour toi. Comment peux-tu être avec quelqu'un qui ne t'aime pas ? Moi, je ne peux pas. Désolée, mais je ne peux pas. »

Sreelakshmi

Les anciens, les textes sacrés, tous disent que l'existence est simple. Que c'est nous qui la compliquons avec nos pensées, nos désirs, nos espoirs, notre besoin d'être immortels alors même qu'on n'a pas rendu notre dernier souffle. Parfois, il suffit de rencontrer quelqu'un pour que ce qui paraissait simple devienne éminemment complexe.

J'aurais été bien en peine d'imaginer ce que Rupa allait faire. Ce qui était en jeu ici, c'était son intégrité. Haris était autant son ami qu'un assassin qui avait tué beaucoup de gens. Quelle part de lui allait-elle choisir de se rappeler ? Quelle part allait-elle punir ?

Je n'avais pas eu ce genre d'hésitation le jour où j'avais décidé de m'ôter la vie.

Je soupirai, attendant le soir. L'après-midi n'en finissait pas et j'aurais voulu être dehors, près du fleuve. Si auparavant les journées me donnaient un but et une motivation, les soirées restaient mon moment préféré. Surtout après que j'ai eu une maison à moi. Je m'installais avec un livre sur la terrasse pendant que ma mère et Karthu s'affairaient au jardin. Quand le ciel commençait à s'assombrir, ma mère allumait une lampe à huile et récitait ses prières.

Elle lisait quelques pages du Ramayana ou du Bhagavata à voix haute. J'aimais l'écouter, même si Rama et Krishna n'étaient, à mon avis, rien d'autre que des mythes destinés à enhardir les timorés.

À dix-huit heures trente, j'allumais la radio sur la station Vividh Bharati. Il y avait une sérénité dans ces soirées que je ne ressentais à aucun autre moment.

Deux serveurs vinrent se saisir de la table où Rupa m'avait laissée. Ils la portèrent à l'extérieur, avec d'autres, jusque sous un belvédère. De là, je voyais les ponts ferroviaires sur la Nila, le vieux, celui qui s'était effondré, et le nouveau. Le fleuve semblait monter. Peut-être allait-il continuer et continuer, jusqu'à m'emporter et me délivrer.

Le jour où j'avais quitté Varanasi pour rentrer au Kerala, je croyais avoir la vie devant moi. Mais, tel le pont cassé au-dessus de la Nila, elle avait fini par s'écrouler. J'étouffai un cri d'angoisse. Comment expliquer que certains d'entre nous ne cherchent qu'à détruire ? Comment expliquer que ce soit plus fort que nous ?

Ma grand-mère disait souvent que l'âme s'attarde dans le corps pendant une journée et une nuit après qu'on a cessé de respirer, le temps de réunir les pensées vagues, les chagrins et les désirs insatisfaits, de faire un bilan du karma et de partir enfin, avec tout ce passif, vers la prochaine incarnation. Tant que l'âme demeure dans le corps, il y a de la vie.

S'il en restait un peu en moi, elle mourut lorsque je le

vis arriver. Car Markose finit par venir, le lendemain de mon suicide.

Après l'autopsie à l'hôpital, je fus ramenée à la *tharavad*. J'habitais près de la faculté d'Ottapalam, mais il fut décidé que je serais incinérée dans la propriété familiale, au bord de la Nila.

Drapée dans un silence spectral, je regardai des inconnus prendre le pouvoir. Une fois mort, vous avez encore moins de contrôle sur ce qui vous arrive et ce qu'on vous fait.

Ils me mirent dans l'entrée. Une lampe à mèche fut allumée et placée près de ma tête. Des bâtonnets d'encens furent disposés dans un coin, afin que la fumée odorante ajoute à la solennité du moment. Un vieil oncle s'assit près de moi pour lire le Ramayana à voix haute, alors que ma famille savait pertinemment que je ne croyais pas aux dieux, ni aux rituels. Je n'avais eu aucun droit de regard sur la page choisie. C'est l'essence même de la foi, voyez-vous. Cette page allait décréter à elle seule si j'irais au paradis ou en enfer. Je m'étais peut-être donné la mort, mais ils veillaient à ce que mon passage vers l'au-delà se déroule selon leur volonté à eux.

La tête vers le sud, les pieds vers le nord, le corps couvert d'un linceul blanc et les mâchoires maintenues fermées : c'était la norme pour une crémation.

Ma mère sanglotait sans bruit dans un coin tandis que Karthu, notre domestique, alternait entre geignements et hurlement stridents. Mes sœurs pleuraient à chaudes larmes mais leurs maris se muraient dans un silence morose, hormis lorsqu'il fallait prendre une décision ou saluer des visiteurs. Certains proches que j'avais évités de mon vivant et des voisins que je connaissais à peine affichaient une peine exubérante, à tel point que je me demandai à qui elle était destinée.

Seuls les enfants ne faisaient pas semblant. Ils jouaient et couraient en tous sens jusqu'à ce qu'on les gronde. « C'est fini, ce vacarme ? Vous êtes dans une maison en deuil. Un peu de respect, bande de chenapans », entendis-je un de mes tyrans de cousins leur dire.

Les enfants ne comprennent pas la mort et par conséquent n'en ont pas peur. Cela ne fait pas d'eux des hypocrites pour autant. Quelques instants après, ils reprenaient leurs jeux, riant et poussant des cris suraigus.

Des étudiants que j'avais dû supplier de bien se tenir en cours arrivèrent en masse dans un silence affecté. J'aurais parié que le fan d'avions en papier était parmi eux. Mes collègues, les hommes qui m'avaient déshabillée du regard et les femmes qui m'avaient clouée au pilori, tous ceux qui ne ressentaient que méfiance et mépris envers moi, vinrent présenter leurs respects. Des écrivains accoururent de Thrissur et Kozhikode, de Kochi et Kottayam, d'Alleppey et de Kollam. Des membres de l'Akademi apportèrent une couronne. Débarquèrent ensuite des politiciens en mal d'électeurs et plusieurs personnes que je ne connaissais que de vue, dont le *mahout* que je croisais le matin sur son éléphant en allant au travail. Ce fut seulement après que Markose fit son apparition.

Il ne se mit pas dans la queue qui défilait devant moi en baissant la tête. Il rejoignit un groupe d'hommes et croisa les bras. De temps à autre, il passait un doigt dans sa barbe. Pas un instant son regard ne dévia de mes gros orteils, qu'on avait attachés avec un bout de tissu blanc. Il ne pleura pas pour moi. Il se contenta de rester là, comme si on l'avait changé en statue. À quoi pensait-il ? Même de mon vivant, je n'étais pas parvenue à le savoir. Comment l'aurais-je pu dans la mort ? Et à quoi bon, en fin de compte ? La mort annule tout. La mort ôte tout pouvoir. La mort, et l'amour aussi.

On m'emmena au bord de la Nila. J'avais la sensation de rentrer à la maison. La mousson d'octobre était arrivée à temps, mais elle était capricieuse. Il n'avait pas plu le jour de mon suicide. Cependant, alors qu'on me transportait jusqu'en contrebas du pont, il se mit à bruiner.

Le manguier que ma mère avait choisi à la mort de mon père pour ses futures obsèques avait été coupé et tronçonné. C'était inhabituel d'incinérer une défunte dont les parents étaient encore en vie. Mais ils avaient préféré la crémation à un enterrement.

Du bois vert intercalé de bois sec fut entassé sur mon corps, afin de s'assurer que les flammes prendraient bien et dureraient longtemps. La chaleur d'un bûcher funéraire doit être intense et constante. Je me sentais soulagée. Bientôt, ce serait terminé. Bientôt, je ne serais plus que cendres, emportées par le fleuve et dispersées par la mer.

Mon moi tout entier, à savoir ma dépouille et mes mots, cesserait d'exister. Il n'y aurait plus rien de Sreelakshmi, vieille fille de trente-cinq ans, professeure de zoologie, écrivaine d'histoires, colporteuse d'angoisse existentielle, lauréate de prix et femme ratée à tout point de vue, sinon.

« Elle n'est même pas capable de faire un thé digne de ce nom », avait coutume de dire ma mère, en cachant sa honte par un rire.

Le fils de ma cousine alluma le bûcher. Allongée au milieu du brasier, je n'avais conscience de rien hormis que cela sentait le roussi pour mon âme. L'amour et la mort ont ceci en commun qu'ils vous consument au point que le reste n'a plus d'importance.

À la nuit tombée, ils repartirent, les éplorés comme les autres. Sreelakshmi n'était plus. Au troisième jour, ils viendraient chercher ce qu'il restait de moi. Des ossements et des cendres. Au cinquième jour, je disparaîtrais dans le néant.

Sauf que Markose me priva aussi de cela.

Je me détournai du fleuve, ne supportant plus cette tristesse qui m'écrasait. Sous le belvédère, on préparait le service du soir. Des bougies avaient été allumées et nappes, assiettes et couverts étaient apportés. L'œil rouge d'une spirale antimoustique était visible ici et là dans l'herbe. Un groupe de touristes occidentaux se dirigea vers moi. Ils parlaient une langue inconnue mâtinée d'anglais.

Leur responsable semblait être une jeune Européenne, car en voyant le serveur elle lui fit le geste *mudra* signifiant « parfait » et dit en malayalam, avec un fort accent : « *Unni sir nodu parayanam nannayitindu.* »

Quelqu'un lui demanda de traduire. « Je remerciais simplement le manager de nous avoir mis dehors pour le dîner », expliqua-t-elle.

Ils s'installèrent sur deux tables qu'on avait rapprochées et bientôt le cliquetis des verres, le brouhaha des voix et la stridulation des criquets apaisèrent mes remords. Peut-être trouverais-je un bref répit ce soir, dans une autre histoire que la mienne.

J'étais sur la table voisine, où deux couples d'un certain âge s'étaient assis. L'un des hommes interpella l'Européenne : « Excusez-moi de vous déranger, mais vous m'êtes vraiment familière. D'où pourrais-je vous connaître ? »

La jeune femme s'arrêta au milieu d'une phrase. Ses mains se mirent à trembler. Machinalement, elle tendit le bras pour prendre la salière et la poivrière. Ses doigts me trouvèrent et m'agrippèrent, cherchant une contenance, quelque chose à quoi se raccrocher le temps de reprendre son sang-froid.

« Arrête avec ça, chéri…, intervint sa femme. Il me fait le coup tout le temps. L'an dernier, à l'aéroport, il a vu une belle brune en jogging rose et il a cru que c'était Kim Kardashian. »

L'Européenne eut un faible sourire. Puis elle inspira, comme si elle avait pris une décision, et répliqua : « Vous pensez à Bouche de Salope, peut-être ? »

Bouche de Salope

Même après un an à vivre en Inde, Liliana se réveillait en se demandant où elle était. Elle attendait que les cloches de l'église du quartier se mettent à sonner, que les balayeuses se positionnent à l'entrée de sa rue, que les agents municipaux s'invectivent, que les brosses géantes prennent vie. Que la moto d'Alessandro passe en pétaradant. Personne ne savait où il allait de si bon matin. Elle ne le saurait jamais, à présent.

Par la fenêtre ouverte de sa chambre, à l'hôtel, quelques traits clairs commençaient à strier le ciel noir. Quatre heures, indiquait le petit réveil posé sur sa table de nuit. Elle chercha son téléphone à tâtons, se souvint qu'il était dans son sac. Elle n'utilisait plus de smartphone. Ni d'ordinateur portable. Ni d'iPad. Elle avait coupé les ponts avec la technologie. Internet était un cauchemar dont elle avait réussi à s'extraire.

Liliana se tourna sur un côté. Ramena les genoux contre elle. Glissa les mains entre ses cuisses. Une image surgit malgré elle, celle d'un mille-pattes roulé en boule pour se protéger des crocs de ses prédateurs. L'aube commença à poindre mais elle resta dans cette position, incapable de bouger, incapable de pleurer, incapable de se rendormir.

Quand le réveil sonna enfin, à cinq heures, elle bondit. La journée commençait et Liliana aimait se perdre dans la rigueur qu'elle exigeait.

Elle aéra le matelas, alla se brosser les dents. Il était cinq heures vingt lorsqu'elle ressortit de la salle de bains. Elle fit le lit avec grand soin : tapota l'oreiller et plia le drap en un rectangle parfait, qu'elle rabattit au pied.

Jusqu'à son arrivée ici, elle ne connaissait pas d'autre façon de procéder. Elle recouvrit le tout de la fine couverture en *tie and dye*. Les vestiges d'une routine, c'est ce dont il est le plus difficile de se défaire. Elle jeta un coup d'œil au réveil : cinq heures trente.

Les amandes n'étaient plus qu'une bouillie après une nuit passée à tremper, mais c'était tout ce qu'elle pouvait avaler si tôt dans la journée. Avant, elle se réveillait à huit heures et ensuite elle traînait, vérifiait ses mails, ses messages, surfait sur Instagram et Twitter…

Liliana enfila le *kurta* et le legging qu'elle portait toujours au cours du matin. Le ciel s'éclaircissait de minute en minute, mais il y avait une brise fraîche et elle put, l'espace d'un instant, oublier qu'elle se trouvait à Near the Nila, si loin de là où elle vivait avant.

Elle ferma les yeux, joignit les mains et fit une salutation à la Terre, aux dieux et à sa *guru*, reconnaissante d'être là, et non morte quelque part, les veines ouvertes.

Elle fit ses étirements et tenta de se concentrer sur ce qu'elle avait appris au cours précédent.

Mais un refrain de chanson passait en boucle dans sa tête. *Aliveni, njanyenduchyeyvu ?*

Liliana avait demandé à sa *guru* ce que cette phrase signifiait.

La professeure de danse avait pris le temps de la décortiquer. « Voyons, *njanyenduchyeyvu*, ça veut dire “qu’est-ce que je fais ?”. Et une belle dame aux cheveux longs – ça, c’est Aliveni. Comme toi… », avait-elle ajouté en montrant la tresse que Liliana faisait pour dompter la crinière qui lui arrivait au bas du dos. Elles se prêtaient toujours à son jeu à l’institut, les profs comme la plupart des élèves. Parfois, Liliana avait l’impression d’être un bébé chimpanzé en couches, pour les Indiens – une adorable curiosité.

Elle fredonna à mi-voix, mais le reste des paroles ne lui revint pas. Décidément, elle n’était pas prête pour une *padam*. Les chansons, c’était pour les filles ayant fait au moins douze ans de danse traditionnelle *mohiniattam*, pas pour les novices comme elle. Pourtant, le spectacle qu’elle avait vu à l’institut lui avait donné terriblement envie d’être cette danseuse qui exprimait, par ses gestes implorants, « *njanyenduchyeyvu…* »

Liliana continua ses étirements jusqu’à ce que le réveil sonne de nouveau. Sept heures et quart. Il lui restait quelque tâches ménagères avant d’aller en cours.

Il était un peu plus de huit heures lorsqu’elle tourna à vélo sur le chemin longeant le mur d’enceinte de Near the Nila. Deux ans plus tôt, elle était tombée par hasard sur le site de l’hôtel et le nom lui était resté en tête. Quand le scandale avait éclaté, et qu’elle avait dû chercher un endroit où se terrer, elle était retournée sur le site et y avait découvert un nouvel onglet, intitulé : « Danse – ouverture des candidatures pour la résidence d’artiste ».

Elle avait postulé. Bizarrement, il n'était écrit nulle part qu'il fallait de l'expérience ou au moins un certain niveau. Elle dansait comme la plupart des jeunes de son âge, dans les raves et en soirée. Sur la plage et parfois, lorsqu'elle essayait une nouvelle robe, elle tournoyait sur la pointe des pieds. Mais à ce stade, elle aurait postulé à un « stage de tenue d'assiettes en équilibre sur le nez » s'ils en avaient proposé un.

Le mail, quand il était arrivé, la prit de court. Un rendez-vous par Skype fut fixé avec Shyam, le directeur du Koman Memorial Trust. Liliana était stressée. Allait-il la reconnaître ? Comprendre qu'elle était Bouche de Salope, la fille dont la vidéo virale avait officiellement deux millions de vues sur YouTube, mais sans doute des millions en plus si on comptait les transferts sur Messenger et WhatsApp ? Cependant, soit Shyam vivait dans une grotte sans Internet et n'en sortait que pour passer des appels par Skype, soit il était bon acteur.

Elle s'était préparée à toutes les questions qu'il pourrait lui poser. Elle ne mentirait pas. Il ne lui restait plus rien dans cette histoire, à part l'honnêteté. La volonté d'accepter les conséquences de son acte et d'y survivre. Mais, bien au contraire, Shyam se montra gentil et affable. Il ne toucha aucune corde sensible.

La résidence durait six mois et, s'il n'y avait pas de problème de visa, il pouvait la prolonger d'un an. « Mais ce sera loin d'être suffisant, ajouta-t-il. La danse, c'est l'engagement de toute une vie.

– Je m'en doute.

– Alors, motivée ? » Sa voix était lointaine, mais l'intensité de son regard traversait l'espace-temps.

« Tout ce que je sais, c'est que j'ai besoin d'un refuge. Un lieu et une activité dans laquelle me perdre quelque temps. »

Un ange passa. Elle comprit qu'elle s'était grillée. Ce manque inné de discrétion, voilà ce qui avait fait d'elle Bouche de Salope, songea-t-elle avec dégoût.

Elle ne s'était pas sentie aussi vulnérable la première fois qu'elle avait vu la vidéo d'elle avançant à quatre pattes vers F, debout en train de fumer. À ce moment-là, elle trouvait encore ça drôle.

La fête se déroulait chez un copain à Milan. Un artiste qu'elle avait croisé à quelques reprises. Elle était trop heureuse d'être de retour en Italie après une année difficile à Cambridge. Grisée par le soulagement et le plaisir d'être là, elle prit de l'acide avec deux mecs. Puis, dans la salle de bains, elle dénicha une trousse de maquillage, sans doute laissée là par la copine de l'artiste. Elle se dessina des moustaches avec le crayon pour les yeux et mit du rouge à lèvres fuchsia. Après quoi, elle sortit à quatre pattes et partit en quête de F. Jouant le rôle de la chatte sexy à la perfection, elle donna des coups de patte à la braguette de son jean. Prit la fermeture Éclair entre ses dents et tira dessus pour la baisser. Le silence se fit autour d'eux. Un type sortit son portable. Ou bien était-ce une fille ? Liliana s'en fichait. Elle était féline : une chasseresse qui venait de repérer sa proie, cachée dans le caleçon de F.

Quelqu'un éclata d'un rire sonore. Elle le regarda en coin comme l'aurait fait une chatte, puis cligna les yeux et miaula à la caméra.

C'était tout. Une blague potache. Elle n'avait pas taillé de pipe, ni avalé de sperme, et ne s'était pas fait sodomiser. Elle n'avait pas écarté les cuisses ou violé un mec, léché une fille ou laissé un chien la baiser. Elle n'avait pas participé à une orgie, ni joué aux dominatrices avec un fouet. Elle avait simplement fait semblant d'être un chat. Mais un des invités envoya la vidéo à son ex de Sheffield, qui se fit un malin plaisir de la transférer à tous ses contacts de fac et de boulot, avec un message. Elle avait un nouveau surnom : Bouche de Salope, et une nouvelle étiquette : Perverse.

Liliana découvrit le pouvoir de l'imagination masculine. Celui qui avait filmé au départ ne pensait peut-être pas à mal. À l'époque dans laquelle on vivait, comment qualifier de crime une simple intrusion dans la vie privée ? « Tout le monde fait ça tout le temps, déclara-t-elle au blogueur qui avait fini par la retrouver. Sur Instagram, on poste des photos de nos amitiés et de nos assiettes, de nos corps et de notre intimité. Même de nos plans cul », ajouta-t-elle en éclatant de rire.

Plus tard, quelqu'un lui affirma que ces propos, ce rire l'avaient condamnée. Ses commentaires frivoles sur le sexe l'avaient crucifiée. Le sexe, c'était soit obscène, soit sacralisé par le mot à cinq lettres : amour. Frivole = Perverse.

À partir de là, elle se résuma à sa bouche. Plus personne ne regardait ses seins. Plus personne ne prêtait attention à ses déhanchements. Ses cheveux, ses jambes, sa taille cambrée, son nez retroussé, ses idées, ses sentiments, plus rien n'eut d'importance. Les hommes reluquaient tous ses lèvres comme si c'était une cerise mûre, un doughnut ; un orifice de plaisir lubrique. Partout où elle allait, on suivait sa bouche des yeux.

Quelqu'un créa une *fan page* sur Facebook, quelqu'un d'autre un compte Twitter. Bouche de Salope commença à publier des posts et des mèmes. L'œil qui voit tout la dénicha sur Instagram : en train de manger une glace, de fumer, de tester un rouge à lèvres… Rien ne lui fut épargné. Elle était la fille qui avait une bouche de salope.

Qu'est-ce qui finit par avoir raison de sa fausse nonchalance ? Était-ce un soir au dîner, quand son père cria d'une voix râpeuse : « *Basta !* »

Assez ? De quoi ? se demanda Liliana en l'observant, fourchette de spaghettis à mi-chemin de ses lèvres entrouvertes. Tout ce qu'elle avait fait, c'était manger à grand bruit pour amuser sa petite nièce.

Jetant un regard furieux à la bouche de Liliana, son père éclata : « Tu n'as pas honte ? Tu ne crois pas que tu nous as assez humiliés comme ça ? »

Sous le choc, tout le monde se tut. Jusque-là, personne à la maison n'avait mentionné l'encombrante notoriété de Liliana. Sa mère ramassa les assiettes, sa sœur fit les gros yeux à la petite, sa nièce éclata en sanglots, et elle-même se mit à tourner sans fin les spaghettis autour de sa fourchette, incapable de s'arrêter, incapable de s'en aller.

Ce jour-là, elle était allée à la messe. Cela faisait bien longtemps qu'elle n'y avait pas assisté. Elle ne croyait pas à la religion, ni en Dieu, mais avec ses vitraux et ses hauts plafonds, la vieille église du quartier lui avait fait l'effet d'un sanctuaire où fuir temporairement les regards malsains. Quand elle s'était agenouillée, personne ne s'était tourné vers elle ou fendu d'un commentaire. Elle avait fait comme les autres pour ne pas se distinguer.

Pour la première fois en plusieurs semaines, Liliana s'était sentie légère ; le poids semblait moins lourd à porter. Sauf que, au moment de la communion, elle avait vu les hommes l'épier. Elle avait entendu le grognement méprisant de sa voisine de derrière. Et, quand elle avait levé la tête pour recevoir l'hostie, elle avait vu les yeux du prêtre fondre sur sa bouche, et senti qu'il touchait délibérément sa lèvre inférieure en plaçant l'hostie sur sa langue.

Elle s'était écartée vivement et sauvée de l'église en courant, ses talons claquant de honte et de rage devant cette immense injustice.

Quelqu'un a forcément raconté la scène à Papa, pensa Liliana tout en enroulant toujours plus de spaghettis. Elle avait l'impression que son cœur allait éclater. La fourchette lui glissa des mains et elle laissa tomber sa tête dans l'assiette. Elle pressa la bouche contre les pâtes en sauce, faisant de son mieux pour contenir la douleur qui menaçait d'exploser.

Liliana était toujours en chemin vers l'institut. Elle prenait soin de rouler tout au bord de la chaussée. Il fallait se méfier des Indiens. Chaque jour, il y en avait au moins un pour se déporter vers elle sans raison. Clairement, une femme à vélo, peut-être même en voiture, ne devait surtout pas oublier où était sa place. Ils étaient agaçants, mais Liliana n'était pas en colère contre eux, pas comme elle l'était contre la horde d'hommes invisibles qui avaient fait dérailler sa vie. Elle se contentait de secouer la tête et de poursuivre sa route.

À la pause, il y avait toujours quelques filles pour venir lui parler. Avec force gestes et mots baragouinés – Liliana en malayalam et les Indiennes en anglais –, elles parvenaient à discuter. Les questions concernaient toutes la vie quotidienne de Liliana en Italie – elles étaient banales, mais revenaient sans cesse. Une fois de plus, elle se sentait comme Koko le chimpanzé.

Ce matin-là, Dhanya se matérialisa à côté d'elle. « J'ai Internet sur mon portable. Regarde la traduction des paroles de la chanson, si tu veux.

– Non, non, traduis-moi, toi. Je ne veux pas d'Internet, dit Liliana, tout en s'efforçant de ne pas paraître trop remontée.

– Pourquoi ?

– Je n'aime pas ça. » Liliana ne savait pas quoi répondre d'autre.

« Tu parles comme ma mère », pouffa Dhanya.

La remarque fit sourire Liliana. En vrai, elle ressemblait plutôt à sa *nonna*, sa mamie, qui s'était retirée du monde en vieillissant, comme si elle était lasse de vivre.

Brusquement, Liliana sentit qu'on l'observait. C'était Tara, qui les fusillait du regard et sortit une phrase d'un ton sec à Dhanya. Liliana ne comprit pas mais entendit distinctement un mot : *koothichi*. Dhanya piqua un fard.

« Qu'est-ce qu'elle a dit ?

– C'était très malpoli. Si elle le répète, j'irai me plaindre à la prof. »

Liliana fut contente de reprendre le cours. Tant qu'il fallait se concentrer sur la position des pieds et les mouvements à reproduire, il n'y avait pas de temps pour l'introspection, ni de place pour que Bouche de Salope se pointe et se fasse les griffes sur son cortex.

Liliana rentra lentement à vélo. Il était presque midi. Elle allait se doucher et faire la sieste.

Il était treize heures quinze quand elle se réveilla. Elle enfila une longue jupe et un corsage, attacha ses cheveux en un chignon haut sur le crâne, puis souligna ses yeux au khôl. Elle était prête à aller déjeuner au restaurant.

C'était inclus dans la résidence d'artiste. Elle avait droit à deux repas végétariens par jour. Si elle avait envie de poisson ou de viande, elle devait payer de sa poche. Liliana avait fini par apprécier les plats kéralais – même si, chaque fois qu'elle disait ça, Shyam et Radha la reprenaient : « Ce sont des plats malayalis, pas kéralais. »

Le serveur lui proposa la table qui donnait sur le fleuve.

Certaines étaient occupées par des clients – des parents et leurs deux enfants, une autre famille avec deux filles presque adultes. Un très beau couple était installé à l'écart, tandis que la tante de Radha, Maya, était dans le coin habituel avec son fils.

Unni, le manager, vint saluer Liliana. « Comment ça va ? » dit-elle en souriant.

Quelqu'un lui avait raconté qu'Unni était un prince. Elle s'était demandé si c'était une histoire qu'on faisait avaler aux touristes en même temps que les sucreries, les poissons frits dans une feuille de bananier et les spectacles de danse traditionnelle. Mais apparemment, du haut de son mètre soixante-quinze, avec son crâne chauve, sa grosse moustache et son ventre bien en chair, c'en était un vrai.

« Ça va », répondit Unni en tirant de lui-même une chaise. Au début, Liliana avait été désarçonnée par la familiarité avec laquelle les Indiens se comportaient au quotidien. À présent qu'elle s'y était faite, cela la changeait agréablement de l'hypocrisie qui régnait dans son ancienne vie. L'époque où on l'appelait *signorina* en face et Bouche de Salope dans son dos.

« J'ai une faveur à te demander, une faveur pour M. Shyam.

– Oui », murmura Liliana. *Quoi encore ?* se demanda-t-elle.

« On a un groupe de dix qui arrive après-demain. Des Italiens surtout, et quelques Anglais. Il nous faut quelqu'un qui sait parler les deux langues. M. Shyam se demandait si tu accepterais de prendre sur ton temps libre pour être leur guide.

– Je ne crois pas, non. » Pour être sûre qu'il avait bien compris, elle secoua la tête.

Le sourire d'Unni s'évanouit. Il se leva et dit, « Tu y penseras ? »

Elle soutint son regard sans ciller. « D'accord. Mais ma réponse sera toujours non. »

Il allait partir quand elle lui demanda : « Unni, qu'est-ce que ça veut dire, *koothichi* ?

– Quoi ? s'écria-t-il, atterré. C'est un mot très vulgaire. S'il te plaît, n'utilise pas ce genre de langage ici ! »

Liliana ouvrit son livre et le cala contre la salière. Quand le plat arriva, elle mangea lentement. Elle avait tout le temps avant son cours de langue à quinze heures trente.

Elle commençait enfin à associer les lettres de l'alphabet. Il y en avait cinquante-six en malayalam. Elle ne s'attendait pas que ce soit aussi exigeant, mais c'était pile ce dont elle avait besoin.

« J'ai une question, monsieur, signala-t-elle en entrant.

– Assieds-toi », dit Poduval en lui montrant une chaise.

Liliana rougit. Poduval était un homme vieux jeu, maître d'école à la retraite et poète renommé. Il la traitait comme si elle avait cinq ans – et sans doute continuerait-il tant qu'elle ne réussirait pas à déchiffrer une phrase entière en malayalam.

Elle s'exécuta. Il ouvrit le manuel et lui ordonna de lire.

« Quelle est ta question ? demanda-t-il une fois qu'ils eurent fini l'alphabet.

– J'ai entendu un mot ce matin, monsieur. *Koothichi*. Je sais que c'est grossier. Mais qu'est-ce que ça veut dire ? »

Poduval la fixa longtemps, l'air courroucé, la bouche tordue de dégoût. « *Che che che*..., fit-il à mi-voix.

– Quoi ? » souffla Liliana. Bouche de Salope avait encore frappé.

« C'est une insulte. Ça signifie prostituée. »

Liliana n'y comprenait rien. « Mais je croyais que *koothu*

voulait dire danse ? À l'institut, le *koothambalam* est le “temple de la danse”. Quel rapport avec une prostituée ? »

Poduval se pinça l'arête du nez. « Le mot *koothichi* est formé à partir de *koothu* – la danse – et *aachi* – celle qui l'interprète. À une époque, les danseuses n'avaient pas le droit de se marier. À la fin de leur carrière, elles devenaient des femmes entretenues. On comprend aisément comment le sens a évolué. »

Liliana le questionna ensuite sur les paroles de la chanson. Elle voulait faire la surprise aux filles du cours. « Vous voyez, pas besoin d'Internet », leur dirait-elle fièrement.

Un spectacle était prévu au *koothambalam* ce soir-là. Liliana retourna à l'institut à vélo. Elle avait décidé d'aller le voir et de rentrer juste après. Les têtes se tournèrent sur son passage quand elle chercha une place dans le public.

Elle empoigna sa jupe avec une fermeté éloquente, s'assit et croisa les jambes sous elle.

Dans le rang de derrière, elle entendit chuchoter « *Koothichi* », puis glousser.

À côté d'elle, Dhanya se raidit. Une voix criait dans la tête de Liliana. Ce ne serait donc jamais terminé ? Qu'est-ce qu'elle avait encore fait ?

Dhanya lui parla à l'oreille. « Liliana, elles ont fait une recherche sur toi dans Google. C'est Tara. Avant ton arrivée, elle était la chouchoute des profs. La fille qui avait quitté Calcutta pour venir étudier ici. Mais toi, c'est ton pays que tu as carrément quitté. Elle est jalouse. N'entre pas dans son jeu. »

Liliana était consternée. Le spectacle passa dans une sorte de brouillard et, à la fin, elle sortit en silence. Mais Tara l'attendait dehors, avec sa bande.

« Hé, Bouche de Salope ! », lui lança-t-elle. Ses copines rirent bêtement.

« C'est pour ça que t'es venue en Inde ? Tu croyais que personne ne découvrirait ton secret ? enchaîna Tara en voyant Liliana continuer son chemin. Écoute-moi bien, Bouche de Salope. Ici, on apprend à danser. Les putes comme toi n'ont rien à y faire. Pourquoi t'irais pas te trouver un bar où travailler ? »

Les autres dévisagèrent Tara, tentant de saisir ce qu'elle racontait en anglais. « Qu'est-ce que tu lui as dit ?

– Que la danse *mohiniattam* n'était pas pour les *koothichis* », grogna Tara, méprisante.

Liliana fit demi-tour et vint se planter en face d'elle. Dhanya la suivit, sentant qu'une chose affreuse allait se passer sans qu'elle puisse l'empêcher.

« Si je suis une *koothichi*, alors toi aussi », commença Liliana.

Tara se dressa de toute sa hauteur et cracha : « Espèce de garce…

– Non, pas garce. *Koothichi*. Comme toi. Comme nous toutes ici. » Un petit cercle s'était formé autour d'elles.

Dhanya la tira par le coude. « Chut, c'est un mot très grossier.

– Non, c'est faux. C'est nous qui l'avons rendu grossier. Vous savez ce qu'il signifie au départ ? Quelqu'un qui interprète *koothu*, la danse – en clair, une danseuse. Si nous-mêmes on ne respecte pas notre art, qui va le faire ?

Si tu ne me crois pas, Tara, vérifie sur Internet. C'est bien là que tu as trouvé ces ragots sur moi, non ? »

Vaincue, Tara s'en alla. Il y eut un ricanement. Puis la foule se dispersa, n'ayant plus rien de croustillant à se mettre sous la dent.

Liliana retourna à l'hôtel, perdue dans ses pensées. À compter du lendemain, tout le monde à l'institut serait au courant de son passé. Où aller ? Et à quoi avait-elle voulu échapper, finalement ? La toile d'araignée s'étendait partout. Il n'y avait nulle part où se cacher. De toute façon, elle en avait assez.

Assez de fuir, de censurer la femme qu'elle était.

Elle posa son vélo contre un arbre et se dirigea vers la réception. Unni était là, il pianotait sur un ordinateur.

« Salut, Unni. »

Il sourit gentiment. « Alors, tu as réfléchi ?

– Oui. Et j'accepte ! Mais… »

Il se pencha en avant vivement. « M. Shyam te propose un tarif de vingt euros par client pour deux heures. Ce qui te fait deux cents euros pour chaque groupe.

– Excellent ! » s'exclama Liliana. Et elle alla se payer une bière au restaurant.

Il était un peu plus de vingt et une heures quand elle rentra. Elle ouvrit la penderie et sortit son iPad. Elle trouva le chargeur, le brancha. Unni lui avait noté le code wi-fi de l'hôtel sur un papier.

Après sa douche, elle revint nue dans la chambre. Dans le miroir en pied, elle s'observa. Elle n'avait jamais été autant en forme. Mais peu importe, n'est-ce pas ? Qu'elle soit grosse ou mince, plate comme une limande ou dotée d'une poitrine généreuse, qu'elle ait les fesses rebondies ou de la cellulite, personne ne regardait autre chose que sa bouche. La trouvait-elle obscène, elle aussi ?

Elle se drapa dans un *mundu*, fit un nœud au-dessus des seins de façon à mettre en valeur le liséré doré. Puis elle appliqua soigneusement un rouge à lèvres couleur carmin qu'elle avait trouvé dans sa trousse de maquillage.

Ensuite, elle se coucha sur le lit et se connecta à ses comptes Facebook, Twitter et Instagram. Elle se prit en selfie : épaule dénudée avec sa tresse en évidence, moue boudeuse et bouche rouge vif.

Elle sourit en tapant : *Salut, les chéris, je suis de retour !*

L'instant d'après, elle ajouta : *Miaou.*

Le soldat sait que le seul moyen d'empêcher l'ennemi de le suivre est de brûler les ponts derrière lui. Liliana en avait brûlé, elle aussi. Elle n'avait plus le choix : à compter de maintenant, elle allait de l'avant.

7

Sreelakshmi

Je ne savais quoi penser. Comment le monde avait-il pu changer autant en cinquante ans ? Et si peu en même temps ? Les rumeurs, la médisance et la destruction irresponsable de vies ont toujours été. Sauf qu'à présent, elles s'aidaient de gadgets pour procéder encore plus vite.

Liliana m'avait fait découvrir trois choses qui semblaient gouverner le monde : Facebook, Twitter et Instagram. À mon sens, Facebook n'était rien de plus que le puits où l'on se tient au courant des dernières nouvelles du village, et Instagram le lieu de baignade où l'on se rend pour regarder et être regardé. Quant à Twitter, c'était le prolongement de l'échoppe de thé où l'on se retrouve pour débattre davantage que pour se restaurer. L'unique différence avec mon époque, c'est qu'hommes et femmes se baignaient ensemble à présent, et que les hommes étaient de corvée de puits pendant que les femmes allaient à l'échoppe de thé pour discuter politique et actualité mondiale.

S'il n'y avait rien dans l'histoire de Liliana rappelant la mienne, je savais ce que c'était de faire l'objet de spéculations à caractère sexuel. Je connaissais ce désir impérieux de fuir en laissant tout derrière soi.

Trois jours après ma crémation, on vint chercher mes restes. Ils furent enveloppés dans un linge rouge et mis dans un pot en terre cuite qu'on attacha à un frangipanier du jardin, derrière un muret de séparation. Les ossements des morts sont toujours attachés à un arbre qui exsude de la sève lorsqu'on le coupe. Peut-être parce que les vivants ont besoin de savoir avec certitude que le monde va continuer de tourner, coûte que coûte. J'étais contente qu'ils aient choisi le frangipanier, pas un figuier ni un jaquier. Je l'avais toujours considéré comme mon arbre-totem. Je me reconnaissais dans le supplice qu'il endurait.

On vous donne un bel emplacement, un contexte, même, on vous plante dans un bois sacré en haut d'une colline. Les oiseaux chantent pour vous et se perchent sur vos branches, mais n'y font pas leur nid. Les abeilles s'abreuvent au nectar de vos fleurs, mais elles préfèrent le manguier ou le tamarinier pour construire leur ruche. Vos fleurs d'un blanc cireux sont cueillies pour orner une divinité, mais rarement des cheveux. C'est l'histoire du frangipanier. C'est aussi la mienne.

D'innombrables gens meurent tous les jours. Chez eux ou sur un lit d'hôpital ; dans la rue ou leur jardin. Chaque mort est tragique à sa façon. Alors pourquoi a-t-il fallu que la mienne se transforme en cirque ? me demandai-je en sentant un voile assombrir tout.

Après mon suicide, ils firent de moi une femme que je ne reconnaissais pas. Elle avait toujours un sourire et un mot gentil pour chacun, déclara une étudiante. Elle adorait mes filles, prétendit une voisine. Tout le monde avait une histoire sur Sreelakshmi et la plupart étaient fausses. Ce furent leurs histoires, non la mienne, qui m'élevèrent au rang de mythe.

N'ayant pas d'époux ni d'enfants pour procéder à la cérémonie du *srardham*, il fut décidé que mes neveux et nièces emporteraient mes restes au temple de Thirunelli. Là, croyaient-ils, je serais libérée de mes liens terrestres et par la même occasion mon neveu s'affranchirait de la responsabilité de rendre hommage à sa tante tous les ans. Faute de quoi, et si je revenais le hanter en rêve pour réclamer justice ?

Seulement, je savais que je ne serais jamais libre. De mon vivant, je traînais des casseroles. Dans la mort aussi.

Markose y veilla en volant un bout de moi et en l'enterrant dans son cœur et une *almirah*. J'allais flotter dans les limbes pour l'éternité.

Urvashi

Il était presque minuit. Le restaurant et le fleuve baignaient dans l'obscurité.

Un éclair géant zébra le ciel. Le tonnerre roula et gronda. Un vent froid souffla. Les stores de la terrasse couverte, qui protégeaient du soleil en journée et qu'elle avait enroulés pour la nuit, cognèrent contre les piliers. La bambouseraie voisine grinça et craqua.

Longtemps, l'orage la tint éveillée. Elle éteignit le climatiseur et ouvrit les fenêtres pour faire entrer la fraîcheur. La pluie lui fouetta le visage quand elle se mit à la fenêtre pour voir le ciel illuminé. Ensuite, Urvashi se souvenait de s'être couchée et calée contre les oreillers pour contempler les éléments déchaînés.

Elle se réveilla à l'aube. Tout était calme et silencieux.

Elle se réveilla, et se rappela brusquement ce que Surya lui avait dit la dernière fois qu'elles s'étaient vues.

Désespérée, Urvashi venait de demander à son amie d'une voix tremblante : « Qu'est-ce que je fais ? Je ne peux pas continuer comme ça. Cette histoire est en train de me détruire. »

Il refaisait surface sans arrêt. Sur les réseaux sociaux, via des profils inconnus. Mais il s'assurait toujours de laisser une trace pour qu'elle le reconnaisse. Un indice sibyllin évoquant le langage amoureux qu'ils avaient parlé ensemble un jour.

Il lui envoyait des mails avec des photos et une menace : Ne me pousse pas à bout. Sinon, je les balance à ton mari. À tes sœurs. À tes collègues.

Il l'appelait sur son fixe et ne disait rien.

Il débarquait à sa résidence et s'inscrivait sur le registre. Le garde prévenait Urvashi par l'interphone qu'elle avait de la visite, mais il ne venait pas sonner, ni frapper. Tapie derrière sa porte d'appartement, elle guettait des bruits de pas qui n'arrivaient jamais.

Elle commença à le voir partout : à la salle de sport et chez le coiffeur, au supermarché et au café en face du journal où elle travaillait. Mais toujours brièvement, ce qui fait qu'elle ne savait jamais avec certitude s'il était là ou si elle l'avait imaginé.

« Je t'assure, je deviens folle. » Urvashi fixait, par-dessus l'épaule de son amie, un homme de dos qui lui ressemblait. Avait-il une chemise comme ça ? Sa posture était familière. « Surya, je crois bien qu'il est ici. »

Son amie se leva brusquement, aborda l'homme, lui parla. Urvashi le vit se retourner, la bouche sèche et le cœur battant la chamade.

Ce n'était pas lui.

Elle sourit faiblement, ne sachant comment réagir.

Surya revint lui faire la morale. « De quoi tu as peur, en définitive ? Du scandale ? Regarde l'époque dans laquelle on vit. Tu crois que les mecs pris dans le mouvement #MeToo, ou cette prof de fac qui a voulu prostituer ses étudiantes au Tamil Nadu, ou ce commandant de l'armée qui s'est servi d'un bouclier humain au Cachemire, ne survivront pas, quand bien même on les jette en pâture sur les réseaux sociaux aujourd'hui ? Nos vies ne nous appartiennent plus, Urvashi. Tout est sur Internet. Je suis sûre qu'en cherchant bien, je pourrais te dire quand tu as eu une mycose pour la dernière fois et si tu es plutôt strings ou culottes de mamie. » Surya s'esclaffa, puis reprit son sérieux. « Une femme qui va voir en dehors du mariage, ça n'intéresse pas grand monde quand la tendance est au polyamour. En clair, tu dois surmonter ta peur. Quelle est la pire chose qu'il peut te faire ? Tout déballer à ton mari ou ta famille ? Quant à tes collègues, tu crois sincèrement qu'ils vont s'en soucier ? Et puis si ça devait arriver, tu sauras gérer. On gère toujours, au final, et tu sais pourquoi ? Parce que c'est moins horrible qu'on ne se l'imagine. Mais en attendant, il se nourrit de ta peur. Et tu le laisses faire. »

Urvashi acquiesça. Et sentit monter une vague de rancœur envers cette femme capable de ranger les sentiments dans des cases bien nettes.

Urvashi n'avait pas ce genre de sang-froid. En revanche, elle venait de comprendre une chose. Elle s'était toujours dit qu'ils avaient besoin l'un de l'autre. Mais, en réalité, elle s'était servie de son amant. Elle avait mastiqué et recraché ses besoins à lui dans l'unique but de renforcer son estime à elle.

Urvashi délaissa le lit *king size* et se leva. Elle allait faire une promenade matinale. Avec un peu de chance, la marche lui ôterait de la tête ces pensées malsaines qui la remplissaient de l'odeur nauséabonde d'une fosse septique trop pleine.

Le parc de l'hôtel resplendissait de la beauté de l'aube après la pluie. Les feuilles des arbres scintillaient, l'herbe était humide de rosée et la terre avait la teinte chaude du café. On sentait une agréable fraîcheur dans l'air. Urvashi enleva ses sandales et marcha dans l'herbe, pieds nus. Elle leva la tête vers le ciel et laissa la brise lui caresser le visage.

Il y avait bien longtemps de cela, une prof de collège l'avait invitée à se mettre pieds nus dans l'herbe et à contempler les étoiles. « Tu te rendras compte qu'entre les deux, rien n'a vraiment d'importance », avait-elle dit en trouvant Urvashi sanglotant derrière un livre dans un recoin mal éclairé. Cette prof n'était pas spécialement aimée avec ses corsages mal taillés, ses saris ternes et ses petits yeux derrière des lunettes en culs de bouteille. En plus, elle enseignait les maths.

Elle n'avait pas demandé pour quelle raison Urvashi pleurait. Tout le monde savait qu'elle n'avait pas été choisie comme déléguée des élèves alors qu'elle partait favorite. Urvashi, de toute façon, aurait été bien incapable de dire si elle se sentait humiliée ou blessée dans son amour-propre. Elle se rappelait avoir levé un visage baigné de larmes vers cette femme et pensé qu'elle était folle à lier.

Trente-sept ans plus tard, elle comprenait enfin la sagesse de son conseil. Ce moment serait à elle pour toujours, et personne ne pourrait le lui enlever.

Se dirigeant vers le restaurant, elle frémit à l'idée de l'avoir quitté si précipitamment la veille. Brinda était rentrée avec elle et restée un peu pour bavarder. Elles ne s'étaient rien dit de spécial mais elles s'aimaient bien, de toute évidence. Urvashi avait décidé qu'elle ne publierait pas de scoop sur la jeune sportive et les raisons qui l'avaient poussée à interrompre sa carrière si brutalement. Brinda avait le droit de vivre sa vie comme elle l'entendait. Et Urvashi avait pour principe de ne pas abuser de la confiance des gens.

Tout à coup, elle se souvint du bout de plastique que Brinda lui avait donné. Elle allait le rendre à Megha. Il faisait peut-être partie d'un jouet.

En entrant, elle repéra Maya et Naveen à la table près de la vitre.

Urvashi avait rencontré la mère et le fils deux ans plus tôt, lors de son dernier séjour. C'est Radha qui avait fait les présentations. « Voici Maya, l'épouse de mon défunt Oncle Koman. Elle habite à l'hôtel.

– Aux yeux de la loi, je n'étais pas son épouse. Nous vivions dans le péché, avait précisé Maya d'une voix douce.

– Comment ça, vous ne vous êtes pas mariés au temple ?

– Si. Mais à l'époque Koman me croyait bigame, alors on ne l'a pas déclaré. À nos âges, on ne trouvait pas ça important. »

Urvashi n'avait pas oublié cet échange déroutant.

« Bonjour ! » s'exclama-t-elle en allant vers eux.

Maya a l'air fatiguée, songea-t-elle en la voyant servir du curry aux œufs dans un bol, qu'elle posa dans une assiette contenant deux *appams* sur un côté, de façon que les crêpes ne le touchent pas. Elle poussa le tout vers Naveen. « Mange, mon chéri. C'est comme tu aimes, tu vois ?

– Vous êtes moins matinaux, d'habitude, commenta Urvashi.

– C'est notre anniversaire aujourd'hui, alors on est venus avant les clients. C'est notre petit plaisir, une fois par an.

– Oh, joyeux anniversaire, Maya. Joyeux anniversaire, Naveen. »

Maya la remercia en souriant.

Naveen garda les yeux dans le vague.

« Il est dans un mauvais jour, dit sa mère en rabattant une mèche grise derrière son oreille.

– J'ai laissé quelque chose à cette table. Le temps de le retrouver et je vous laisse tranquille, expliqua Urvashi en tendant le bras vers la salière et la poivrière.

– Ce ne serait pas une sorte de craie, par hasard ?

– Si. »

Maya parla moins fort. « C'est Naveen qui l'a. Je la reprends tout à l'heure et je te l'apporte. Si je la lui enlève maintenant, j'ai peur qu'il fasse une scène. »

Urvashi ressortit à pas lents. Sa prof de maths lui avait dit une autre vérité, ce jour-là. « Regarde autour de toi et tu relativiseras. » Parfois, c'est aussi bête que ça.

La Recette des contes de fées

Maya tapota le bout de la cigarette sur le plan de travail en granit. Sous la pulpe de ses doigts, les brins de tabac se déplacèrent légèrement. Elle l'approcha de son nez et huma profondément l'odeur de champ ensoleillé. Elle la plaça entre ses lèvres, gratta une allumette et prit garde de ne pas l'éteindre avant d'avoir bien enflammé l'extrémité. Une seule bouffée et elle sentit l'abstinence d'une année, les nerfs à vif et les muscles tendus, toute la solitude et les larmes contenues s'évaporer dans les volutes de fumée. Elle ferma les yeux quand la tête lui tourna et s'agrippa pour ne pas tomber. En les rouvrant, elle vit Malini dans sa cage.

« *Ganda, ganda !* » crut-elle entendre. Malini avait ajouté ce mot à son vocabulaire de perroquet. Elle pouvait en remercier Naveen.

Le volatile appartenait à Koman, avant. Il était à présent vieux et revêche, mais il s'était pris d'affection pour Naveen et se frottait souvent la tête contre sa joue. Parfois, il se posait sur son épaule et lui murmurait des secrets à l'oreille, et on voyait distinctement Naveen pencher la tête vers lui. C'était à peu près le seul moment où il faisait preuve du désir de communiquer avec un autre être vivant.

Maya scruta la nuit noire par la fenêtre. Koman était mort depuis cinq ans, et on ne l'aurait jamais cru. Elle tira une autre bouffée. Ni l'un ni l'autre ne fumait, mais dans les huit années qu'ils avaient vécues ensemble, c'était devenu une sorte de rituel. La cigarette du soir, assis sur la terrasse couverte face à la Nila. Tout ce qui avait fait la journée, sa journée, réduit en cendres grâce à ce plaisir éphémère qui ronge les poumons et tache les dents. Ensuite ils mangeaient un fruit, que Koman coupait et lui donnait ; des quartiers d'orange ou de pomme, des dés de pastèque, qui s'imprégnaient de l'odeur de tabac sur ses doigts. Maya ravala un sanglot, écrasa son mégot et se lava bien les mains.

Pour la cuisine, ils avaient tout décidé ensemble. De la forme des poignées à la taille des charnières, de la hauteur du plan de travail à la profondeur des placards. « J'ai l'impression de jouer au papa et à la maman, dit-elle gaiement, un jour.

– C'est parce qu'on ne l'a jamais fait avant, ma chère épouse.

– Tu savais, n'est-ce pas ? Tu savais que j'étais divorcée. »

Koman la prit dans ses bras. « Je savais que les choses étaient moins simples qu'elles ne paraissaient. Que tu ne me disais pas tout. Mais je ne voulais pas être inquisiteur. J'attendais que tu sois prête à m'en parler.

– Ça t'embête que je ne sois pas réellement bigame ? pouffa-t-elle contre son cou.

– Oh oui, je suis même très vexé. » Koman se recula le temps de faire prendre à son visage les traits de la tristesse. Sourcils pointés vers le bas, yeux plissés et bouche tombante.

Maya mit un doigt de chaque côté de ses lèvres pour les remonter. « Es-tu heureux, Koman ? Le *kathakali* ne te manque pas trop ? Être danseur ? »

Il varia d'expression. Ou bien effaça-t-il toute trace d'émotion ? Il incarnait à présent le *shantam*, qui symbolise le fait d'être en paix avec soi-même.

« Je t'ai toi et, non, la danse ne me manque pas. Cette partie-là de ma vie est terminée. Mais mon art reste en moi. Et maintenant, finis les bavardages, les cuisinistes vont arriver de Thrissur et il ne faudrait pas les faire attendre », conclut-il en feignant de la presser. Ou était-ce juste une façon de changer de sujet ?

Un peu plus tard, elle le vit divertir Naveen avec les *navarasas*, les neuf expressions faciales que joue le danseur de *kathakali* sur scène. « Ne cherche pas à deviner mes intentions, disaient les yeux de Koman lorsque Maya croisa son regard. Ne pense pas au-delà du moment présent. »

Pendant un instant, elle contempla les ingrédients sans les voir. Qu'est-ce qu'elle faisait, déjà ? Elle s'obligea à sortir de sa rêverie et battit l'huile, le lait caillé, la levure et le sucre dans un bol. Puis elle regarda vers le salon où Naveen était assis, occupé à ne rien faire. Elle avait laissé la télévision sur une chaîne de dessins animés. Mais en vérité, peu importait le programme tant qu'elle était allumée.

« Ton dessin animé est bien ? »

Il se tourna vers elle et cligna les yeux. Il en aurait fait autant si elle avait demandé : « Est-ce que Dieu existe ? »

Non, Il n'existe pas, pensa-t-elle amèrement lorsqu'elle ajouta la farine, puis commença à pétrir la pâte. Dieu n'existe pas, sans quoi son fils ne serait pas planté devant la télé en pyjama décoré de lapins bleus, attendant qu'elle l'emmène au lit et le borde comme s'il avait six ans et pas trente-huit.

Dieu n'existe pas, sans quoi Koman ne serait pas mort après seulement huit petites années de vie ensemble, alors que le bonheur s'était dérobé à eux leur vie durant.

Ce soir-là, Maya avait attendu longtemps qu'il rentre au cottage. Il avait décidé d'aller se baigner dans le fleuve, ce qui ne lui ressemblait pas. Ils possédaient une magnifique salle de bains à ciel ouvert, avec une douche à effet de pluie et un banc en pierre où s'asseoir pour sécher tranquillement. Koman avait décrété que, dans leur nouveau chez-eux, ils se laveraient au clair de lune.

Il avait expliqué chaque détail de son projet à Shyam, qui avait fait faire les travaux, puis refusé qu'ils le remboursent. « Je vous offre la salle de bains. En plus, j'ai décidé d'intégrer tes plans aux futures suites nuptiales, donc quelque part tu te l'es payée. »

Chaque jour, de mille manières, Koman cherchait à raviver leur lointaine jeunesse, leurs sens en sommeil. Et Maya s'était ouverte comme un bouton de fleur : quelle femme n'en aurait pas fait autant si on l'avait touchée, caressée, désirée et aimée comme elle n'aurait jamais cru possible de l'être ?

« Tu me gâtes trop, lui dit-elle une nuit.

– J'ai beaucoup d'amour en moi, un immense réservoir. À quoi bon le stocker ? Je préfère tout vider avant de mourir. »

Et si un jour ton réservoir était à sec, songea-t-elle en son for intérieur, car elle avait encore du mal à croire qu'elle était là, avec lui. Entre leur rencontre et sa décision de venir vivre à Near the Nila, deux années s'étaient écoulées. Koman n'avait aucun doute. C'était elle qui avait tergiversé, jusqu'à ce qu'il la mette au pied du mur.

« Qu'est-ce qui te retient ? lui demanda-t-il une bonne fois pour toutes. Avant, je pensais que c'était ton mari… Et maintenant ?

– Mon mari et moi, on est divorcés, rétorqua bêtement Maya en remuant son café.

– C'est la cinquième cuillerée de sucre que tu mets, ma douce. Mais enfin, quel est le problème ? Je sais que tu ne vivais plus avec lui malgré les salades que tu m'as racontées, de ses parties de cartes qui duraient tout le week-end. »

Maya baissa le regard. Elle se sentait penaude, et coupable. Comme une petite fille prise les doigts dans le pot de confiture. Elle s'éclaircit la voix et se lança :

« J'ai un fils.

– Je sais que tu es mère. J'ai vu les vergetures, figure-toi. »

Maya ne put cacher sa surprise. « Et tu n'as jamais posé de questions ?

– J'attendais que tu m'en parles. » Il lui prit la main, entrelaça leurs doigts tendrement. « Alors ?

– Il est autiste. La formule politiquement correcte est qu'il a des troubles du spectre autistique, mais ça ne change rien au fait qu'il a l'âge mental d'un enfant de cinq ans. Un enfant geignard et parfois très difficile.

– Quel âge a-t-il ?

– Vingt-six ans. » Maya alla chercher une photo pour lui montrer.

« Et tu crois que je ne voudrais pas vivre avec lui ? » Koman se leva pour s'asseoir à côté de Maya.

« Ce n'est pas de tout repos, minimisa-t-elle, ainsi qu'elle s'échinait à le faire depuis le jour où Naveen avait été diagnostiqué.

– Être parent, ça ne l'est jamais. Radha n'est peut-être pas ma fille biologique, mais je me considère comme son père. Tu crois que je ne sais pas ce que c'est ? »

Et c'est ainsi que tout changea. Parfois, quand elle les voyait ensemble, Maya se sentait submergée par mille regrets. Tout ce temps perdu à tenir Koman et Naveen à l'écart. À faire de sa vie une allée en béton alors qu'elle aurait pu être une jungle magnifique, avec des arbres, des oiseaux et les lueurs phosphorescentes des lucioles la nuit.

La fièvre de Naveen avait baissé. Il avait rejeté sa couverture d'un coup de pied et refusé la bouillie de riz qu'elle tentait de lui faire manger. Ils étaient sur la terrasse, ils attendaient le retour de Koman.

« Koman », pépiait Naveen toutes les cinq minutes. « *Ganda, ganda* », lui répondait Malini dans sa cage.

« Il revient bientôt », répétait Maya pour le rassurer. Mais la peur s'était emparée d'elle.

À la nuit tombée, Koman n'était toujours pas là. Elle avait pris une lampe torche, scruté l'obscurité. Rien. Elle avait téléphoné à Radha et Shyam. Le personnel de l'hôtel était parti à sa recherche. Ils l'avaient trouvé écroulé sous l'alstonia, un sourire paisible aux lèvres. Autour de lui, quelques fleurs parfumées étaient éparpillées. Il les avait cueillies pour elle.

Elle l'avait veillé toute la nuit, se demandant ce qu'elle allait faire. Une fois de plus, sa vie se vidait de toute substance.

De fines miettes. C'est à cela que la préparation devait ressembler une fois prête. Ses doigts la malaxaient délicatement malgré la violence de ses pensées. « Dieu n'existe pas », dit-elle à voix haute, sinon Maya serait-elle à soixante-dix ans en train de faire des beignets pour un enfant perdu dans un corps d'homme ? Quel genre de dieu l'aurait privée d'une nuit complète de sommeil pendant trente-huit ans ?

Au début, le bébé l'empêchait de dormir parce qu'il était grognon. Mais à mesure que Naveen refusait de passer les étapes importantes, comme disait la pédiatre, ce fut la terreur qui la tint éveillée la nuit. Pourquoi moi ? Pourquoi nous ? Elle pestait contre les dieux de l'armoire à *puja* et des temples où son mari la traînait. Comment allait-elle s'en sortir ? Mais elle aurait aussi bien pu se prosterner devant un panneau « Interdit de stationner ». Dieu ne répondait pas parce que Dieu n'existait pas. À quoi bon penser à Lui en majuscules, dans ce cas ?

Elle ajouta un peu d'eau à la pâte. Tout doucement, pour qu'elle se mélange bien. D'après la pédiatre, c'était comme ça qu'il fallait s'y prendre avec Naveen. Le bébé grognon se transforma en un petit garçon que Maya ne comprenait pas. Soit il la regardait sans la voir, soit il grimaçait. Le moindre bruit déclenchait une crise, et il se faisait du mal. C'était dur de voir avec quel détachement il s'automutilait.

« Qu'est-ce qui se passe à la maison ? » questionna le Dr Padmini, qui était un peu devenue une amie (une béquille, disons), un jour où Naveen se giflait sauvagement sous leurs yeux. « Dites-moi, Maya. Qu'est-ce qui se passe ?

– Vipin se met en colère quand Naveen ne fait pas ce qu'on lui demande. Ça m'arrive aussi. Mais parfois, Vipin le tape, répondit-elle, incapable de la regarder dans les yeux. Et ça m'arrive aussi, docteur, parce que je ne sais pas comment réagir. Avec Vipin, c'est presque un coup de poing ; moi, c'est juste une petite gifle, mais ça empêche mon mari d'aller plus loin. »

Elle se demandait si la honte sentait mauvais. Quel genre de mère fait du mal à son enfant ?

« Il faut dire à Vipin d'arrêter tout de suite. Frapper ou crier sur Naveen n'aide pas du tout. Vous comprenez ? À cause de ça, Naveen associe la colère aux gifles. La colère, pour lui, c'est n'importe quel bruit un peu fort. C'est ce qui le fait exploser. Et il répond au problème en se frappant. À sa manière tordue, il essaie de vous sauver de ce qu'il vous croit obligée de faire. Quelque part, il associe la colère de Vipin aux coups que vous lui donnez. Donc, plus de ça, d'accord ? Parlez-lui, plutôt. Répétez-lui patiemment ce que vous voulez. Et surtout, demandez-lui une chose à la fois. »

Ce fut une révélation. L'idée que Naveen était peut-être sensible à ce qu'elle ressentait. Maya continua à pétrir doucement. Comme elle l'avait fait avec son fils, afin d'enrouler du mieux qu'elle pouvait l'écheveau de fils éparpillés dans son cerveau.

Vipin se tourna vers la boisson pour engourdir la douleur. À partir de là, ce fut plus facile d'évoquer le divorce. Ce n'était pas à cause de Naveen que leur mariage s'écroulait, c'était l'alcoolisme de Vipin et les violentes disputes qui s'ensuivaient. Le jour où il partit, Maya se sentit davantage soulagée qu'autre chose.

Vipin retrouva quelqu'un. Il cessa de boire. Une fois par semaine, il venait passer quelques heures avec Naveen. Maya voyait bien que ces visites perturbaient autant son fils que son ex-mari.

Elle retourna vivre chez ses parents. Avec le temps, l'appartement lui revint. Elle eut quelques aventures qui ne menèrent nulle part. Naveen s'avérait être un tue-l'amour pour la plupart des hommes. L'un d'eux n'avait rien contre lui ; ce qui le dérangeait, c'était de ne pas être la priorité de Maya. Il lui cita même une phrase qui semblait sortie d'un bouquin de développement personnel : « Ne t'engage jamais avec quelqu'un pour qui tu n'es pas une priorité mais une option. »

Durant ces années-là, Maya prit aussi conscience du cadeau fait au chromosome masculin. Les hommes ne s'encombrent pas des questions douloureuses. C'est le rôle des femmes. Regardez Pandore. Si elle était un homme, elle se contenterait de fourrer sa boîte d'un coup de pied sous le lit et d'aller faire un tour sur Facebook : loin des yeux, loin du cœur. Mais pas Pandore. Ni sa descendante, Maya. Elles ouvriraient la boîte et porteraient le fardeau de la culpabilité toute leur misérable vie, celle d'avoir enfanté du chagrin en ce bas monde.

Maya n'avait plus que faire de la passion dans sa vie. Mieux valait, décida-t-elle, devenir une ombre. Elle était l'ombre de Naveen. Une fois ses espoirs enfouis, elle crut trouver une forme de contentement.

Jusqu'au jour où elle rencontra Koman. Et découvrit un amour si essentiel, si nécessaire à sa survie, qu'elle apprit l'art délicat du mensonge par omission. Il suffisait de changer habilement de sujet, de ne pas finir sa phrase, de marquer une pause à point nommé. Elle pensait souvent à l'épitaphe qui la décrirait le mieux :

Ci-gît Maya
Menteuse par omission

Mais la fatigue finit par la rattraper. L'art délicat épuise par la subtilité des stratagèmes et la vivacité d'esprit qu'il impose. Le jour où Koman abattit ses cartes en évoquant la vie qu'il entendait mener avec elle, Maya sut que le temps était venu de dire la vérité. Elle était prête à en assumer les conséquences.

Koman surpassa tous ses espoirs en acceptant Naveen si facilement. Pourtant, l'inquiétude que cela se termine un jour ne la quittait pas.

« Assieds-toi, Maya, lui dit-il un soir, quelques mois après qu'ils eurent commencé à vivre ensemble. Je veux te parler. »

Maya s'installa dehors, dans le fauteuil en rotin. Naveen était devant la télé. Koman avait marché avec lui pendant plus d'une heure en suivant le mur d'enceinte de l'hôtel, et à présent il s'octroyait son rituel de la soirée : un verre.

Maya le regarda se verser un brandy et l'allonger avec de l'eau. « Tu en veux un ? »

Elle acquiesça. Il disparut à l'intérieur et revint avec un verre de gin et de jus de citron vert.

« Qu'y a-t-il ? » demanda-t-elle, curieuse de voir quelle formule il allait employer. Elle avait entendu tant de versions de « Ça ne marche pas entre nous » que plus rien ne la surprenait.

Koman se lança. « Dans les années 1980, je faisais partie d'une troupe de *kathakali* qui est allée au Canada. La salle de Toronto était un grand auditorium qui servait pour les ballets, d'habitude. Le parquet ciré était poli par le temps. Mon partenaire Vasu jouait le démon Ravana et moi le héros, Jatayu. C'était une scène de bataille, et tu sais combien c'est intense, autant sur le plan physique qu'émotionnel. On n'était pas loin de la fin quand j'ai commencé à transpirer, ça devenait trop dur. »

Maya but une gorgée de gin et se demanda où il voulait en venir. Tout bien considéré, son entrée en matière lui avait fait moins peur. Là, il ne disait pas qu'il avait envie de rompre.

« Des gouttes de sueur coulaient sur le parquet glissant. C'était l'accident assuré. » Koman contemplait le fond de son verre comme s'il y visualisait le souvenir.

« Je suis tombé, et ma couronne avec. Heureusement, Vasu a eu la présence d'esprit d'abréger la scène en me tuant comme prévu.

– Du coup, ça s'est bien terminé ? s'enquit Maya, se demandant toujours pourquoi il racontait cette anecdote.

– Pas vraiment. Le type censé baisser le rideau était perché en hauteur. Il avait pour instruction de le faire quand je tombais à un endroit précis de la scène. Un emplacement marqué d'une croix blanche. Sauf que j'ai glissé à deux mètres de là. Ce nigaud attendait que je sois sur la croix blanche. J'attendais aussi. Vasu aussi. Le monde entier attendait que le fichu rideau descende. Ça a duré trois minutes – les plus longues de ma vie.

– Pourquoi tu me parles de ça ? fit Maya, dont la voix n'était plus qu'un murmure.

– En fait, cette histoire concerne l'homme sur son perchoir. Je me sens comme lui parfois, assis à ma place, observant une scène que je ne saisis pas. Tout ce que je sais, c'est que je dois tirer sur la corde quand le danseur tombe sur la croix blanche. On est plutôt impuissant dans cette position, Maya. On ne contrôle rien. Et toi, tu es moi. Tu es Jatayu, le roi des oiseaux, à qui le démon Ravana coupe les ailes. Tu attends que je baisse le rideau. Tu attends que tout se termine. Cela me remplit d'angoisse de voir ce que tu t'infliges. » La voix de Koman était stridente. En colère, même.

« Je ne suis pas parfait. Je ne suis même pas un homme bon. Mais tu es la femme que j'aime et Naveen est notre fils. Je ne vais pas me lasser de toi, ni de lui. Pour qui tu me prends, à la fin ? »

En entendant sa souffrance, Maya tressaillit. Elle l'enlaça et dit simplement : « Pardon. »

Dès le lendemain, elle entreprit de faire du cottage leur foyer. C'est le seul dans lequel elle fut heureuse. À la mort de Koman, elle demanda à Shyam si elle pouvait l'acheter. « Il appartient à ma femme, répondit-il. C'est à elle qu'il faut poser la question. »

Mais Radha ne voulut pas en entendre parler. « Il est à toi tant que tu souhaites y rester. Jamais je ne vous expulserai, tu le sais, non ? »

Maya proposa alors de payer un loyer ; Radha refusa aussi. « Tu fais partie de la famille. »

Shyam se mit à passer au cottage, souvent en fin de journée. Le plus naturellement du monde, il prit la place de Koman dans la vie de Naveen. Maya se demandait s'il le faisait aussi volontiers parce que Naveen n'était pas sa responsabilité.

On porte plus facilement le fardeau des autres en sachant qu'à tout moment il nous sera enlevé. Le nôtre, jamais – son poids nous entaille la chair dès qu'on le hisse sur le dos. On le connaît par cœur, et on sait qu'il nous suivra jusqu'à la mort. On sait qu'il n'y a pas moyen d'échapper à la douleur constante entre les omoplates, une douleur telle qu'elle est notre première pensée au réveil et la dernière avant de sombrer dans un sommeil agité.

Un soir, Shyam débarqua avec un maillot, des palmes et une bouée pour Naveen. « Je vais lui apprendre à nager », annonça-t-il.

Naveen fut emmené à la piscine, qu'il observa sans une once d'expression. Il n'y avait ni enthousiasme ni peur dans ses yeux. Juste une complète indifférence, qui aurait déstabilisé la plupart des gens, mais pas Shyam. Cet homme faisait ce qu'il voulait et tout le monde devait se soumettre à sa volonté. Pas le choix.

Maya regarda son fils barboter dans l'eau, cette première fois. Il n'arrêtait pas de glousser. Elle sourit devant la joie pure qui lui éclairait le visage ; ses gestes sans retenue et ses cris de bonheur.

Pourquoi Shyam et Radha n'avaient-ils pas d'enfants ? Il aurait fait un bon père. N'importe quel homme peut être un géniteur, mais être un père exige de s'engager, de donner un peu de soi chaque jour, sans jamais se lasser. Shyam se serait acquitté de ce rôle avec la même gaieté qu'il mettait à emmener Naveen se promener et se baigner.

Elle observa la pâte dans le bol. Le miracle devait s'accomplir à présent, ce n'était plus de son ressort.

Elle alla s'asseoir près de Naveen. Comme toujours, elle espérait qu'il se tourne vers elle et parle de façon spontanée. Un mot ou une phrase qui ne seraient pas guidés par la faim, le froid ou un besoin bassement animal. Un « Salut » aurait suffi. « Boost ! » cria-t-il.

Il détestait le lait nature. « *Ganda* », disait-il. Il avait appris ce mot par une domestique originaire du Bihar que Maya avait engagée lorsque Naveen était devenu trop costaud pour elle. *Ganda*. Mauvais. Le lait nature, c'était *ganda*. Le dessin animé *Chota Bheem*, c'était *ganda*. Maman était *ganda* quand elle le privait de ce qu'il voulait. Les inconnus étaient *ganda*. Les rickshaws étaient *ganda*, *ganda*, *ganda*. Et pour faire face à *ganda*, il devait se taper le front contre le mur. Encore et encore, encore et encore, encore et encore.

Maya jeta un coup d'œil à l'horloge. Vingt et une heures trente. Elle le fit manger puis alla chercher son verre de lait chocolaté. Si elle ne lui donnait pas maintenant, il aurait envie de faire pipi dans la nuit et c'était l'accident assuré.

« On attend deux minutes qu'il refroidisse », dit-elle en frottant son bras pour l'apaiser. Un sourire apparut lentement sur les lèvres de Naveen. *Sourit-il à moi ou à l'idée de la boisson chaude ?* Un sanglot lui échappa.

Elle le regarda boire son lait, dans lequel elle avait délayé deux cuillerées de Boost afin de dissimuler le goût du somnifère réduit en poudre – 25 milligrammes de Restyl. C'était une décision qu'elle avait prise sans l'avis d'un médecin. Elle avait besoin de quelques heures de sommeil sans interruption si elle voulait affronter la journée suivante. Et ce n'était possible que si lui dormait.

Elle avait oublié tout ou presque de ce qu'elle avait appris quand elle était jeune mariée. Mais ce jour-là n'était pas comme les autres. Naveen allait avoir trente-neuf ans à minuit, et il aimait les beignets *badushah* plus que toute autre pâtisserie. Alors, elle avait sorti son vieux livre de recettes. Et c'était comme si une zone négligée de son cerveau s'était remise en marche, car ses doigts semblaient savoir comment les confectionner.

Elle préleva une boule de pâte et la travailla en forme de lune. À l'aide d'un ongle, elle dessina les torsades. Il fallait prendre garde de ne pas craqueler la surface, sinon le trou s'élargirait à la cuisson et viendrait tout gâcher.

La règle était la même, qu'on cuisine ou qu'on élève un enfant. Dans l'ensemble, Maya parvenait à se maîtriser. Naveen faisait la plupart des choses qu'elle lui demandait. Elle lui avait appris à manger dans une assiette. Elle lui avait appris à se laver. Elle se mettait près de la douche et lui versait une noisette de gel dans la main. Si elle lui donnait un savon et le laissait seul, il se frotterait au même endroit du corps jusqu'à ce qu'il n'en reste plus. À intervalles réguliers, elle lui donnait des instructions. « Lave ton bras gauche. Maintenant, lave ta jambe droite. » Elle lui avait appris à se raser. Il fallait l'accompagner dans ses gestes, sinon il se serait écorché tout le visage. Elle lui avait aussi appris à passer le plus inaperçu possible.

Mais telle la pâte à beignet, elle sentait la surface se craqueler chaque fois qu'on toisait son fils de 95 kilos comme si c'était un animal disgracieux, un bébé hippopotame. En général, les gens se détournaient dès qu'ils sentaient le regard de Maya. Si jamais c'était une connaissance, s'ensuivait un « Bonjour, Naveen ! » d'une voix mielleuse et pleine d'émotion feinte, qui signifiait : « Montrons à cette femme comme on a le cœur bon, et comme on compatit à son malheur. » Parfois, elle se sentait à bout, incapable de continuer ne serait-ce qu'un jour de plus.

Maya contemplait l'huile qui chauffait dans la poêle et se souvint qu'à une époque, elle s'imaginait leur en balancer à la tête avec des insultes bien senties. En vieillissant, cependant, elle avait compris la nécessité d'endurer chaque coup porté à son âme et à la dignité de son enfant sans montrer les craquèlements. Le masque de la mère imperturbable lui permettait d'obtenir beaucoup de choses : un siège d'avion dans la rangée derrière les toilettes, une table d'angle au restaurant, un rendez-vous rapide à l'hôpital quand les reins de Naveen faisaient des leurs.

Elle préleva un bout de pâte, le jeta dans l'huile. Il gonfla impeccablement. Elle disposa trois lunes torsadées dans la poêle et éteignit le gaz. Les beignets allaient cuire comme ça. Une fois dorés, elle ralluma le gaz et les retourna. C'était l'astuce pour obtenir des *badushah* parfaits.

Elle les disposa tout chauds sur un linge pour absorber

l'huile. Puis elle se perdit dans la contemplation du sirop de sucre qu'elle avait préparé, au petit filet, comme décrit dans la recette. Chantonnant à voix basse, elle y ajouta des filaments de safran et de la cardamome en poudre. Elle ne voulait surtout pas que Naveen repousse le beignet après une bouchée en disant « *Ganda !* ».

Combien de gouttes de mort-aux-rats fallait-il verser pour tuer un homme ? Combien de *badushah* empoisonnés fallait-il pour terrasser un adulte ? Maya secoua la tête, agacée. *Quelle importance ?* songea-t-elle en vidant le contenu du flacon dans le sirop de sucre.

C'était Shyam qui avait acheté la mort-aux-rats. Elle s'était plainte d'avoir des visiteurs dans son jardin. Il était sceptique. « Je me demande bien comment tu peux avoir des rats. »

Elle avait montré le fleuve. « C'est nous qui sommes le plus près, et comme il y a peu d'eau à l'année, ils viennent chercher à manger, j'imagine.

– Il ne faudrait pas que de vilaines bébêtes viennent mordiller les orteils de Naveen », avait-il dit en le chatouillant. Quand Naveen lui avait donné un coup de pied, Shyam s'était vivement reculé.

Naveen était dans un mauvais jour. Enfermé dans son esprit, égaré dans un monde où personne ne pouvait pénétrer. Il avait la mâchoire qui pendait et la lèvre qui tombait, lambeau de chair rose épais. Maya avait tenté de voir son fils à travers le regard de Shyam. Il avait l'air du simple d'esprit qu'il était. Elle avait détourné le regard. Et avait décidé que cela suffisait. Qu'il était temps.

À minuit, elle aurait soixante et onze ans ; Naveen,

trente-neuf. Il était temps d'apaiser la peur qui montait en elle : qu'allait-il arriver à son fils quand elle ne serait plus là ? Elle trempa un premier beignet dans le sirop de sucre et le posa sur le plateau décoré de papier argenté. Du papier argenté pour son bébé en fer-blanc. Le temps de nettoyer la cuisine et de tout éteindre, le sucre avait pris et il ne restait que quelque minutes avant minuit.

Elle apporta le plateau à Naveen. Ses paupières se fermaient toutes seules. Le somnifère commençait à faire effet.

« Joyeux anniversaire, Naveen, chanta-t-elle à mi-voix. Joyeux anniversaire, mon merveilleux garçon. »

Elle approcha le plateau. Il y avait neuf *badushah* dessus. Lorsqu'il les aurait tous mangés, elle lui tiendrait la main pour accompagner son passage dans l'au-delà. Puis elle s'allongerait sur le lit jumeau dans la chambre et fermerait les yeux.

Le visage de Naveen s'illumina à la vue des beignets. Soudain, il se tourna vers sa mère et dit : « ... Yeuaniversèrman ! »

Maya en eut le souffle coupé. Ils avaient le même anniversaire, elle et lui. Mais pas une fois il ne lui avait fait comprendre qu'il le savait. Année après année, elle s'était dit qu'elle ne pouvait pas attendre ça de son fils, que c'était trop demander.

« ... Yeuaniversèrman », répéta-t-il. Leurs regards se croisèrent et il sembla la regarder vraiment. Elle n'était pas juste son ombre. Elle était elle, et il savait qui elle était.

Brusquement, elle retira le plateau et retourna à la cuisine. Elle jeta les beignets à la poubelle et lui proposa une grosse barre chocolatée à la place. Ensemble, ils la mangèrent sur le canapé. Une bouchée à la fois. Le lendemain, elle trouverait quelque chose de nouveau à lui apprendre.

8

Urvashi

On frappa à la porte du cottage. Quand Urvashi ouvrit, elle tomba sur Maya. La lumière matinale faisait scintiller ses cheveux argentés.

« Je t'ai rapporté ceci », dit-elle en lui tendant le bout de plastique.

Urvashi la remercia et l'invita à entrer.

« Je passerai ce soir, plutôt. Shyam et Radha seront de retour, et en général Shyam passe du temps avec Naveen à cette heure-là. J'en profite pour sortir, expliqua Maya.

– Dans ce cas, je vous raccompagne. Je dois aller à la réception », répondit Urvashi.

Elles marchèrent côte à côte, en silence.

À la réception, on l'informa que le colonel Naidu et sa famille avaient quitté l'hôtel la veille.

Urvashi observa le bâtonnet blanc en se demandant quoi faire. Lentement, et à sa grande horreur, elle prit conscience que ce n'était pas du plastique comme elle le croyait. C'était un bout de phalange. Le temps l'avait poli et blanchi, et il paraissait tout droit venu du passé, tel un objet en ivoire. Elle en eut le frisson. La petite fille avait dû le ramasser dans l'armoire sans comprendre ce que c'était.

Elle remonta d'un pas pressé le couloir où se trouvait l'*almirah* pleine de secrets. Elle tira sur les portes jusqu'à ce qu'elles s'ouvrent en gémissant. Avec le plus grand soin, elle déposa l'os dans le tiroir. « Qui que tu sois, repose en paix », dit-elle à voix haute, et elle referma les battants d'un geste ferme.

Urvashi jeta un coup d'œil à son portable. Un peu plus de huit heures. Elle rebroussa chemin à pas lents.

En passant devant le cottage de Maya, elle entendit de la musique. Elle se demanda comment c'était d'être cette femme. La résilience qu'il fallait puiser en soi chaque jour pour ouvrir les yeux et se mettre en mouvement. Les reproches qu'elle devait s'adresser jusqu'en dormant. L'obligation qu'elle avait de faire bonne figure quand en son for intérieur elle tremblait.

Soudain, les problèmes d'Urvashi lui parurent insignifiants, stupides, même.

« Alors, ça va mieux dans ta tête ? lui demanderait Mahesh à son retour.

– Oui », répondrait-elle, et ce serait la vérité.

Il remplirait deux verres de vin, s'installerait avec son ordinateur portable, et elle en ferait autant. Avant, ils regardaient la télé ensemble. Maintenant, ils passaient leur temps sur les réseaux sociaux, espionnant la vie des autres tout en évitant de se poser les questions importantes. C'était leur nouvelle définition du couple, constata Urvashi. Le problème, c'est qu'elle en voulait plus. Elle ne savait pas quoi exactement. Mais elle ne pouvait pas vivre le reste de sa vie ainsi.

Elle allait attendre quelques semaines, puis elle aborderait le sujet du mariage et comment ils étaient arrivés au bout de ce chemin-là. Elle ne ressentait plus rien pour lui. Voulait-il vraiment être avec quelqu'un qui n'avait pas spécialement envie d'être avec lui ? Elle ne savait pas quelle direction prendrait cette conversation. Il était trop tôt pour y penser.

Elle prit une pomme dans le bol à fruits, un couteau, et s'assit sur le lit. Elle passa un doigt sur le couteau, appuya l'extrémité sur ses lèvres. Puis elle composa le numéro. C'était sa manière de jeter le gant à son ex-amant. *Je ne me cacherai plus de toi.*

Il décrocha à la seconde sonnerie. « Je savais que tu reviendrais », dit-il, incapable de dissimuler le triomphe dans sa voix.

Urvashi revêtit sa cuirasse de guerrière et prit la parole : « Je n'ai jamais été à toi, ni ta prisonnière. Tu es juste un gamin qui fait un caprice. Mais moi, je ne suis pas ta mère, et je n'ai pas à me prêter à ton jeu. Alors écoute-moi bien : c'est terminé. Toi et moi, c'est terminé. Et rien de ce que tu pourras dire ou faire n'y changera quoi que ce soit. »

Sur ce, elle raccrocha.

Ensuite elle pela la pomme et la mangea lentement, quartier par quartier. La vie continuerait à la surprendre, qu'elle le veuille ou non. Mais fuir ne servait à rien.

La Mangeuse de guêpe

1

Les portes de l'*almirah* se refermèrent vivement. Tout était noir. Tout était silencieux.

Voilà que je me retrouvais dans ma caverne infestée de chauves-souris. Et que j'allais sans doute y demeurer jusqu'à ce que le hasard ou les circonstances me libèrent d'une éternité de nébulosité.

Lors de ma précédente captivité, la colère et la tristesse m'avaient tenu compagnie. À présent, j'étais submergée par les secrets. Telles les chauves-souris qui se heurtent en plein vol, incapables de s'orienter dans la caverne, toutes ces histoires s'étaient jetées sur moi. Il était impossible de m'en défaire.

J'avais toujours pensé qu'une vie se juge à la distance qui la sépare de la perfection. Pour la première fois, je mesurais la mienne à l'aune de ces femmes. Et, pour la première fois, je n'étais plus tout à fait sûre de mes choix.

Avec le recul, nous sommes tous des philosophes capables de séparer le bon grain de l'ivraie. Mais lorsqu'on est pris dedans, la vérité du moment l'emporte sur tout le reste. Comme j'aurais aimé pouvoir fuir ce qui me hantait.

2

Deux mois avant le début de ma fin, un écrivain connu vint donner une conférence à la faculté des lettres et des sciences où j'enseignais. C'était le genre d'homme aussi fascinant par son éloquence que par l'étendue de ses connaissances. Quant à ses paroles, elles étaient comme des poignards envoyés en plein cœur. Le département de malayalam était fier de son coup, et à raison.

Admirant son travail de longue date, je m'assurai d'être placée au milieu de la deuxième rangée. J'étais déterminée à absorber chaque mot sortant de la bouche du professeur Varier avec la ferveur d'une éponge. J'avais l'espoir que sa pensée supérieure chasse la colonie d'angoisses qui voletaient autour de moi.

Il entra et se positionna comme il en avait l'habitude, en tenant les bords du pupitre à deux mains. Sur celui-ci étaient posés trois verres d'eau. La légende voulait qu'on puisse calculer la durée de son exposé au nombre de verres sur le pupitre.

Il ouvrit la bouche ; je me penchai avec empressement.

« On dirait une collégienne devant sa vedette préférée », chuchota Sarah Kuruvilla, qui enseignait la chimie.

Je me redressai et n'osai plus bouger.

Le temps qu'il finisse son premier verre d'eau, je sentis le désarroi monter en moi. Nous n'existions pas pour lui. Nous, les femmes, soit la moitié de l'humanité. Où étions-nous dans son raisonnement ?

À la fin du deuxième verre d'eau, je n'en pouvais tout simplement plus. J'avais dans la bouche le goût âcre de la guêpe. Je me levai. Le professeur se tut. On nous avait dit qu'il n'aimait pas les interruptions. « Il y a un problème ? »

J'inspirai et tentai de formuler ma question de façon intelligible. « Pourquoi ne jamais utiliser le pronom "elle" ?

– Veuillez parler plus fort. » À travers ses épaisses lunettes, les yeux du professeur me clouèrent sur place. En sentant les regards curieux dans mon dos, je songeai aux spécimens que je demandais à mes classes d'observer avant de les disséquer.

« Pourquoi détestez-vous le pronom "elle" ? Pourquoi n'employez-vous que "il" et "lui" ? De toute évidence, vous esquivez le féminin. Pourquoi ? »

Le silence était assourdissant.

Le professeur lâcha les bords du pupitre avec une perplexité très exagérée. « Eh bien, c'est de cette manière qu'un orateur, pardonnez-moi, une personne invitée à une conférence, exprime habituellement sa pensée. Est-ce assez neutre pour vous ? »

Il y eut une vague de gloussements dans la salle. Je m'étais fait remettre à ma place comme il fallait. Je me rassis et endurai le reste de l'exposé tandis que l'humiliation s'étendait en moi telle une tache d'encre rouge qui ne partirait pas au lavage même si je la frottais.

Quand il eut terminé, je retournai en hâte au labo. Je

ne voulais pas aller en salle des professeurs. Je craignais les railleries et la pitié qui m'y attendaient.

J'allai préparer quelques échantillons à mettre sous le microscope, ce qui me calmait toujours.

Ils ne me virent pas dans le couloir, et je ne vis pas non plus qui c'était.

« Elle s'est ridiculisée, commenta un garçon.

– N'empêche qu'elle avait raison », fit timidement remarquer une fille.

Que fabriquaient des étudiants en zoologie à un colloque de malayalam ?

« Ah ouais ? Et en quoi elle avait raison ? s'énerva le premier.

– Je t'ai expliqué, déjà. Tu n'as pas lu ses bouquins ? Elle traîne de sacrées casseroles. Si tu ne me crois pas, lis le roman qui lui a valu un prix ! » intervint quelqu'un d'autre.

Je tournai les talons. J'allais rentrer chez moi. Mais les messes basses refusèrent de me laisser tranquille. Je les entendis dans la triste mélopée des bambous bordant la clôture de la maison que je louais, dans le croassement des corbeaux du manguier devant ma chambre ; je le vis aussi dans les yeux de ma mère, et lorsque je me regardai en face dans le miroir.

J'allai de la fenêtre à ma bibliothèque. Je touchai mes livres, parcourus des doigts leurs dos en cuir. « Vous êtes mes seuls amis, mes vrais compagnons », leur dis-je.

Sur le rayonnage du bas, séparé des autres, se trouvait mon roman, *Dans l'ombre*. Il n'avait pas été facile à écrire, car j'avais pris pour sujet le triangle amoureux formé par Narendran, Subhasini et moi. Les critiques avaient parlé d'un ouvrage audacieux et poussant à la réflexion. Exactement ce qu'une mangeuse de guêpe aurait écrit, m'étais-je dit en envoyant le manuscrit aux éditeurs. Tant qu'on n'a pas ouvert la bouche, comment savoir quel goût cela a ?

Je m'étais vite résignée à ce qu'il soit éclipsé par les grands noms de la littérature malayalie et qu'il prenne la poussière dans la poignée de librairies qui l'auraient commandé.

Par conséquent, j'avais accueilli le télégramme de l'Akademi comme une reconnaissance de mon talent. À tout juste trente ans, j'étais la plus jeune lauréate dans l'histoire du prix. J'étais persuadée qu'il marquait le début d'une vie de succès et de bonheur. Je me voyais déjà acceptée par mes pairs et intégrant le sérail. La solitude que je portais comme une couronne d'épines se serait brisée et ma plume aurait foisonné.

Je découvris l'adulation. L'idolâtrie, même. La malveillance, aussi. L'esprit de compétition, les moqueries. Mais je ne trouvai pas les compagnons que je recherchais – les grandes conversations sur la littérature, le processus artistique et les moments de doute, la déconstruction du récit, tout cela resta dans mon imagination. Rien n'avait changé ou presque depuis le temps où j'avais mangé une guêpe en croyant que c'était une abeille regorgeant de miel.

Alors, j'étais retournée à mes livres et à mes lames de microscope. Allée à la faculté pour enseigner. J'avais caressé l'idée de faire une thèse. Épousseté ma bibliothèque et noté des idées.

Ce soir-là, je relus chacune de mes nouvelles. Que pouvaient-elles bien révéler pour faire penser à mes étudiants que je traînais des casseroles ? Ce n'était pas la première fois que j'entendais cette expression. Narendran aussi l'avait formulée à mon sujet.

J'écrivais sur des femmes dont l'existence n'allait pas dans le sens qu'elles auraient espéré. J'écrivais sur la perte et le chagrin ; sur la tentation et la capitulation. J'écrivais sur ma condition de femme. Étaient-ce les casseroles dont tout le monde parlait ?

Plus tard, je me demanderais si c'était ce que Markose voulait dire le jour où il me déclara : « Je ne connais personne comme toi. »

Est-ce ainsi qu'il me voyait lui aussi ?

3

La probabilité de notre rencontre était du même ordre que celle d'un spermatozoïde survivant à son parcours du combattant pour féconder un ovule. Une chance sur quarante-huit millions. Lorsque je lui expliquai cela, il me serra fort. « N'es-tu pas heureuse que j'aie battu les quarante-sept millions neuf cent quatre-vingt-dix-neuf mille neuf cent quatre-vingt-dix-neuf autres guerriers qui se bousculaient pour t'avoir ? »

J'éclatai de rire. J'adorais son sens de la repartie, capable de transformer un fait scientifique en fantaisie poétique.

J'avais trente-cinq ans. Je ne manquais de rien. Mais je ne savais plus quoi faire de ma vie. J'avais un diplôme en zoologie et un travail que je pouvais garder jusqu'à la retraite si je le souhaitais. J'avais écrit plusieurs nouvelles et un roman. Tant qu'il n'était pas publié, je ne pensais à rien d'autre lorsque je quittais mes étudiants le soir pour rentrer. À présent que j'avais gagné le prix, j'étais submergée par le trac, la crainte de ne pas être à la hauteur.

Le rédacteur en chef de l'hebdomadaire le plus prestigieux du Kerala m'avait proposé d'écrire un roman-feuilleton. « Il n'y a pas de honte à avoir. Dickens, Thomas Hardy, Henry James, Mark Twain, ils en ont tous fait. »

J'avais accepté, mais c'était une chose de signer un contrat pour un récit publié en plusieurs fois et une autre de l'écrire. J'allais devoir attendre que l'histoire me vienne. Ces passages à vide étaient les plus difficiles, car j'avais l'impression d'être une ratée : je me rappelais que je n'avais jamais aimé un homme ni appris à chanter.

Je devais m'occuper pour cesser de me sentir insignifiante. Depuis que j'étais devenue la légendaire mangeuse de guêpe, l'entomologie m'attirait, mais je ne m'étais jamais penchée sérieusement sur le sujet. À présent, cependant, un monde de possibilités semblait s'ouvrir à moi : pas de doute, me spécialiser dans le domaine des insectes calmerait les voix qui papillonnaient sous mon crâne. Je décidai de réaliser le rêve que j'avais longtemps mis de côté : une thèse.

Dehors, une guêpe faisait des allers-retours entre le jardin et le cadre de la fenêtre pour construire son nid avec de la boue. *C'est un signe*, pensai-je. Mon insecte fétiche allait devenir mon sujet d'étude.

Ma mère appelait la guêpe maçonne *vetalan*.

« Pourquoi ? lui avais-je demandé lorsque j'étais petite.

– Tu n'as pas remarqué comme elle te suit partout

quand tu t'approches trop près de sa maison ? Découpe le mot, tu comprendras. *Veta* veut dire chasser. *Aalu*, c'est l'homme. Donc *vetalan* signifie celle qui chasse l'homme. » Fronçant les sourcils et souriant en même temps, elle avait ajouté : « Surtout, ne va pas la manger ! »

Plus grande, je compris qu'elle avait sans doute inventé cette explication pour me faire taire. J'étais une enfant obstinée, une casse-pieds. Je compris aussi à qui je devais mon gène de la littérature.

La guêpe maçonne m'avait toujours fascinée. J'avais beau en voir partout, j'en savais peu sur cette créature solitaire, hormis la base. Nom scientifique : *Eumeninae*. Famille : Vespidés. Ordre : Hyménoptères. Classe : Insectes. Règne : Animalia.

J'allais devoir faire des recherches.

Comme toujours, j'avais besoin d'écrits pour me guider. J'achetai un billet de train pour Trivandrum pendant mes vacances. Et c'est ainsi que l'on se rencontra, à la bibliothèque de l'université du Kerala.

J'étais au rayon zoologie, en quête d'études sur les guêpes. Il y avait bien quelques livres écrits par des Occidentaux, quelques articles de revues. Mais aucune thèse de doctorat. J'étais à la fois excitée et découragée d'avance par ce que j'entreprenais. J'avais réussi à innover avec ma fiction. Peut-être y parviendrais-je avec mes guêpes également.

Je sortis tous les ouvrages que je pus trouver et les portai à la table la plus proche. Je remarquai mon voisin mais ne lui accordai pas plus d'importance. Je me trouvais dans la meilleure bibliothèque du Kerala, et les spécialistes y venaient de partout.

Je sentis qu'il me jetait un premier coup d'œil, puis un second. Le poids de son regard était aussi palpable que s'il avait mis une main sur mon bras. Je me raidis. L'attention masculine m'était étrangère.

Il se racla la gorge. « Mademoiselle Sreelakshmi. Mademoiselle Sreelakshmi ? » dit-il à voix basse.

Je me tournai vers lui, étonnée.

« Vous ne me connaissez pas, mais moi si. Ou disons que j'ai entendu parler de vous. » Son sourire était amical, sans plus. « Mon cousin Paul Verghese était votre étudiant. »

Je baissai le regard. Qu'est-ce que Paul était allé lui raconter ? Son départ précipité de la faculté était de mon fait. Il s'était follement épris de moi, et en plus avait eu le culot de me l'avouer. Un professeur ne peut tolérer ce genre de comportement déplacé. Il avait menacé de causer ma perte. J'avais dû agir ainsi que mon statut l'exigeait : j'étais allée me plaindre au directeur de mon département.

Avant de partir, Paul avait laissé un exemplaire des poèmes de Pouchkine pour moi. Une édition moscovite bon marché, dans laquelle il avait écrit cette phrase laconique : « Je suis venu m'agenouiller à tes pieds, et tu m'as fermé la porte au nez. »

« Comment va-t-il ? » m'enquis-je. Dans ma tête, j'imaginais un Paul émacié, avec l'expression de Jésus sur la croix. J'imaginais un garçon réduit à un fantôme par ma faute.

L'inconnu me sourit. « Plutôt bien. Se faire renvoyer est ce qui pouvait lui arriver de mieux. Il s'est repris en main. Il étudie la biochimie à Madras, maintenant. Et il a postulé à plusieurs universités américaines. On a de la famille là-bas. »

Pendant tout ce temps, je m'étais sentie coupable d'avoir anéanti Paul à moi toute seule. Finalement, il semblait bien que j'avais été son sauveur.

« J'ai lu votre roman », ajouta-t-il.

Je piquai un fard. Je ne savais jamais comment réagir lorsque je rencontrais un lecteur.

Il me dévisageait toujours.

« Je m'appelle Markose Mapila Karrukattil. » Soudain, il se leva. « J'ai un rendez-vous. Vous serez toujours là dans une heure ?

– Oui, pourquoi ?

– J'aimerais discuter avec vous. Jamais je n'aurais cru que nos chemins se croiseraient. »

Je regardai s'éloigner cet homme svelte à la peau mate, au nez busqué et à la barbe fournie. Qui était-il ? Que me voulait-il ? Il ressemblait un peu à Narendran les derniers temps, lorsqu'il était devenu membre du PSU : à un poète militant.

Vingt minutes avant l'heure dite, je rassemblai mes notes et quittai les lieux. Il m'attendait en bas des marches. Un sourire indolent lui éclaira le visage. Tel le chat qui sait que la musaraigne finira par sortir de son trou dans le mur.

Je me sentais bête. Sur un petit nuage. En mon for intérieur, un oisillon battait des ailes, de peur autant que d'euphorie. Que voulait-il de moi ? Et moi, que voulais-je de lui ?

Nous partîmes en direction de la résidence universitaire. En chemin, nous parlâmes littérature. Une fois à destination, il me montra l'India Coffee House voisin. Nous entrâmes, prîmes une table. Nous continuâmes à parler. À la seconde gorgée de café, j'avais l'impression d'avoir retrouvé Narendran.

Nous discutâmes écrivains russes et poètes anglais. Ensuite, nous passâmes à Darwin et à Dieu. Notre première dispute concerna la théorie de l'évolution et la création.

Il avait des opinions catégoriques. « Tu dis que la cellule est à la base de tout, mais d'où vient la première cellule ? » Il leva un sourcil amusé. « En clair, comment la mitose et la méiose sont-elles advenues au départ ? »

Je me surpris à penser que j'avais rarement rencontré quelqu'un comme lui, capable d'utiliser des mots savants et en plus de les différencier.

« Si tu as une explication à me fournir, je te vénère sur-le-champ », plaisanta-t-il, son regard fouillant le mien tandis qu'il passait les doigts dans sa barbe.

J'éclatai de rire, réjouie autant qu'apeurée de voir avec quelle facilité il sautait par-dessus toutes les barrières que je mettais entre nous.

Les trois jours que nous passâmes ensemble furent un hymne à l'amour. Une incantation de syllabes habilement choisies pour rassasier la faim en nous. Il scruta ma vie et mes idées comme si j'étais un échantillon sous son microscope. Je n'avais jamais rien connu de tel. Je me délectai de ce sentiment d'importance. Peut-être n'étais-je pas une guêpe solitaire, finalement. Je pouvais être comme tout le monde. Je pouvais désirer et rêver. Je n'écrirais plus sur des femmes en marge. J'écrirais sur des femmes repues d'amour : des femmes qui peuvent s'appuyer sur leur homme car elles savent qu'il est là pour de bon.

Citez-moi une guêpe ou un éléphant, et je saurai tout vous dire de leurs rituels d'accouplement. Mais s'agissant des humains, je ne connais rien à leur danse, ni aux luttes de pouvoir à l'œuvre. Peut-on sentir le moment où l'attraction devient incandescente, comme décrétée par une puissance divine ? Où l'amour qui s'élançait vers le ciel avec la légèreté du cerf-volant se retrouve accroché à une branche ? Est-on censé reprocher à l'arbre son désir de posséder ? En aurait-il fait autant s'il avait su qu'il signerait la fin de la merveilleuse légèreté ?

4

À Trivandrum, je logeais chez la cousine de mon père, Devi Mema, qui vivait près du campus. Son mari travaillait au secrétariat de l'université, c'était donc très commode pour mes recherches en bibliothèque. Et puis Mema était ravie d'évoquer mon père. « Il était comme Sindbad le Marin. Beau, intelligent, plein d'audace. Il n'existe pas un recoin de l'Inde qu'il n'ait pas visité. »

Je tentai d'imaginer mon père avec des touffes de poils lui sortant des oreilles, un pantalon bouffant et les bras nus, tel qu'on dessinait le personnage dans les livres pour enfants. Je le visualisai se cachant sous un bout de viande pour être ramassé par le rokh, l'oiseau géant, et fuyant l'île avec ses diamants. Mais rien à faire. Je ne parvenais pas à rapprocher l'image que j'avais d'un homme taciturne, au front éternellement plissé, de l'aventurier que sa cousine décrivait.

J'avais vingt-deux ans à sa mort, et cet événement avait changé ma vie. Mes beaux-frères, qui n'avaient pas leur mot à dire de son vivant, m'étaient tombés dessus. « Finies les bêtises. Terminé de vivre à Varanasi, et surtout d'étudier ! »

Je songeai beaucoup à mon père durant ces trois jours. Qu'aurait-il pensé de la femme que j'étais devenue brusquement ?

J'allais à la bibliothèque tous les matins et, tous les après-midi, il arrivait comme si on avait prévu de s'y retrouver. Je partais du principe qu'il venait et que je l'attendais tant qu'il n'était pas là. Nous marchions un peu, parlions beaucoup, et nous finissions à l'India Coffee House pour boire un café et manger des croquettes – végétariennes pour moi, au mouton pour lui. Ensuite, je prenais le bus pour rentrer auprès de Devi Mema et ses histoires de Sindbad le Cheminot, qui devenaient plus rocambolesques à chaque version.

Le quatrième jour, il tapota le bracelet de ma Favre Leuba.

« Tu portes une montre d'homme.

– Elle était à mon père.

– Ce n'est pas ordinaire, une femme qui porte une montre d'homme », insista-t-il en souriant.

Je souris à mon tour. « C'est parce que je ne suis pas une femme ordinaire.

– C'est vrai. Je ne connais personne comme toi. »

Je rougis, me demandant s'il me trouvait défaillante, quelque part.

Comme pour changer de sujet, il dit : « Quand repars-tu ? »

Je baissai le regard. « Ce soir. Par le train de nuit.

– Et quand comptais-tu me l'annoncer ?

– À l'arrêt de bus. » Je montrai d'un geste l'India Coffee House et nous. « Je voulais en profiter une dernière fois. »

Un bruit lui échappa. Un soupir, un grognement, je n'aurais su dire.

« De quoi, du café ou des croquettes ? » À sa voix, on aurait cru qu'il s'étranglait.

Prenant mon courage à deux mains, je répliquai : « Du café, des croquettes et de toi. »

Son sourire revint. « Je ne vais pas te laisser disparaître de ma vie, tu sais. »

Il effleura ma main : le contact de sa peau, la pression de ses doigts, l'éclat doré à son annulaire.

« Et ta femme ?

– Comment sais-tu que je suis marié ? »

Je montrai la pièce à conviction. « Ton alliance. Une zoologiste se doit d'avoir le sens de l'observation.

– Devrais-je lui parler de toi ? » fit-il, l'air songeur, tout en reposant sa main sur la mienne. Par cette question, il me demandait de définir la nature de notre relation.

« Fais ce que tu penses être le mieux », finis-je par répondre.

Il fixa un point au-dessus de ma tête, mais n'ôta pas sa main. Je n'ôtai pas la mienne non plus. Nous demeurâmes en silence pendant que nos cafés refroidissaient et que les croquettes se desséchaient. J'en eus les larmes aux yeux.

« Elle a un master de physique. Une femme très maligne. Rien ne lui échappe. Elle mesure mes hésitations au pied à coulisse et vérifie le ton que j'emploie avec un diapason. » Lui-même était docteur en philosophie, et sa compréhension de la physique s'arrêtait au lycée. Il cherchait à mettre un peu de légèreté dans une mise au point terrible, qui consistait à m'expliquer pourquoi on ne pourrait pas se voir aussi souvent qu'on le souhaitait. Pourquoi je ne pourrais pas envoyer de lettres chez lui. Mais je ne ris pas. L'amour, lorsqu'il est incertain et caché, use les rires en premier.

Je m'efforçai de ne pas montrer non plus à quel point j'étais blessée.

« Je dois m'en aller, dis-je en me levant. J'ai un train à prendre. »

Il se leva à son tour, m'accompagna à l'arrêt. Il monta dans le bus avec moi et s'assit à côté, de façon que nos épaules se touchent et nos corps se frôlent. Les mots s'étaient taris. J'aurais aimé qu'il parle. Plus tard, il m'avoua en avoir pensé autant.

Au moment de descendre, il me reprit une dernière fois la main. « Je te contacterai. » Je hochai la tête.

Peut-être que oui. Peut-être que non. Je refusais de me projeter. J'avais une thèse à préparer. Et une histoire à écrire. Cela m'avait suffi par le passé, il faudrait m'en satisfaire maintenant.

Ma mère m'accueillit avec un flot de questions sur ce que je comptais faire de ma vie. Des cousins avaient séjourné à la maison pendant mon absence. Ils s'étaient empressés d'attirer son attention sur le fait qu'on ne pouvait pas m'autoriser à rester célibataire éternellement. « Je ne serai pas toujours là, conclut-elle.

– Moi non plus.

– Il y a une offre. Un garçon maître de conférences à Madras.

– Quel âge a-t-il ? » m'enquis-je par curiosité.

Le visage de ma mère s'éclaira. « Trente-huit ans.

– Ce n'est plus vraiment un garçon. Et de toute façon, c'est non.

– Pourquoi tu te fermes comme ça, Sreekutty ? » soupira-t-elle. C'était le petit nom qu'elle me donnait. Pour elle, je restais une enfant. Elle insista : « Je demande à l'entremetteur d'apporter sa photo ?

– Je n'ai pas été claire ? C'est non », rétorquai-je sèchement.

Traitant mon agressivité comme une colère puérile, ma mère continua : « Tout le monde a besoin d'un partenaire. Un compagnon. Quelqu'un pour te préparer un thé bien chaud quand tu es clouée au lit.

– Vu la description, on dirait plutôt un domestique. » Je lui souris pour adoucir ma pique.

« Un domestique t'apportera tous les thés du monde, mais il ne restera pas pour s'assurer que tu ne te brûles pas la langue. »

Je la laissai dire. Au fil du temps, ma mère et moi avions connu diverses variantes de cette conversation. Jamais nous ne réussirions à nous convaincre, nos points de vue étaient trop opposés.

Et pourtant, j'eus un étrange pincement au cœur en cet instant-là.

Je me rappelai qu'il avait demandé une tasse vide au serveur de l'India Coffee House lorsque je m'étais plainte du café trop chaud. Il avait versé le liquide brûlant d'une tasse à l'autre, une fois, deux fois, puis l'avait reposé devant moi. « Ça devrait aller maintenant. »

J'allai défaire mes bagages. Lorsque la malle fut vide, j'y déposai un long soupir – tout ce qu'on ne s'était pas avoué et les désirs à fleur de peau, toutes les pulsions secrètes et le poids des larmes accumulées pendant le retour en train – je mis tout dans la petite malle marron, que je glissai sous mon lit. Je dormirais au-dessus de ma boîte de Pandore, en sachant pertinemment que l'ouvrir provoquerait ma chute.

5

Une semaine après la rentrée, un préposé vint m'annoncer que j'avais un visiteur. « Quelqu'un d'important, on dirait », précisa-t-il pour me presser. Je l'observai, perplexe. Les visites pour moi étaient rares. Aux yeux de la plupart de mes pairs, je restais l'écrivaine arriviste qui enseignait dans la faculté médiocre d'une ville provinciale. Ils étaient persuadés que je devais ma renommée à la chance et non au talent, comme s'en était réjoui méchamment un journaliste venu m'interviewer après l'annonce du prix.

« Un prêtre », ajouta le préposé en voyant que je ne sautais pas spécialement de mon siège.

Je le suivis, tout en me demandant pourquoi un prêtre venait me voir. Deux universités catholiques m'avaient déjà invitée à une conférence. C'était sans doute un évènement de cet ordre.

Les visiteurs étaient reçus dans le hall d'entrée. Sur un mur il y avait le tableau d'affichage, et à gauche le couloir menant au bureau du doyen et à l'administration. Il m'attendait debout, appuyé contre un pilier. Il portait une soutane noire et une coiffe discrète. Sur son torse, une croix en bois. Je le fixai, hébétée.

Il était prêtre. Il était marié. Il était venu me chercher. Ma boîte de Pandore venait de s'ouvrir toute seule. J'avais envie de prendre mes jambes à mon cou. Mais mon idiot de cœur mit de côté toute sagesse et me poussa vers lui.

Il se redressa en me voyant arriver.

« Tu es prêtre », relevai-je bêtement.

Il me dévisagea, les yeux empreints d'une profonde tristesse. « Je n'avais pas l'intention de te le cacher.

– Mais tu l'as fait, m'entendis-je répondre de très loin.

– Je ne savais pas comment aborder le sujet, alors j'ai décidé de te laisser voir par toi-même.

– C'est chose faite. » Pourquoi ne l'avais-je pas encore

planté là ? « Et tu es quand même marié ? enchaînai-je, tout en me demandant à quel autre propos il m'avait menti.

– Dans mon Église, les prêtres ont le droit, expliqua-t-il calmement. Quelle importance ?

– Comment entends-tu faire la paix avec ton Dieu ?

– Je ne sais pas, mais je vais trouver un moyen. »

Et avec ta femme ? pensai-je, mais je ne posai pas la question.

6

Je décrétai la poursuite de ma liaison défendue et de ma thèse en même temps. J'allais m'atteler aux deux projets avec autant de sérieux que de rigueur. En science comme en amour, il ne faut pas craindre d'enfreindre les règles et de subir les conséquences de sa passion.

La première des exigences est de comprendre son sujet. Ce soir-là, je m'étudiai dans le miroir pour tenter de voir ce que lui voyait – le front haut et les sourcils épais, le nez droit et les lèvres charnues.

« Vos yeux sont comme un microscope – vous voyez tout, vous ne laissez rien au hasard, et vous osez prétendre que vous n'avez pas deviné mes sentiments pour vous ? » m'avait lancé un Paul Verghese très énervé, un jour.

Je tournai le microscope vers moi-même. Étais-je une femme amoureuse ? Mais que faire de cet amour ? Il y avait suffisamment de preuves irréfutables pour affirmer que rien de bon n'en sortirait.

J'aurais dû lui tourner le dos à la minute où cette idée me traversa l'esprit.

Ce que je n'aurais pas dû faire, en revanche, c'est promener le regard sur le creux de ma gorge ou sur l'arrondi de mes seins, et imaginer ses lèvres là. Je n'aurais pas dû mettre une main sur mon ventre ferme et l'imaginer m'attirant à lui. Je n'aurais pas dû caresser mes hanches étroites et imaginer le frottement de sa peau contre la mienne. Je n'aurais pas dû me contempler dans le miroir et sourire. C'est pourtant ce que je fis, quand bien même je savais que c'était mal. Je me justifiai en pensant que je ne prenais rien qu'il n'était disposé à donner. Je me sermonnai : « Tu sais que c'est un piège, n'est-ce pas ? » Mais je laissai quand même ce sourire énigmatique me convaincre – après tout, j'étais la mangeuse de guêpe.

J'ébauchai une tentative de compréhension de l'homme amoureux. Quels étaient les signes physiques ? Le processus de pensée ? Quels changements de comportement pouvaient être observés ?

Je me rendis à la bibliothèque du département d'anglais et fis main basse sur la maigre collection de romans d'amour qui y était stockée. Qu'ils soient écrits par Tolstoï ou Changampuzha, le poète kéralais, je les avais toujours dédaignés. Ils m'ennuyaient. Mais plus maintenant. J'empilai les ouvrages avec un empressement qui me surprit autant que le bibliothécaire. *Anna Karénine. Madame Bovary. Les Hauts de Hurlevent.* Et puis, parce que c'était étrangement approprié, les *Lettres d'Abélard et Héloïse*. Quelque part dans ces histoires se cachaient les secrets du cœur.

Le bibliothécaire nota scrupuleusement les références de mes emprunts dans son registre. Lorsqu'il eut terminé, il me regarda avec curiosité. « Je suppose que c'est pour un nouveau livre. »

Je souris. Je savais ce qu'il allait raconter aux autres. Que j'avais emprunté toute une pile de bouquins et que – il en mettait sa main au feu – j'allais piocher des idées dedans pour mon prochain roman. Il ne m'accuserait pas de plagiat ouvertement. Ce serait de la jalousie. Une innocente remarque à un collègue suffirait : « Une fois ta réputation faite, tu peux bidouiller autant que tu veux, les gens te liront en s'extasiant. »

Même après tant d'années, je ne comprends pas pourquoi je suscitais autant l'antipathie. Pourquoi me disait-on sévère et distante ? Pourquoi me croyait-on incapable d'avoir de l'imagination ?

En rentrant ce jour-là, je rangeai les romans avec la collection de Sindbad le Cheminot. « Qu'est-ce que tu dis de ça ? » lançai-je à mon père.

Puis je sortis mes notes prises à la bibliothèque de Trivandrum. J'avais fait une première découverte, à savoir le manque certain d'informations concernant l'anatomie d'une liaison amoureuse et celle de la guêpe.

En 1804, l'entomologiste danois Johan Christian Fabricius nomma trente espèces de *Sphecidae* (guêpes fouisseuses) dans la zone orientale, dont trois pour la seule région de Malabar où se situe le Kerala. Je partais du principe qu'il n'était jamais venu en Inde. Sur quoi avait-il basé ses découvertes ? Des spécimens rapportés par quelque voyageur ?

En 1903, l'officier irlandais Charles Thomas Bingham, lui, nomma six espèces de *Sphecidae* des Ghats occidentaux, dans le Kerala. Il s'était fait envoyer les spécimens par le commandant E. Stokes-Roberts, du corps des ingénieurs royaux. Mais comment pouvait-il apprendre quoi que ce soit sur les guêpes sans les avoir observées dans leur habitat ? Comment, au-delà de la taxinomie, les découvertes de ces hommes pouvaient-elles être exactes ? Pourquoi n'y avait-il pas davantage de travaux sur les guêpes ?

Je feuilletai les livres que j'avais empruntés. Pourquoi n'y avait-il pas non plus d'études expliquant comment entretenir une liaison avec un homme marié ? Assurément, je n'étais pas la seule à me poser la question ?

7

J'enlevai mon sari pour mettre un *salwar kameez* vert pâle que j'avais acheté à Varanasi. *Je rentre encore dedans*, constatai-je avec satisfaction en enfilant la tunique à manches mi-longues et le pantalon large.

Ma mère me tendit un verre de thé, le regard noir. « Qu'est-ce que c'est que cette tenue ?

– Je dois faire des recherches sur le terrain », déclarai-je en buvant une gorgée.

Dans une assiette m'attendait un *ela-ada*. Tous les jours depuis trois ans que ma mère et moi vivions ensemble, elle me servait cette douceur en collation.

Elle avait bien tenté de m'en proposer d'autres, mais j'avais refusé catégoriquement. Elle se plaignait que l'*ela-ada* lui donnait des brûlures d'estomac et finirait par m'en donner aussi. Ma mère avait rarement tort, mais je n'étais pas prête à renoncer au plaisir enfantin d'imaginer que je mangeais un livre quand je mordais dans ce mets carré.

Je dépliai la feuille de bananier, détachai un morceau d'*ada* que je posai sur ma langue, puis me laissai envahir par l'arôme de la feuille cuite à la vapeur, le piquant de la noix de coco, la force du sucre de canne et l'onctuosité de la pâte à la farine de riz.

« Tu vas vraiment sortir comme ça ? » Pour ma mère, il n'y avait pas plus vulgaire qu'un *salwar kameez*. La tunique, passe encore, mais un pantalon ? Ce vêtement sous-entendait qu'une femme avait des jambes. Et entre ces jambes résidait le péché.

Était-ce pour cette raison que dans les temples du Kerala, la règle voulait qu'une femme portât un sari ? Aucun temple de Varanasi ne l'exigeait. Dans le nord de l'Inde, les mères tiquaient seulement si leur fille sortait sans une longue écharpe pour se couvrir le buste. La mienne se fichait que je dévoile ma poitrine. Elle était habituée à voir des femmes seins nus, entre celles qui se couvraient uniquement dans les lieux publics et les autres qui mettaient des corsages très courts. Mais un *salwar*, ce n'était pas respectable.

« Oui, répondis-je calmement. Je ne peux pas aller à la chasse aux guêpes en *mundu*. »

Ma mère pinça les lèvres mais ne dit rien. Après tout, c'était moi qui tenais les cordons de la bourse.

Ce premier jour, je n'étais pas équipée pour attraper une guêpe, mais j'étais déterminée à essayer.

Dans les affaires de mon père, je trouvai une raquette de badminton. Avec ses cordes distendues, je m'étais souvent demandé pourquoi il la gardait et refusait qu'on y touche. À présent, je m'interrogeais : avec qui Sindbad le Cheminot jouait-il au badminton ? Avait-il une amie ? Jouaient-ils à d'autres jeux ensemble ? Et elle ? Que pensait-elle d'être la maîtresse ?

Je dénichai un *mundu* dans les vieux habits gardés par ma mère. Je découpai le cordage de la raquette, puis entrepris de coudre sommairement le tissu fin à la place. Mon filet à guêpes était prêt.

Je m'aventurai dans la jungle autour de la maison. La zone était densément boisée : kapokiers et tecks, manguiers et jaquiers, cytises et palissandres, hibiscus et sophoras, ixoras et orchidées blanches. Des fleurs attirant des papillons, qui pondaient des œufs destinés à devenir des chenilles. De la nourriture pour bébés guêpes. J'allais forcément y dénicher des spécimens.

Toute la sainte journée, j'entendais leur bourdonnement porté par la brise et démultiplié par le silence ambiant. Je marchai entre les arbres sans savoir ce que je cherchais précisément. Je me déciderais lorsque j'aurais réussi à en étudier quelques-unes. Peut-être même allais-je découvrir une espèce ayant échappé à Fabricius et Bingham, et aux grands entomologistes indiens qu'étaient Ayyar, Usman et Puttarudriah. Mais la guêpe solitaire se déroba aussi à moi ce jour-là. En revanche, je dérangeai un nid de frelons.

Le frelon appartient à la famille des vespidés, et sa caractéristique principale est qu'il est plus gros et agressif que sa cousine la guêpe. Je savais tout cela en m'approchant du nid sphérique qui se trouvait dans un kapokier et devait contenir quelques centaines d'individus. Deux spécimens, c'était tout ce que je demandais. Le nid n'était pas trop haut, et j'y donnai une petite tape à l'aide d'un bâton en bambou.

Il se mit à bouger, le bourdonnement devint plus fort et énervé. Je donnai une autre tape dans l'espoir de faire s'envoler quelques frelons. J'étais consciente du danger, et je priai pour en prendre un ou deux sans trop de dégâts à leur habitat ni à ma personne.

C'est un essaim qui jaillit brusquement. Je me sauvai à toutes jambes, mais fus prise en chasse. Je riais à gorge déployée, de peur mais aussi par pure jubilation. Je me fis piquer sur le bras, à travers le tissu. Un autre fondit sur moi avec toute la furie que la femme de Markose ressentirait si elle découvrait mon existence.

Le dard du frelon évoque une fine lame incurvée. Une lame qu'il plonge dans ce qu'il perçoit comme une menace, le temps de vider son sac à venin.

Le frelon m'attaqua au visage et me piqua la joue à plusieurs reprises. Je ne connaîtrais jamais la douleur de l'enfantement, mais ce ne pouvait être pire. Le venin me monta au cerveau et me paralysa. Je n'avais plus qu'une idée en tête : fuir.

Je trébuchai et m'étalai au sol. Ma lèvre fendue se mit à saigner.

Plus tard, alors que ma mère frottait vigoureusement une échalote sur mes piqûres, je l'entendis dire que je devais être folle. « Personne d'un tant soit peu sensé n'irait déranger un nid de frelons. Qu'est-ce qui cloche chez toi, Sreekutty ? Tu as mangé une guêpe à quatre ans, d'accord. Mais tu en as trente-cinq aujourd'hui. Comment peux-tu être aussi irresponsable ? »

Elle me confia l'échalote pour que je frictionne ma joue. J'avais déjà moins mal, et la lotion à la glycérine que j'appliquais le soir m'aiderait à atténuer l'inflammation et les rougeurs.

« On peut mourir de ces piqûres, surtout celles des espèces géantes qui vivent dans la jungle. Tu enseignes la zoologie et tu ne sais pas ça ? Il y a une façon de les approcher. » Elle prit le relais en appliquant une nouvelle échalote, qu'elle venait de couper.

Je lui étais reconnaissante de me soigner. Je savais aussi que le lendemain, dès mon départ pour la faculté, elle irait au temple remercier les dieux de m'avoir sauvée. De là, elle se rendrait chez l'astrologue pour vérifier si mes planètes ne penchaient pas selon un angle bizarre ou n'entraient pas en conflit avec d'autres, car comment interpréter ma folie passagère, sinon ? Le dernier arrêt serait pour le médecin ayurvédique, où elle se ferait prescrire du *lehyam* ou du *kashayam* pour calmer mes excentricités.

Je la regardai avec tendresse. C'était son amour qui me faisait tenir. Mais cela ne devait pas me détourner de l'objectif que je m'étais fixé : faire la cour aux guêpes et me précipiter tête baissée dans une aventure avec un prêtre marié.

8

La folie est magnifique. À mesure qu'elle pénètre votre système sanguin, elle dévore toute raison, toute logique, et vous permet de réaliser votre désir le plus secret. Je souhaitais être complètement et irrévocablement folle.

Mais hurler à la lune et se plier aux mouvements des astres, très peu pour moi. Ramper sous le lit, tachée du marron des excréments et du rouge des menstrues, très peu pour moi. Invectiver le ciel et converser avec les dieux, très peu pour moi. Sentir mes mots se tarir à jamais et devenir catatonique, très peu pour moi. Ma folie était belle. Ma folie était un noumène : elle existait indépendamment de tout ce qui arrivait autour de moi, et à moi.

Dans la caverne, j'étais enchaînée dos au feu. Les ombres qui sautaient et gambadaient sur le mur devant moi étaient les seuls êtres que je connaissais et à qui je donnais des noms. Ma folie était telle que je ne désirais rien d'autre que cette allégorie de la caverne et le réconfort des chaînes me rivant aux ombres et à leur réalité.

La folie me disait quoi faire. Je n'irais plus vers les

guêpes. Je les ferais venir à moi. Vers lui, en revanche, j'irais encore et encore. Mon désir était insatiable. Mon sexe palpitait comme jamais. Ma folie était à ce point.

Je lui écrirais des mots d'amour en public. Je me révélerais à lui dans mon écriture. À présent que je l'avais trouvé, je n'allais pas faire ma sainte nitouche ou la femme inaccessible. Je ne connaissais pas les ruses de mes congénères, et je ne savais pas non plus jouer au chat et à la souris, ni ce qu'on exigeait de moi pour l'attirer. Mon amour était à ce point. Il n'avait aucun orgueil, aucune honte. Il n'avait pas peur des conséquences, et ne serait pas hanté par la question qui suit la trajectoire habituelle d'une liaison : « Et maintenant ? » Mon amour n'avait pas besoin de posséder ou d'être possédé. Nous nous aimions et cela suffisait.

Certains jours, je me réveillais avec le goût d'œufs d'araignée dans la bouche, et les doigts des mains et des pieds crochus comme les serres d'un aigle. Alors je me rendais à l'église Saint-Elijah de Kunnamkulam, où il officiait, et j'attendais dans l'échoppe d'en face de l'entrevoir. Certains jours, les ombres ne suffisaient pas à combler le vide en moi, et je me rendais à la poste pour téléphoner à l'aumônerie, en espérant qu'il décroche. La plupart du temps, l'appel sonnait dans le vide et je l'imaginais face à moi, passant les doigts dans sa barbe tout en me dévorant des yeux. Certains jours, je restais au lit et serrais fort mon oreiller comme si c'était lui. Je l'emprisonnais d'une jambe et me blottissais contre son cou. J'entendais son cœur battre. Et je me disais, voilà la circonférence de mon paradis : mon écriture et lui. D'autres jours, j'entendais juste les guêpes bourdonner.

J'évidai une noix de coco et demandai à Karthu de la nettoyer en la frottant avec une feuille de *koovalam*. Ensuite, je préparai une pâte épaisse à base de blanc d'œuf et de curcuma, en badigeonnai l'intérieur et laissai sécher. Quand le soleil eut fait son œuvre, je me débarrassai de l'excédent d'une tape contre le sol et j'obtins une noix de coco d'un jaune brillant. Je confectionnai vingt pièges identiques et les plaçai pour moitié autour de la maison, et le reste loin dans la jungle derrière chez nous. Un par un, je les remplis d'eau et ajoutai une goutte de savon liquide que j'avais fabriqué en dissolvant des lamelles prélevées sur un pain de savon.

Avec cela, les insectes allaient venir. Les aphides et les sphécides. Les pucerons, les abeilles et, surtout, mes guêpes parasites. Elles seraient attirées par la couleur jaune. Elles se poseraient dans la noix de coco, certaines de leur connaissance du langage de l'eau. Sans compter qu'elles possédaient un dard. Fin et incurvé. Et qui oserait se mettre en travers de leur passage alors qu'elles possédaient vitesse *et* venin ?

Mais le savon est un ennemi rusé. Il casse la tension de l'eau en surface. Mes guêpes seraient entraînées vers le fond et s'y noieraient. Figées pour toujours dans cette tombe aquatique, leurs dards et leurs histoires intacts. Mes guêpes viendraient à moi et, lorsqu'elles viendraient, j'irais vers lui.

Je reçus un télégramme à la faculté.

J'ai menti en disant que j'irais vers lui. En réalité, j'avais posé un piège sous la forme du récit à paraître dans le *Weekly*. Ils l'avaient déjà annoncé : « Par la plume sans concession de Sreelakshmi, un nouveau roman-feuilleton à retrouver toutes les deux semaines dans nos pages : *Lettres à un homme jamais rencontré*, qui parlera d'amour, de la vie et du hasard. »

Dans le télégramme, il me demandait comment je pouvais écrire des lettres à un homme jamais rencontré que j'avais déjà rencontré. Avec qui j'avais partagé des cafés et des croquettes.

Je souris en lisant ces mots. Je ne savais pas que j'avais ce sourire en moi. Un sourire qui se nourrissait de sous-entendus, une flamme qui n'avait jamais trouvé à s'exprimer.

Plus tard ce jour-là, j'entendis une de mes étudiantes dire à ses amies : « Je le crois pas, la prof vient de me sourire ! »

Vraiment ? J'avais dû la croiser, ma joie secrète encore aux lèvres.

Je touchai le télégramme et suivis du doigt les lettres qui formaient son nom. Je pris mon stylo à plume, et laissai le sourire se propager à mon doigt guide.

Comment sais-tu que mon histoire parle de l'homme avec qui j'ai partagé des cafés et des croquettes ? Comment ?

Qui était donc cette Sreelakshmi ? Une chasseuse de guêpe doublée d'une dévergondée.

Après les cours, j'allai à la poste pour envoyer ma réponse par télégramme à son église. « Je ne sais même pas où il habite », me dis-je avec un pincement au cœur.

Le lendemain après-midi, il m'attendait dans le hall d'entrée de la faculté.

« *Namaste* », dit-il en souriant aussi, comme s'il ne devait jamais s'arrêter.

Le sourire ne m'avait toujours pas quittée lorsque je retournai au labo. Mais une fois absorbée par mes lames de microscope, je le sentis vaciller. Je m'agrippai à la table et me demandai : « Qu'est-ce que je vais faire ? Ce n'est pas comme ouvrir la bouche et attendre qu'une guêpe y entre. Cette fois, c'est la vie. Il n'y a pas de retour en arrière. »

Ce soir-là, j'allai relever mes pièges. Ceux que j'avais placés à proximité d'arbres en fleurs étaient saturés d'insectes.

Ma mère et Karthu me regardèrent avec horreur et fascination égoutter le contenu des noix de coco dans une passoire. « Dans les *puranas*, il est dit que celui qui tue une fourmi pour une mauvaise raison est condamné à passer mille ans en enfer, déclara ma mère à la domestique, alors que le reproche s'adressait à moi.

– C'est dans quel *purana*, ça ? » m'enquis-je, sans quitter mes spécimens des yeux. Il y avait des guêpes, des abeilles, des criquets, des moustiques et même quelques scarabées.

« Je ne sais pas. Mais je suis sûre que c'est écrit quelque part », grogna-t-elle avant de quitter la pièce.

Karthu la suivit en marmonnant que les moustiques allaient se reproduire et qu'on allait toutes attraper la malaria.

La scientifique, l'écrivaine et l'amante ont ceci en commun qu'à chaque pas, on contrarie leurs projets. Telle est la réalité de leurs choix.

Je lavai les spécimens à l'eau claire. Il y avait quatre types de guêpes que je reconnaissais, et une que je ne connaissais pas. Je les emportai au labo où je les conserverais dans l'alcool.

Puis je m'installai pour écrire. La scientifique sait. L'écrivaine imagine. L'amante cherche à lire entre les lignes. Qu'allait-il penser de mon histoire ?

Le premier épisode du roman-feuilleton paraissait le vendredi suivant. Il n'y avait plus qu'à patienter. Bien sûr, j'aurais droit aux courriers habituels de félicitations et de protestation. Mais c'était sa réponse à lui que j'attendais.

Le samedi matin, il revint à la faculté et m'observa un long moment. Je baissai les yeux en premier.

« Je suis ton Murad », dit-il simplement.

Je restai muette.

« Je suis ton Murad », répéta-t-il en s'esclaffant. Dans sa voix, je perçus du triomphe. Du désir, aussi, et une tendresse qui me donna envie d'abolir la distance entre nous en posant ma tête sur son torse.

Je les possédais à présent – mes guêpes et lui.

Mais qu'allais-je faire d'eux ?

9

Je lui transmis le deuxième épisode avant de l'envoyer au *Weekly*. Il revint me voir le lendemain.

« As-tu déjà été amoureuse ? » exigea-t-il de savoir.

J'écarquillai les yeux.

« Je veux dire, as-tu déjà connu un homme ?

– J'ai étudié la biologie, j'enseigne la zoologie. Je connais le corps humain sur le bout des doigts », rétorquai-je. Je savais quel passage l'avait perturbé.

Il prit appui sur le mur et croisa les bras. « Tu me rends dingue, souffla-t-il, comme s'il était en colère contre lui-même.

– Cela t'aiderait de savoir que toi aussi, tu as failli me faire perdre la raison ? » dis-je d'une voix douce, tout en regardant ses mains. Ses petites mains d'enfant. Je voulais les sentir sur moi.

C'était l'intercours, et il y avait du va-et-vient dans le hall. Des étudiants passèrent en faisant mine de ne pas me voir. Le plus curieux de la bande craqua et nous jeta un coup d'œil. D'ici peu, une rumeur serait lancée sur Mlle Sreelakshmi et son visiteur barbu, si ce n'était déjà fait. Markose était en chemise noire et pantalon noir, on ne pouvait donc pas deviner qu'il était prêtre.

Dehors, quelques jeunes tournaient autour d'une moto, admiratifs. Il y en avait peu d'aussi élégantes à Ottapalam.

Il vit que je les observais. « C'est la mienne. Une Jawa. Je l'ai fait venir spécialement de Tchécoslovaquie, m'annonça-t-il avec fierté. Viens, je vais te la montrer. »

Les garçons s'écartèrent en nous voyant approcher. « Regarde : aucune autre moto ne possède un aussi beau réservoir, ni un double pot d'échappement. Je t'emmènerai faire un tour. »

J'avais deviné depuis un moment qu'il appartenait à une famille riche. Étaient-ce ses parents qui avaient choisi sa vocation ? Avaient-ils choisi son épouse, aussi ? Peut-être les seuls vrais choix de Markose étaient-ils sa moto et moi. Était-ce ce que je représentais pour lui ? Un acte de rébellion ?

« Allons nous promener. Montre-moi ton campus », suggéra-t-il. Et c'est ainsi que nous déambulâmes dans le parc, tout en laissant nos mains se frôler de temps à autre.

Le mardi suivant, il revint à moto. J'avais dit à ma mère que j'allais à Palakkad pour la journée.

Je scrutai l'engin avec appréhension.

« De quoi as-tu peur ? se moqua-t-il gentiment, avant de démarrer. Une clé de Jawa déverrouille n'importe quelle Jawa, mais comment ouvrir ton cœur à la mienne ? »

Je pris place à l'arrière, en amazone. En prenant de la vitesse, je sentis le vent emmêler mes cheveux. Je n'entendais plus ce qu'il disait, mais cela m'était égal. Être avec lui me suffisait.

Il était tard lorsqu'il me ramena. Je le regardai partir, provoquant des étincelles sur la route du campus lorsqu'il prit un virage sur les chapeaux de roues. Et pour la énième fois, je songeai qu'il était attiré par le danger, comme si c'était plus fort que lui.

Lettres à un homme jamais rencontré avait déjà suscité beaucoup de réactions dans les cercles littéraires et au sein de ma faculté. Je voyais bien que mes lecteurs masculins me jaugeaient, curieux de savoir où j'avais appris ce que j'écrivais dans le *Weekly*. Ils devaient déjà m'avoir associé une demi-douzaine de proverbes. Il n'est pire eau que l'eau qui dort. Le chat de gouttière marche toujours à pas feutrés. J'étais passée du statut de phalène à celui de tentatrice. Avant, cela m'aurait hérissée et j'aurais recherché l'obscurité. Plus maintenant. Si d'autres hommes me trouvaient désirable, il en irait de même pour lui.

« On ne peut pas continuer à se voir comme ça », affirmai-je un jour où nous étions attablés dans une échoppe de thé à Palakkad.

« Je sais. Dans ma situation… » Le mot demeura entre nous.

Et moi, alors, avais-je envie de rétorquer. Une femme dans ma situation ne pouvait pas se le permettre non plus.

Il reprit la parole. « Si seulement on passait une journée ensemble, juste toi et moi, sans s'inquiéter des regards et des rumeurs. Pour partager librement ce qui nous consume de l'intérieur. Est-ce trop demander, Sree ? »

La frustration qu'on décelait dans sa voix reflétait mes sentiments. Mais comme il n'oserait jamais me le proposer, je m'en chargeai. « Partons quelques jours dans un lieu où personne ne nous connaît.

– Tu es sûre ? » Ses yeux brillaient de mille étoiles.

C'était simple : je voulais être avec lui et il voulait être avec moi.

Mon sourire revint.

10

Parallèlement à nos projets, j'entrepris d'étudier mes guêpes au labo. Je commençai par les fixer à des planches avec des épingles entomologiques. J'étirai soigneusement antennes, pattes et ailes, puis les étiquetai. Date de la découverte. Localisation. Habitat. Les spécimens avaient séché à l'air libre et à température ambiante, avant d'être conservés dans des boîtes à insectes. En me basant sur les caractéristiques connues des *Sphecidae*, je les regroupai par espèces morphologiques. Je les examinai au microscope et les classai dans la famille des sphéciformes. J'avais très peu d'éléments à disposition pour identifier les sous-familles et le genre. Mais je m'appuyai autant que je le pus sur les travaux d'Albert John Cook et de Charles Bingham.

Une de mes étudiantes en troisième année passa me voir. Prema était appliquée, intéressée par son sujet et m'était dévouée. Nous étions voisines et, lorsque j'étais malade, je prévenais mon directeur par son intermédiaire.

« Je peux vous aider, mademoiselle Sreelakshmi ?

– Pas vraiment, mais tu peux observer. » Je lui montrai comment séparer la tête et l'abdomen à l'aide de microciseaux. « Maintenant, on va la mettre dans une éprouvette contenant une solution à 10 % de KOH et laisser agir jusqu'à demain matin. »

Je sortis un spécimen ayant subi le même sort la veille. Je le lavai plusieurs fois pour ôter toute trace d'hydroxyde de potassium, puis le plaçai sur une lame enduite de glycérine pour continuer la dissection.

« Pourquoi faites-vous ça ? demanda-t-elle lorsque j'eus fini de me nettoyer les mains.

– Je prépare une thèse. Mais d'abord, je dois repérer une faille dans les connaissances existantes sur les guêpes. Je dois procéder à une étude empirique. Et je dois trouver quelqu'un qui veuille bien me guider. »

Je notai par écrit les résultats de mes observations et les envoyai au professeur Mary Ipe, de Trivandrum, qui avait manifesté de l'intérêt pour mon sujet et temporairement accepté de diriger ma thèse.

11

Il réserva une chambre à l'hôtel Dasaprakash de Madras. « C'est un endroit discret. On sera tranquilles », affirma-t-il lorsqu'il vint le vendredi après-midi. Le deuxième épisode du roman-feuilleton avait été publié le matin même. Nous devions prendre le train de nuit le lundi, rester là-bas le mardi et reprendre le train de nuit le mercredi.

De retour à la maison, j'annonçai que je devais me rendre à Madras pour un colloque. « J'y vais avec quelques collègues. Je ne m'absente que deux jours », ajoutai-je, même si ma mère ne demanda rien et me servit à manger en silence.

Elle toucha à peine à son pain, se contenta de le

déchirer en menus morceaux. Quelque chose la contrariait. C'était une femme simple, pour qui la forme d'agression la plus efficace était de bouder. Au fil du temps, j'avais appris à le gérer en l'ignorant. Elle finissait toujours par vider son sac et l'atmosphère se détendait.

Je savais que je n'aurais pas le temps d'écrire le prochain épisode pour le *Weekly*. J'allai dans ma chambre et sortis le stylo à plume de Sindbad, ainsi que du papier.

Je marquai une pause devant la page blanche. Une phalène volait autour de l'ampoule nue. Le bonheur m'éclairait de l'intérieur. Les mots surgirent du stylo comme par magie. Lorsque je m'arrêtai, trois heures s'étaient écoulées et j'avais mon récit. Les corrections attendraient le lendemain matin.

Le tonnerre se mit à gronder. La mousson d'octobre serait bientôt là. Je m'imaginai regardant la pluie tomber dans ses bras.

Vous ai-je dit que je n'avais pas fermé l'œil depuis plus de douze ans, à ce stade ? Je passais mes nuits allongée sur le lit, à fixer le plafond. Ou bien je fermais les yeux et fixais l'intérieur de mes paupières.

J'avais perdu le sommeil lors du voyage en train qui me ramenait de Varanasi à la mort de mon père. Je ne pouvais pas rentrer à temps pour sa crémation, mais pendant les trois jours et demi que dura le voyage, je vécus la scène en esprit. J'étais là pour verser les gouttes d'eau entre ses lèvres déjà raidies. Je lui caressai le front comme je ne l'avais jamais fait de son vivant. Je n'avais aucun souvenir de l'avoir serré dans mes bras, ni même d'avoir tenu sa main, depuis mes onze ans. Pères et filles adolescentes n'avaient rien ou presque à faire ensemble. C'était la norme. Mais ceci ne l'avait pas empêché de me surveiller tel le démon qui garde un trésor. Parce que tout le monde le craignait, on m'avait laissée tranquille. Je prenais soudain conscience que sans sa protection, si j'avais le malheur ne serait-ce que de fermer les yeux, ma famille allait me voler ma vie.

Le samedi, je me levai à l'aube.

J'allumai, contemplai les feuilles soigneusement empilées sur mon bureau. J'entendis ma mère bouger dans la chambre voisine, le grincement des lourdes portes de la cuisine qu'on ouvrait, le bruit mat de celle qui menait au puits, le couinement de la poulie lorsque Karthu tira de l'eau. Une sensation de bien-être inexplicable m'envahit et je me retins de sautiller jusqu'à la cuisine.

« Il me faut du café.

– Le laitier n'arrive pas avant six heures, répliqua Karthu, agacée de me voir debout si tôt.

– Je le prendrai noir », dis-je avant d'aller me laver.

À mon retour, le verre m'attendait sur la table. Je l'emportai dans ma chambre. Remontai ma montre. Lus ce que j'avais écrit la veille. Il n'y avait pas un seul mot à changer. Je regrettais de ne pas avoir pensé à utiliser une copie carbone, mais peu importait. Les lignes vierges de toute correction étaient la preuve de notre amour.

J'allai travailler comme à l'accoutumée. En chemin, je

postai mon récit. Une journée de cours m'attendait, suivis d'une réunion, puis d'un débat auquel je ne pouvais me soustraire car j'en étais la modératrice. Le temps de rentrer, j'étais épuisée.

Ma mère posa un thé et un *ada* sur la table, puis s'assit sans mot dire. Je ne supportais plus son silence.

« Qu'est-ce qui te tracasse, *Amma* ? »

Elle baissa le regard.

« Pourquoi tu ne veux pas me parler ? »

Elle renifla.

« Allez, dis-moi », l'amadouai-je, et je lui touchai la main.

Elle l'écarta.

« Qu'est-ce qui ne va pas ? persévérai-je.

– Mon cousin est venu hier.

– Qu'est-ce qu'il voulait ? » Je commençai à manger.

« Il a lu ton roman-feuilleton.

– Et ?

– C'est vulgaire, confessa-t-elle enfin.

– En quoi une histoire d'amour est-elle vulgaire ? lui souris-je.

– Tu n'es pas mariée. Comment sais-tu ce qu'un homme et une femme font ensemble ? Comment peux-tu écrire ces horreurs ? Et tes étudiants, tu y as pensé ! » Les mots fusaient telle une nuée de frelons, chacun cherchant à me toucher et me paralyser.

Je m'étais fait piquer suffisamment de fois pour savoir qu'on peut échapper à une guêpe, mais pas à un essaim entier. Il ne sert à rien de courir en faisant de grands moulinets avec les bras ; il ne sert à rien non plus de se cacher sous la table. La seule solution est de retenir sa respiration et de se changer en statue. De faire le mort jusqu'à ce que l'essaim décide qu'il n'y a plus de menace et reparte.

Ma mère objecta que sans l'approbation de la société le monde ne tournerait pas rond, et qu'une vieille fille devait se montrer deux fois plus prudente, car son seul héritage était sa réputation, et mieux valait encore mourir que vivre dans le déshonneur. « Si tu dois absolument écrire, pourquoi pas des contes pour enfants ? Personne n'y trouvera à redire. Regarde comme tout le monde adore les livres de Mali !

– Mali est sans conteste une grande écrivaine kéralaise, et ses histoires sont merveilleuses. Mais comment veux-tu que j'écrive dans un genre pour lequel je n'ai aucune prédisposition ?

– Dans ce cas, tu devrais arrêter carrément, conclut-elle avec une fermeté qui me surprit.

– *Amma*, tu te rends compte de ce que tu dis ? »

Ma mère quitta la pièce comme si elle ne m'avait pas entendue.

J'allai dans ma chambre, ouvris la commode. Je sortis tous les habits sur le lit, puis entrepris de les ranger. Cela me calmait toujours de replier mes habits machinalement. J'en profitai pour penser à ceux que j'allais emporter. Si j'avais encore des doutes sur ce que j'avais prévu de faire, je n'en eus plus aucun après cette discussion avec ma mère.

Le dimanche, je l'emmenai à Karakkad. Cela faisait un

moment qu'elle demandait à y aller. J'avais l'impression que chaque fois qu'elle passait du temps à la *tharavad*, elle revenait plus heureuse.

Il devait me rejoindre à l'arrêt d'Olavakkode. Selon lui, c'était plus prudent qu'on ne monte pas ensemble à Shoranur ou Ottapalam. Lorsque le train entra en gare, je sentis ma bouche se dessécher et les guêpes bourdonner dans mon ventre. Et s'il avait changé d'avis ? Le quai était bondé de voyageurs, de parents les accompagnant, sans compter les porteurs et les marchands ambulants. Enfin, je l'aperçus près du robinet d'eau. Il cherchait ma voiture. Il me cherchait, moi. Je passai une main par la fenêtre et lui fis signe.

La lune nous éclaira entre deux nuages de pluie.

Il monta. Me sourit. J'en fis autant. Les places voisines étaient vides. Nous nous assîmes côte à côte, laissant nos épaules se toucher, et pendant longtemps nous demeurâmes silencieux. Cela suffisait, cette proximité, cette osmose laissant présager l'autre à venir.

Il s'était apporté à manger ; moi aussi. Riz au yaourt et *pickles*. Lui avait des pommes de terre frites et un *chapati*.

« Tu en veux ? proposa-t-il. Ce n'est pas elle qui les a faits. »

Elle. Sa femme. Le *elle* que nous éludions le plus souvent. Sauf que je l'avais toujours dans un coin de ma tête, plus que lui sans doute. Je me demandais à quoi elle ressemblait ; quel était son timbre de voix, comment elle riait. Je me posais beaucoup de questions sur leur couple.

Je secouai la tête. Je n'arrivais déjà pas à avaler mon repas. *Elle* me restait dans la gorge et ne laissait rien passer.

Lorsque les lumières s'éteignirent et que la veilleuse bleue s'alluma, nous restâmes pressés l'un contre l'autre. Il prit ma main dans la sienne et ce geste simple me parut aussi solennel qu'une promesse de fiançailles. Peu après, je vis ses yeux se fermer. Sa tête tomba sur mon épaule. Je ressentis alors une grande tendresse. J'avais envie de suivre tous les traits et toutes les rides de son visage avec mes lèvres. « Je n'ai que faire de la célébrité ou d'une thèse, ce que je veux, c'est lui », aurais-je proclamé si l'on m'avait demandé ce que j'attendais de la vie en cet instant-là.

Il dormait. Je l'écoutais respirer et regardais la nuit se transformer progressivement en jour. Pendant tout ce temps, ma main resta dans la sienne.

« Pourquoi ne m'as-tu pas réveillé ? dit-il lorsqu'il se rendit compte d'où on était.

– Je te regardais dormir », murmurai-je. Il se redressa et me lâcha la main. J'eus l'impression de tomber. Je me noyais. J'eus beau les refouler, les larmes coulèrent.

« Pourquoi pleures-tu ?

– Oh, c'est la fumée de la locomotive, mentis-je en me frottant les yeux.

– Tu as des traces de suie. » Il sourit et me nettoya le visage avec un mouchoir en tissu.

En silence, nous prîmes un taxi pour l'hôtel. En silence, nous nous présentâmes à la réception, puis allâmes petit-déjeuner pendant que le groom s'occupait de nos bagages. En silence, nous montâmes. En silence, nous nous assîmes sur le lit.

Dans mon sac, je pris une boîte à stylo tapissée de velours jaune moutarde. « C'est pour toi », annonçai-je en la lui tendant.

Il l'ouvrit, admira le stylo à plume de mon père. Je voulais qu'il l'ait.

« Je n'ai rien pour toi, s'excusa-t-il d'une voix douce. C'est elle qui fait mes bagages quand je m'en vais. »

Nous restâmes muets un instant. Les mots semblaient s'être taris.

« Pourquoi tu n'irais pas te laver ? finit-il par proposer. Tu dois être lasse.

– D'accord. » J'ouvris ma valise et sortis une tenue propre, une serviette, une brosse à dents, du dentifrice et un pain de savon.

Je le vis m'observer, comme s'il gravait dans sa mémoire chacun de mes mouvements. « Qu'est-ce qu'il y a ?

– Tu as l'air de savoir précisément quoi faire.

– Pendant cinq ans, j'ai vécu loin de ma famille. J'ai étudié à Madras, puis à Varanasi. Madras n'était qu'à une nuit de train, mais Varanasi représentait une expédition de trois jours plus deux changements. C'est là que j'ai appris à voyager, expliquai-je en souriant.

– J'aurais aimé te rencontrer à cette époque-là.

– Moi aussi. » Pas la peine de lui rappeler qu'il avait six ans de moins que moi.

12

Dans la salle de bains, j'ouvris le robinet. Il y avait de l'eau chaude, mais je la préférai froide pour mieux chasser les doutes. Je gardai les yeux rivés sur le seau qui se remplissait lentement. Au moment de me déshabiller, j'hésitai. Une simple cloison nous séparait. Rien que d'y penser, la tête me tournait. Dans le miroir, je ne reconnus pas la femme que je voyais.

On frappa à la porte. Je l'entrouvris d'un demi-centimètre. Il n'avait qu'une serviette autour de la taille. Je baissai la tête. Ce n'était pourtant pas comme si je n'avais jamais vu d'homme torse nu. « Tu as l'air d'un lapin effrayé », constata-t-il.

Je relevai la tête. Il me souriait, retenant la porte d'une main. « Je veux te regarder te laver.

– Pardon ? m'exclamai-je, décontenancée.

– Juste ça. Je ne te toucherai pas. Promis. »

Je le fixai un long moment. Depuis le départ, nous savions où ce voyage mènerait. Qui trompais-je exactement en jouant à la prude ?

Je lâchai la porte. Il entra.

Un homme peut-il faire l'amour avec les yeux ? Car c'est ce qu'il fit. Il tint sa promesse de ne pas me toucher, se contenta de m'observer tandis que je versais de grandes tasses d'eau fraîche sur ma nudité. Je sentis son regard remettre en place les mèches qui s'échappaient de mon chignon. Glisser le long de mon corps en même temps que le pain de savon. Sur mes mamelons, mon pubis, entre mes cuisses. L'odeur inimitable du savon Chandrika saturait la pièce.

Lorsque je fermai les yeux pour me mouiller le crâne, je sentis ses doigts défaire le chignon et s'enfoncer dans mes cheveux. Je rouvris les yeux mais il n'avait pas bougé. J'étais prête à l'accueillir. Tout entière baignée d'eau et de désir. « Viens », soufflai-je.

Il éclata de rire. D'un rire gras, grivois. Il jeta sa serviette par terre et s'approcha. Je tombai dans ses bras au moment où il m'enlaça. J'inclinai la nuque pour la poser contre son épaule. Son étreinte se fit plus forte. « Mon amour », murmurai-je dans ma tête.

Et c'est ainsi que nous nous unîmes. Notre amour fusionna en un fatras de bras et de jambes, de langues et de caresses ; mon sexe était à lui, ses gémissements étaient à moi. Nos corps s'excitèrent, s'excitèrent, puis s'apaisèrent. Nos mots vinrent se poser et s'épanouir sur le lit que nous avions créé pour eux.

J'étais couchée dans ses bras, épuisée mais comblée. Je passai les doigts dans sa barbe tandis qu'il me caressait le dos de haut en bas, de bas en haut.

« Tu sais que je suis complètement et irrévocablement amoureuse de toi », chuchotai-je en sentant mes paupières devenir lourdes. Des baisers légers se mirent à pleuvoir sur mes yeux fermés.

Je me réveillai aussi soudainement que je m'étais endormie.

Je tendis la main vers lui mais il avait disposé un oreiller de façon à ne pas troubler mon sommeil quand il s'était levé. Je pris ma montre sur la table de nuit. Treize heures quarante-cinq. J'avais dormi pendant près de trois heures.

Je m'habillai. Mes doigts étaient gourds lorsque je drapai mon sari. Je touchai mes lèvres. Elles étaient gonflées, comme si je m'étais fait piquer par une abeille. Je souris. Mon entrejambe était irrité mais ce n'était pas une douleur, c'était une médaille.

Je me demandai où il était. Pourvu que ma longue sieste ne l'ait pas agacé. Il avait dû sortir, lassé d'attendre mon réveil. Je descendis, songeant qu'il était peut-être à la réception. Il n'y était pas. Je laissai un message disant que je serais au restaurant.

Il n'y était pas non plus. Il était peut-être sorti fumer. Je commandai du café et un *masala dosa*. D'après lui, c'était leur spécialité. « Tu n'en mangeras jamais d'aussi bons à Ottapalam », m'avait-il assuré.

Ses suggestions culinaires m'avaient laissée indifférente sur le moment, mais à présent j'avais une faim de loup. Je voulais savourer chaque bouchée. Je voulais chanter, danser. Je voulais courir jusqu'à la chambre où il m'attendait et me jeter sur lui.

À la première gorgée de café, je me rappelai la serviette tachée de sang et de sperme que j'avais laissée sur le lit. J'étais horrifiée à l'idée qu'un employé tombe dessus.

Je reposai ma tasse en hâte et remontai. Mais quelqu'un était déjà passé faire le ménage. Les draps froissés étaient lissés, les oreillers tapés, les poubelles vidées et le dessus-de-lit qu'on avait repoussé dans le feu de l'action était remis en place. Tout était exactement comme lorsqu'on avait découvert la chambre la première fois. C'est alors que je le remarquai – les affaires de Markose avaient disparu.

C'était comme s'il n'était jamais venu.

J'hésitai, incertaine. Effrayée. Que s'était-il passé ?

À présent, j'aurais été ravie de trouver la serviette souillée, preuve incontestable de ce que nous avions fait. J'étais prête à me raccrocher au moindre espoir, à n'importe quoi suggérant que notre amour était bien réel et que je n'avais pas tout imaginé.

L'idée que j'avais été congédiée, remplacée, même, me tétanisait. Un arrière-goût amer d'humiliation dans ma bouche me disait qu'il s'était servi de moi pour assouvir un besoin. Du dos de la main j'essuyai des perles de sueur sur mon front. Je ne pouvais plus retourner en arrière, ni aller de l'avant.

J'étais condamnée à rester dans les limbes de l'ignorance. Je ne saurais jamais.

Je m'assis sur le lit, bras croisés sur le ventre, me sentant seule et impuissante. Qu'avais-je fait de mal ? Ou était-ce une chose que j'avais dite ?

J'allai me poster à la fenêtre. La chambre donnait sur le devant de l'hôtel. Si je restais suffisamment longtemps en place, je finirais bien par le voir revenir.

J'avais les mains moites. Je m'efforçai de ne pas penser à son visage. À cette expression d'abandon total lorsqu'il était au-dessus de moi. Les pupilles dilatées, la mâchoire tombante, le cou rejeté en arrière, la respiration saccadée, sa transpiration sur mes seins, la goutte de sueur qui avait atterri sur ma langue. « Le sel de son sexe », m'étais-je dit en léchant ses lèvres.

Je déglutis. Je déglutis encore pour étouffer le cri de

rage et de désespoir qui montait. Ensuite, je me rassis sur le lit.

J'élaborai d'innombrables scénarios dans ma tête : il avait croisé une connaissance et l'avait accompagnée pour éviter de devoir expliquer sa présence à Madras ; il avait eu une urgence familiale et avait dû s'en aller précipitamment. Le téléphone avait-il sonné pendant que je dormais ? Pourquoi ne m'avait-il pas secouée ? Peut-être craignait-il que je fasse une scène. Pourquoi ne pas avoir laissé de message, dans ce cas ?

Je ne pouvais admettre qu'il avait changé d'avis. Qu'il était parti parce que j'avais perdu tout attrait pour lui. Que j'étais une conquête ; un trophée ; une manière de renforcer son estime de soi.

Je refusais de croire qu'il s'était laissé ronger par la culpabilité. Qu'il avait pris la fuite, incapable d'assumer la tromperie. J'étais le danger grisant qui l'avait attiré avant de lui faire peur. Je n'acceptais pas cela, tout comme je n'acceptais pas qu'il eût pensé d'abord à lui.

Je restai sur le lit, à l'attendre. J'attendis toute la nuit et le lendemain, jusqu'à ce que le soir tombe, que je fasse mes bagages et que je quitte l'hôtel après avoir réglé la chambre. Je me demandais s'il serait dans le même train que moi. Je dus aussi racheter mon billet.

Je restai longtemps devant la voiture où nous aurions dû voyager ensemble. Mais il ne vint pas. Le train n'était pas plein et je trouvai facilement une place dans le compartiment pour dames. J'entrelaçai les doigts de mes deux mains comme nous l'avions fait ensemble à l'aller.

Ils étaient pareils, pas un pour rattraper l'autre. Le révolutionnaire et le prêtre. Mais peut-être était-ce ma faute. Aucun homme ne me désirait assez pour me placer au-dessus du reste.

Lorsque le train arriva en gare d'Ottapalam, je descendis, sachant que je n'avais plus rien à attendre ni à espérer.

13

La littérature enseigne qu'on peut faire la paix avec tout. Que le temps guérit chaque blessure, chaque coup dur, chaque plaie ouverte. Que l'esprit trouve en lui le courage d'affirmer : *Tout finit par passer.*

Mais certains d'entre nous n'ont simplement pas la force de continuer. De souscrire à la chimère de lendemains qui seront, on ne sait comment, meilleurs que le présent. Certains d'entre nous cousent des pierres dans l'ourlet d'un habit et entrent ainsi lestés dans l'eau, d'autres choisissent de mettre la tête dans un four pour humer la mort, mais chacun a sa manière de voguer vers le calme éternel, ce lieu paisible où le malheur n'existe pas.

Au prix d'un gros effort, je parvins à avoir l'air vaguement enjouée lorsque je poussai le portail. En tournée d'inspection dans le jardin, ma mère demandait à Karthu d'ajouter de la suie au pied d'un plant de melons amers.

Tout ce qui m'était arrivé me donnait l'impression d'être arrivé à une autre. Je n'avais pas davantage de pouvoir ni de voix au chapitre qu'un voyeur.

Ma mère me trouva très fatiguée. Karthu ajouta que j'avais une mine affreuse.

« C'était un colloque très chargé », dis-je en guise d'explication.

J'allai dans ma chambre et défis mes bagages sans bruit. Je sentis le sari que je portais dans le train en route pour Madras. Il était imprégné de son odeur : safran et bois de santal. Je passai les doigts dans mes cheveux en imaginant que c'était sa barbe. Malgré cela, les larmes se dérobèrent à moi.

Ensuite je me rendis à la faculté, et la journée se passa dans une frénésie de cours, de travail au labo et de réunions. Le soir, j'eus droit à mon thé et mon *ada* et je me dis que, oui, je parviendrais à surmonter la souffrance et l'humiliation. Si je survivais au week-end à venir, j'aurais la force de prendre un nouveau départ. Dans l'idée de me donner suffisamment de travail pour combler le vide, j'avais annoncé un devoir aux première et deuxième années, et exigé des troisième année qu'ils me rendent leurs travaux pratiques.

Plus tard, je m'assis au bureau avec mon stylo à plume et du papier. Le quatrième épisode de *Lettres à un homme jamais rencontré* devait être écrit. Mais j'étais lasse et j'eus beau les courtiser, les mots ne vinrent pas. J'allai faire les cent pas dehors, essayant de transformer les pensées en phrases. Quand il se mit à pleuvoir, je rejoignis ma mère sur la terrasse couverte. Elle me raconta une histoire alambiquée de querelle à propos d'un terrain familial, que je fis mine d'écouter. J'avais envie de poser ma tête sur ses genoux et de pleurer. De lui dire combien j'étais abattue. Après le dîner, j'allai me coucher avec un roman. *Demain matin, tout ira mieux*, pensai-je pour me rassurer.

Le vendredi, j'allai travailler comme d'habitude. J'avais un plan. À ma collègue Sarah Kuruvilla, je demandai : « Tu vas à Kunnamkulam ce week-end ? Je peux venir ? » Elle m'avait invitée par le passé à rendre visite à sa famille, qui habitait là-bas.

« Bien sûr. Mon mari vient me chercher samedi matin », répondit-elle. Sarah logeait avec deux professeures dans une maison proche du campus. « On rentrera dimanche soir. Oh, je suis tellement contente ! Mes parents seront enchantés de rencontrer une écrivaine en chair et en os. Et aussi célèbre que toi.

– Merci. »

J'avais décidé d'aller dans son église. Lorsqu'il me verrait, tous ses doutes sur nous s'envoleraient. Il serait de nouveau à moi.

« Qu'est-ce qui se passe à Kunnamkulam pour que tu veuilles y aller tout à coup ? Une rencontre littéraire ?

– J'aimerais visiter une église. Assister à une messe. C'est pour une nouvelle que j'ai en tête, brodai-je, en espérant être crédible.

– Laquelle ?

– Saint-Elijah.

– Oh, c'est une église orthodoxe. Dans ma famille, on est chrétiens de saint Thomas. On va ailleurs, sinon tu nous aurais accompagnés. »

Je poussai un soupir de soulagement. Et si elle avait fréquenté l'église de Markose et qu'elle l'ait croisé à la faculté ? Quelqu'un veillait sur nous. Son Dieu, à coup sûr. Je pris cela comme un signe.

Dès la mi-journée, je sentis sur moi des regards appuyés. Certains même condescendants et moqueurs.

Mes collègues masculins me reluquaient sans prendre la peine de se montrer discrets. Mes étudiants plus âgés étaient une meute de hyènes qui m'encerclait. Quant aux femmes, collègues comme étudiantes, elles bourdonnaient autour de moi telles des guêpes énervées. Des guêpes géantes qui cherchaient à me paralyser pour toujours.

Ils avaient lu le troisième épisode de *Lettres à un homme jamais rencontré*.

Je me serais bien fait excuser mais je craignais de le rater. J'avais la certitude qu'il allait venir me voir, comme il l'avait fait tant de fois. Comment pouvait-il ne pas le faire ? Je m'étais donnée tout entière à lui dans ce troisième épisode, de la même façon que dans la vraie vie. Allait-il prendre à la légère cette vérité que nous étions faits l'un pour l'autre, lui et moi ?

Je me réfugiai au labo pour échapper aux ragots et aux regards insistants. Le ciel était couleur d'étain, chargé de nuages, et un vieillard furieux grondait là-haut, critiquant tout et tout le monde.

Peu après, un avion en papier vola par la fenêtre et atterrit sur une table. Je le dépliai ; il s'agissait d'un dessin de femme à quatre pattes. Elle avait la raie sur le côté, comme moi. Ses mains reposaient sur deux livres intitulés « Zoologie ». Elle avait un pénis dans la bouche. Un pénis géant, qui débordait de la page. Le long de celui-ci, il y avait une légende : « Je recrache ou j'avale, Murad ? »

Dans le train qui nous emmenait à Madras, j'avais songé à passer un appel longue distance au rédacteur en chef du *Weekly* pour lui demander de ne pas publier le troisième épisode. Il faisait du bon travail ; c'était aussi un écrivain renommé, qui avait réussi à ancrer le Kerala dans le paysage littéraire indien. Il aurait compris si je lui avais expliqué pourquoi. Et n'aurait jamais publié un récit d'un goût douteux, de toute façon. Mais après, je m'étais rappelé comment il avait jailli de mon cerveau en un flot ininterrompu d'idées. Et à quel point ce que j'avais écrit m'avait étonnée moi-même.

Et puis, croyais-je, il serait content que j'avoue aussi ouvertement mes sentiments pour lui. Il avait dit qu'il aimait me voir vulnérable. Pour toutes ces raisons, je n'avais pas téléphoné.

Je déchirai l'avion en papier. Il s'était mis à pleuvoir et chaque goutte était un œil qui me lançait un regard noir. Où que je me tourne, les petits yeux furieux me suivaient. Les bourdonnements redoublèrent et les yeux devinrent à la fois féroces et lascifs.

Je pris les devoirs à corriger, empoignai le bas de mon sari, ouvris mon parapluie et me dépêchai de rentrer sous l'orage.

14

La porte était fermée au loquet. Où était passée ma mère ? J'entendais Karthu qui pilait du riz dehors, à l'arrière de la maison. En passant par là, je trouvai ma mère assise à côté d'elle. Elle fit semblant de ne pas me voir.

J'allai dans ma chambre poser mes affaires, pris ma boîte à repas encore pleine et ressortis devant pour en vider le contenu au pied des melons amers. « Tiens, pour nourrir ton amertume, dis-je à la plante. Régale-toi. Demain, je t'en apporterai encore. Et le jour suivant. »

Je rentrai. Sur la table où nous mangions se trouvaient les objets habituels : pichet d'eau et verres en inox, bocal de *pickles* et salière en porcelaine blanc cassé. Mais, pour la première fois depuis trois ans, il manquait mon thé et l'assiette couverte qui tenait mon *ada* au chaud. Se pouvait-il que ma mère ait lu le troisième épisode du roman-feuilleton, elle aussi ?

Je m'affalai sur le banc, m'accoudai à la table. Ma tête tomba toute seule sur mes avant-bras. En entendant un bruit, je me redressai. Ma mère se tenait devant moi.

« Le propriétaire est passé tout à l'heure. »

Elle marqua un temps d'arrêt lourd de sens.

« Quel est le problème ?

– Il veut qu'on parte.

– Comment ça, il veut qu'on parte ?

– Tu aurais dû y penser avant de publier ces obscénités, cracha-t-elle.

– On trouvera une autre maison, murmurai-je, soudain apeurée.

– Ah oui ? » Elle ne cachait plus son exaspération. « Pour qu'on nous demande de partir le jour où tu publieras un autre épisode de cette chose que tu oses qualifier de roman ? Mais est-ce que tu t'en soucies ? Est-ce que tu te soucies réellement de ce que je pense, ou de ce que pensent les autres ? Tu n'es rien d'autre qu'une dépravée, une chienne en chaleur, une putain. Je suis contente que ton père soit mort. Sinon, tu aurais fini par le tuer. »

Je détournai le regard pour chasser cette agressivité et me concentrai sur lui. Il y avait une explication parfaitement logique à son départ précipité de notre hôtel de Madras. Il me dirait tout quand il viendrait me voir. Puis il m'emmènerait dans un lieu où personne d'autre n'existait, juste nous. Aucune censure, ni colère, ni reproches. Seulement de l'amour.

J'allai m'allonger. Peu après, ma mère entra et jeta une enveloppe sur mon bureau. « Pour toi. »

Je sentis la noirceur s'envoler. Il m'avait écrit.

Mais non. C'était une lettre de Mary Ipe, la professeure que je souhaitais avoir comme directrice de thèse.

Lors de notre rencontre à Trivandrum, elle s'était montrée accueillante et chaleureuse. Elle avait dit admirer ma façon de concilier art et science dans ma vie sans que l'un fasse de l'ombre à l'autre. Dans sa lettre, cependant, le ton changeait radicalement. Mon sujet était trop théorique. L'imagination, c'était bien joli en littérature, mais la science se basait sur des données concrètes, une analyse rigoureuse et des conclusions solides. Par ailleurs, elle avait des engagements personnels et ne serait donc pas en mesure d'assurer la direction de ma thèse.

De toute évidence, c'était une lectrice du *Weekly*. Et même si elle n'avait pas lu le troisième épisode au moment de m'écrire, elle aurait fini par le faire et rejeter ma demande pour de bon.

Je m'enfermai à clé et me recouchai. Il pleuvait de nouveau et, par la fenêtre ouverte, le vent soufflait des gouttes à l'intérieur.

Samedi arriva. Je me levai, remontai ma montre. En revenant des toilettes, Karthu me tendit un café. « Ta mère n'a pas fermé l'œil de la nuit », signala-t-elle.

Je pris le verre, retournai dans ma chambre et dis aux petits yeux qui me scrutaient depuis les recoins sombres : Vous pouvez tout m'enlever, mais pas l'écriture.

Je remis de l'encre dans mon stylo et sortis une feuille du tiroir où j'en conservais un grand tas. Je m'installai au bureau, bus le café à petites gorgées. Une fois que j'aurais commencé à écrire, je pourrais chasser tout le reste – la désertion de Markose, le rejet de Mary Ipe.

Une voiture s'arrêta devant la maison. Je regardai par la fenêtre. Sarah. Elle ouvrit le portail, avança. J'avais oublié mes projets pour le week-end.

Je me précipitai pour l'accueillir. « Bonjour, Sarah. Donne-moi juste cinq minutes. Et je t'en prie, fais entrer ton mari », m'exclamai-je en désignant l'homme qui patientait dans une Triumph Herald noire. Il était ingénieur et plutôt bien placé.

« Attends, Sreelakshmi. Il y a un problème. Mon mari a lancé une autre invitation sans m'en parler. Tu ne peux pas venir, dit-elle, et elle baissa le regard.

– Ce n'est pas grave. »

Elle repartit et je me barricadai dans ma chambre.

Les mots refusèrent de venir. Ils restèrent à l'écart comme pour me faire comprendre quelque chose, à la manière de cousins vexés qui boycottent un mariage. Un adjectif ou deux dansèrent devant mes yeux. Quelques verbes firent la roue, un groupe de noms enchaîna des sauts périlleux. Mais la première phrase me tourna le dos. Je la flattai et l'implorai – rien à faire. Tant qu'elle se comporterait ainsi, le reste ne suivrait pas.

Je reposai mon stylo, vaincue, et en pris un qui écrivait en rouge. J'avais décidé de corriger les devoirs.

D'une minute à l'autre, le portail allait s'ouvrir en grinçant. D'une minute à l'autre, il allait s'annoncer. Ce samedi était férié et, s'il passait me voir à la faculté, on lui dirait où me trouver, raisonnai-je.

Il plut toute la journée. Dans ma chambre, la flaque s'élargit. Cette nuit-là, allongée sur le lit, j'écoutai les gouttes d'eau tomber en cadence dans un récipient.

Ce fut le dimanche en milieu de matinée que le portail s'ouvrit enfin. Je patientai dans la chambre, tentant de calmer mon cœur qui battait éperdument. Je lissai les plis de mon sari. Je m'observai dans le miroir. J'attendais que ma mère frappe en disant : « Tu as un visiteur. »

J'entendis des voix fortes. Des voix familières, écumant de rage et de reproches. Je sortis pour voir qui c'était.

« Enfin, la voilà, grogna un de mes beaux-frères.

– Sreekutty… », commença ma mère.

Le plus âgé, le contrôleur de billets, l'interrompit. « Tu n'as donc aucune honte ? Tu crois que tu peux écrire n'importe quelle sottise et t'en tirer ?! » Il criait.

« Nos réputations sont foutues. Foutues ! » pesta l'autre, le riche.

Ma mère se tordait les mains en sanglotant.

« Regarde ta pauvre mère. Tu as pensé aux conséquences que ton prétendu roman va avoir sur elle et tes sœurs ? »

Pour ne pas être en reste, le plus jeune ajouta : « Mes filles sont encore jeunes, mais la sienne est en âge d'être mariée. Quel genre d'alliance peut-elle espérer avec une tante comme toi ? »

Je retournai m'enfermer dans ma chambre. Ils partirent peu après.

Bientôt, un linceul de silence recouvrit la maison. On aurait dit que quelqu'un était mort.

Je l'attendis jusqu'à ce que le jour se transforme en nuit. Il continuait à pleuvoir. Les gouttes continuaient à tomber dans le récipient. Le bourdonnement dans mes oreilles noyait tout le reste.

Je me levai à l'aube. Le ciel était dégagé et d'un magnifique bleu. Je m'installai au bureau pour écrire un mot à mon étudiante, Prema, puis demandai à Karthu qu'elle le confie au laitier. Il le donnerait à la mère de Prema.

« Tu ne vas pas travailler ? »

Je tournai les talons sans répondre à la domestique.

Je m'enfermai dans ma chambre et ouvris l'armoire. L'odeur du savon Chandrika me prit aux narines. Je sortis le sari que j'avais porté dans le train. Vert bouteille, avec de petites fleurs blanches. C'était tout ce que j'avais comme preuve que je n'avais pas inventé ce qui était arrivé ce jour-là. J'emportai le savon. J'allais revivre les moments que nous avions passés ensemble et tout redeviendrait comme avant.

Il était une fois, il y a bien longtemps, un roi puissant qui demanda aux sages de sa cour de lui créer une bague pour l'aider à surmonter n'importe quelle tragédie. Les sages lui apportèrent un simple anneau de cuivre sur lequel ils avaient fait graver : « Tout finit par passer. »

Le roi mit la bague à son pouce et par la suite, chaque fois que la tristesse venait frapper à sa porte, il lisait l'inscription et se consolait. Et puis, un jour, il tomba amoureux. Désormais, sa vie était pleine d'arcs-en-ciel et la nuit, les étoiles, grosses comme des oranges, l'éclairaient tout autant. Un soir, une huppe était perchée sur son épaule et son amour se tenait à ses côtés. Une douce brise apportait une bonne odeur d'encens et, par vagues, de safran et de bois de santal. Elle lui donnait à manger des graines de grenade sucées à même sa bouche, et le roi les dégustait en songeant qu'il ne pouvait y avoir homme plus heureux sur terre.

C'est alors que son regard tomba sur la bague. « Tout finit par passer », disait l'inscription.

Je me lavai, laissant l'eau froide chasser mes doutes comme elle l'avait déjà fait une fois. L'odeur entêtante du savon me réconforta. Tous les voyages ont un début et une fin. Il était hors de question de laisser d'autres que moi décider comment le mien se terminerait.

Je mis des dessous propres, drapai mon sari. Comme il m'allait bien…

En esprit je revis la fillette qui avait ouvert grand la bouche, prête à manger une guêpe. Comme elle était courageuse et pleine de rêves… Je sentis les larmes me piquer les yeux.

Le plus soigneusement du monde, j'enlevai mon sari. J'attachai le long tissu à une poutre en bois pour en faire un nœud coulant. Je retournai le chaudron qu'on laissait toujours dans la salle de bains et me hissai dessus.

J'étais lasse du cycle de la vie. Oui, tout finit par passer. Il n'y avait plus nulle part en moi où puiser de l'espoir. J'en avais terminé de l'existence. Tout ce que je voulais, c'était partir.

Comme c'était simple. Je n'avais qu'à placer ma tête dans le nœud coulant et pousser le chaudron énergiquement.

Il fit du bruit en se renversant.

Le jour où je me suis donné la mort, il faisait un temps radieux. C'était un lundi. Un début de semaine.

Épilogue

Shyam entra d'un pas pressé dans le couloir. Radha, Unni et l'entrepreneur couraient presque pour le suivre.

« Vous voyez, en abattant ce couloir, on peut agrandir. Créer une annexe pour d'autres chambres », expliquait Shyam en marchant.

Il s'arrêta brusquement. Au bout, dans une alcôve, se trouvait une armoire, les portes à moitié ouvertes. Il l'avait achetée avant de partir. « Qu'est-ce que l'*almirah* fait ici ?

– Je ne savais pas où la mettre, se défendit Unni en piquant un fard. J'attendais votre retour pour la déplacer. Ici, elle n'était pas dans le passage, vous comprenez.

– Elle n'aurait pas dû être livrée à l'hôtel, dit Shyam en ouvrant les portes. À ce qu'on m'a raconté, elle a une vraie histoire.

– Ah oui, laquelle ? »

Shyam se tourna vers sa femme en souriant. « C'est cette écrivaine, Sreelakshmi. Elle s'est suicidée dans les années 1960, avant notre naissance.

– Et c'était son *almirah* ? » Radha s'approcha.

« Non. Mais il y a des années, son neveu est allé acheter une vieille moto Jawa à un prêtre qui émigrait au Canada avec toute sa famille. Quand le prêtre a su qui était sa tante, il a carrément insisté pour lui donner l'armoire, en disant qu'il était le plus fervent admirateur de Mlle Sreelakshmi. Vu comme elle est belle, le neveu aurait eu tort de refuser. Il l'a mise en bonne place dans la vieille propriété familiale à Karakkad. Il y a un mois, ils ont décidé de vendre, alors je suis allé jeter un coup d'œil au mobilier et j'ai eu un coup de cœur.

– Pourquoi elle s'est suicidée ? voulut savoir Radha en regardant à l'intérieur.

– J'ai lu son œuvre, madame, intervint Unni. Elle écrivait des histoires tristes, mais personne ne sait pourquoi elle a mis fin à ses jours. Il y a eu beaucoup de rumeurs. Certains disaient que c'était une histoire d'amour qui aurait mal tourné. D'autres qu'elle avait une maladie incurable. D'autres encore qu'elle avait plagié pour écrire le roman qui lui avait valu un prix, et qu'on l'avait découvert. Mais personne n'a vraiment su, parce qu'elle n'a pas laissé de lettre expliquant son geste. Juste un message demandant à son étudiante de récupérer des devoirs corrigés. Ça a été une tragédie, à l'époque. Ça a fait scandale.

– Débarrasse-t'en, demanda instamment Radha. Cette armoire n'est peut-être pas directement liée à un suicide, mais je ne tiens pas à ce qu'elle reste à l'hôtel. »

Shyam n'avait pas l'intention de la garder, de toute façon. Il avait déjà un acheteur – un antiquaire de Kochi. « Je l'expédie demain », lui assura-t-il.

Radha observa une dernière fois l'armoire. Elle était en piteux état, une poignée cassée. Peut-être le bois avait-il craqué sous le poids de chagrins secrets ? Elle semblait perdue dans cette alcôve mal éclairée. Une guêpe n'arrêtait pas de voler autour, avec un bourdonnement étrange dans le silence ambiant.

Pendant le plus bref des instants, Radha crut voir une femme debout, là. Une femme menue aux sourcils épais, avec une raie sur le côté et des cheveux lui arrivant à la taille. Elle avait un sari vert bouteille avec de petites fleurs blanches. Radha sentit distinctement l'odeur du savon Chandrika. Il lui semblait n'avoir jamais vu quelqu'un d'aussi seul et désespéré que cette femme.

Elle secoua la tête pour effacer la lugubre image. Et retourna dehors, dans la chaleur du soleil.

Au loin, les nuages gris métallisé s'amoncelaient, chargés de pluie et de fureur, avalant toute lumière. L'air de rien, le fleuve était en train de monter jusqu'à la marche la plus haute du ponton, qui se trouvait tout à côté du belvédère. Encore quelques centimètres et il serrerait enfin l'hôtel dans ses bras.

La pluie se remit à tomber. Le fleuve attendait son heure. Moi aussi.

Remerciements

À Arvind Bhat, qui m'a familiarisée avec le badminton en acceptant de répondre à mes questions avec patience et enthousiasme.

Au Dr P. Girish Kumar, qui a eu la gentillesse de partager avec moi son article universitaire intitulé « Observation de certains aspects comportementaux de la guêpe maçonne ».

À Jayanth Kodkani, mon premier lecteur comme toujours, qui a su chasser les incertitudes et m'a donné la force de mener ce roman à bien. À V.S. Rajesh, qui a recréé pour moi le Trivandrum de 1965 en images et en mots. Et à Sunil Koliyot, qui a su donner du charme à une vieille moto. Messieurs, une écrivaine n'est rien sans des amis comme vous trois.

À Aarushi Chandel, qui a été ma secrétaire à temps partiel et mon phare à temps complet.

Quant à Karthika V.K., amie, relectrice et éditrice, que ferais-je sans toi ?

Une version abrégée de *Najma* a d'abord été publiée en italien dans *La Repubblica*.

Une version abrégée d'*Un demi-péché* a d'abord été publiée en malayalam dans *Kerala Kaumudi*.

Une version abrégée de *La Recette des contes de fées* a d'abord été publiée dans *Femina*.

DU MÊME AUTEUR

Aux Éditions Albin Michel

L'ABÉCÉDAIRE DES SENTIMENTS, 2018.

DANS LES JARDINS DU MALABAR, 2016.

COMPARTIMENT POUR DAMES, 2016.

L'INCONNUE DE BANGALORE, 2013.

QUAND VIENNENT LES CYCLONES, 2010.

Aux Éditions Philippe Picquier

LES NEUF VISAGES DU CŒUR, 2006.

LE CHAT KARMIQUE, nouvelles, 2005.

UN HOMME MEILLEUR, 2003.

Composition : Nord Compo
Impression : CPI Bussière en février 2020
Éditions Albin Michel
22, rue Huyghens, 75014 Paris
www.albin-michel.fr
ISBN : 978-2-226-44783-8
N° d'édition : 23823/01 – N° d'impression : 2048693
Dépôt légal : mars 2020
Imprimé en France